Guillaume DUPREZ

Comment gérer une SCI

12ème édition

EDITIONS DU PUITS FLEURI
77850 HERICY - FRANCE

Crédits photos :
Immeuble moderne © Gautier Willaume - Adobestock.com
Charmant gîte rural de campagne © chris32m - Adobestock.com
Immeuble Paris 2 © Tsach - Adobestock.com
Maison de ville © Hudiv - Adobestock.com

22 avenue de Fontainebleau - 77850 Héricy

ISBN 978-2-86739-697-7

Sommaire

Introduction

Instituée par le décret du 8 mars 1804 (« 17 Ventôse de l'an IV de la République Une et Indivisible »), la SCI rencontre depuis quelques années un franc succès, tant chez les professionnels que chez les particuliers.

Substitut légal aux inconvénients de l'indivision, la SCI, qui n'est autre qu'une forme particulière de la famille des sociétés civiles, constitue en effet un élément privilégié et avantageux de la gestion immobilière.

Ce succès est dû en particulier au fait que la SCI emprunte aux modes de gestion des sociétés, tout en gardant certaines spécificités inhérentes à son objet civil. Le caractère immobilier des opérations à gérer par la société touche enfin un fondement économique et psychologique de nos sociétés : l'accession à la propriété et le secteur de l'immobilier pris dans sa plus large acceptation, de la construction à l'acte de vente, en passant par toutes les phases intermédiaires.

La SCI permet de gérer de manière stable et efficace un patrimoine immobilier, à la condition d'avoir déterminé à l'avance les motivations de l'acquisition immobilière.

Cette acquisition peut avoir pour objet la constitution progressive ou collective d'un patrimoine immobilier, la gestion sociale d'une indivision ou encore, la gestion d'un patrimoine immobilier à usage professionnel.

Les spécialistes distinguent plusieurs types de sociétés civiles immobilières. Celles-ci tirent essentiellement leurs différences de leur objet social. Certaines, du fait de leur activité, comme les Sociétés Civiles de Placement Immobilier (SCPI) ou encore, les SCI d'attribution, font l'objet de régimes juridiques et fiscaux particuliers. Mais ces types de SCI ne concernent que rarement le particulier.

A contrario, il est une forme de SCI qui rencontre depuis plusieurs années un remarquable succès : la Société Civile Immobilière de Location.

Forme de loin la plus courante des SCI, la Société Civile Immo-bilière de Location est aussi la plus souple, dans la mesure où elle permet d'adapter l'investissement et sa gestion en fonction des desiderata de chacun. Elle est devenue l'outil privilégié de la gestion du patrimoine immobilier privé. A tel point que, quand on parle de SCI, c'est souvent à cette forme de société que l'on pense le plus souvent.

D'une manière générale, ce type de SCI peut répondre à l'ensemble des attentes, et offrir une solution à l'ensemble des motivations qui amènent le particulier à envisager la création d'une SCI :

- Eviter l'indivision, que celle-ci soit la conséquence d'un décès ou d'une décision d'acquisition commune d'un immeuble.

- Transmettre un patrimoine immobilier tout en assurant un apprentissage de la gestion immobilière aux bénéficiaires de la transmission.

- Exercer une profession libérale à plusieurs dans un même local, pour faciliter le partage des charges dans le cadre d'une Société Civile Professionnelle.

- Organiser l'aspect patrimonial d'une union libre, hors ou dans le cadre d'un Pacte Civil de Solidarité.

- Mettre en commun des sommes pour acquérir un immeuble qu'il serait difficile d'acheter seul.

La liste n'est pas exhaustive, mais elle démontre clairement que la SCI de location peut faciliter l'acquisition, la gestion et la rentabilisation d'un patrimoine immobilier. Et ce, que ce soit dans un cadre familial ou professionnel.

Ces SCI ont essentiellement pour but la gestion et la location d'immeubles. Mais cela ne les empêche nullement, une fois constituées, d'acquérir d'autres immeubles.

A la condition de respecter certaines obligations, comme le fait de ne pas exercer d'actes de commerce, les SCI de location ne font pas l'objet d'une réglementation particulière. Elles entrent donc dans le champ d'application des articles 1832 à 1870-1 du Code civil.

Une fois créée, la SCI devient un acteur à part entière de la vie économique. Elle a une existence légale qui lui permet d'accomplir des actes de gestion sur le patrimoine qu'elle possède. Ces actes de gestion, dans la mesure où ils entrent dans le cadre de l'objet social tel que défini par les statuts, sont opposables aux tiers : banques, acquéreurs, vendeurs...

Cependant, la gestion quotidienne d'une SCI de location impose d'avoir en tête certains principes, et certaines obligations, auxquels un particulier n'est pas forcément rompu.

Vous permettre de faire face à ces impératifs et surtout, ne rien oublier de ce qui est légalement, légitimement ou logiquement nécessaire, tel est l'objet du présent ouvrage.

C'est pourquoi il est indispensable de diviser la gestion en quatre pôles. Ces quatre thématiques ont été choisies car elles se présenteront inévitablement, et souvent de manière récurrente, au gestionnaire d'une SCI :

- **La gestion des pouvoirs en présence au sein de la SCI** : les rapports entre les membres de la société, associés et organes de gérance.

- **La gestion des impératifs fiscaux** : impôts, taxes, déclarations et détermination des résultats.

- **La gestion comptable** : comment tenir et présenter au mieux les comptes de la SCI aux associés et à l'administration fiscale en tant que de besoin.

- **La gestion immobilière** : au cœur de la gestion d'une SCI, l'immobilier locatif doit être géré au mieux afin de préserver les intérêts des associés.

Partie 1.

La gestion des pouvoirs en présence

La société est définie par le Code civil comme l'association de « *deux ou plusieurs personnes qui conviennent par un contrat d'affecter à une entreprise commune des biens ou leur industrie en vue de partager le bénéfice ou de profiter de l'économie qui pourra en résulter* ».

Cette association de personnes va devoir être gérée de manière consensuelle afin de pouvoir remplir au mieux la mission qui lui a été confiée : la gestion d'un patrimoine immobilier.

Pour ce faire, la SCI dispose, au même titre que toute société, d'organes de décision : le(s) gérant(s) et les associés. Ceux-ci disposent de droits et d'obligations, et vont être amenés à prendre certaines décisions.

Ces décisions vont quelquefois avoir des conséquences sur l'acte fondateur de la SCI : les statuts.

Il est certain que les associés de la SCI vont être confrontés, au cours de leur vie sociale commune, à la plupart des faits et procédures qui vont être décrits ici. C'est pourquoi ils constituent la forme « courante » de la gestion d'une SCI qu'il est nécessaire de connaître.

Dès la création de la SCI, des nécessités légales s'imposent : la nomination d'un gérant et la mise en place de procédures régulières de décision collective. Ces deux organes constituent la volonté de la SCI et ils influeront de différentes façons, et quelquefois en s'opposant l'un à l'autre, sur sa gestion.

Préliminaire

Prendre une décision en société

□ **Il est nécessaire d'avoir en tête les mécanismes qui président à la prise de décision dans le cadre d'une société**.

Le Code civil ne parle que de « décisions collectives », en précisant qu'elles doivent être prises par les associés réunis en assemblée ou par une consultation écrite des associés. Ces différents modes de prise de décision seront étudiés plus loin.

Certaines décisions, en fonction de la liberté que les statuts laisseront au gérant, devront être prises par la collectivité des associés.

Cependant, il est indispensable de savoir que les associés personnes physiques pourront ne pas avoir le même poids dans la décision.

En effet, les décisions, dans le cadre d'une SCI, comme pour tout type de société, sont prises par le biais d'un vote.

Ce « scrutin » a pour originalité de ne pas appliquer le principe « un homme, un vote », mais de décompter les voix en nombre de parts sociales que représente chaque associé.

Par exemple, le capital d'une SCI est divisé en 1 000 parts sociales d'une valeur nominale de 100 euros, soit un capital social de 100 000 euros.

Les parts sont réparties en fonction des apports de chacun, de la manière suivante :

— associé A : 250 parts,
— associé B : 100 parts,
— associé C : 200 parts,
— associé D : 350 parts.

Dans le cadre d'une décision à laquelle ces associés participent tous, A représente 1/4 des voix, B représente 1/10ème des voix, C représente 1/5ème, et D, un peu plus d'un tiers.

Quand la décision à prendre sera mise au vote, si A et B sont pour, et C et D contre, il n'y aura pas égalité des voix, mais bien rejet de la résolution, par 350 parts (250 + 100) contre 550 parts (200 + 350).

Le mode de décision dans une société tient donc compte avant tout du poids que représente chaque associé dans le capital social.

C'est aussi pour cette raison que la répartition des parts doit faire l'objet d'une attention particulière, notamment en fonction des raisons qui ont présidé à la constitution de la SCI.

□ De la même manière, **il est indispensable de connaître les différents pouvoirs qui vont opérer durant la vie de la société**. Ces pouvoirs, souvent complémentaires, peuvent parfois se trouver en conflit. Ce sont les pouvoirs du gérant et ceux des associés.

Chapitre 1

La gérance

Le gérant constitue l'organe permanent de gestion de toute société. Il peut y en avoir plusieurs, ou un nombre indéterminé. Dans ce domaine, le Code civil n'impose aucune obligation.

Par contre, il prévoit expressément la nomination de un ou plusieurs gérants. Il n'est donc pas possible de déroger à la règle, sauf à décider que tous les associés seront gérants.

Du point de vue de la gestion, le champ de compétence de la gérance doit être divisé en deux domaines bien distincts : les rapports avec les associés et les rapports avec les tiers.

Ces rapports sont en effet bien différents de par le niveau d'engagement de la société qu'ils impliquent, ainsi que de leurs conséquences éventuelles.

1. LES POUVOIRS DE LA GÉRANCE

En confiant la gestion courante de la SCI à une ou plusieurs personnes, les associés confient de la même manière au(x) gérant(s) le pouvoir de réaliser certains actes sans avoir à provoquer une décision collective des associés. La gérance peut donc prendre seule certaines décisions et effectuer certains actes au nom de la SCI. Dans ce sens, il a mandat des associés pour représenter la SCI, acter en son nom et, par voie de conséquence, l'engager vis-à-vis des tiers.

Le Code civil délimite de manière assez floue les rapports du gérant avec les tiers : « *Dans les rapports avec les tiers, le gérant engage la société par les actes entrant dans l'objet social* ».

C'est-à-dire que les pouvoirs du gérant vis-à-vis des tiers sont définis par une mention obligatoire des statuts.

C'est pourquoi il est nécessaire d'apporter le plus grand soin à la rédaction de l'objet social. En effet, l'objet social fixant les pouvoirs de la gérance, c'est-à-dire les actes et engagements qu'elle peut prendre avec des tiers sans avoir à consulter les associés, il faut éviter de le définir trop largement.

Cette précaution est le reflet du double niveau de rapports qu'entretient le gérant, en tant que représentant de la SCI :

— **un rapport avec les associés, déterminé par les statuts**, généralement défini sous la rubrique « Gérance » ;

— **un rapport avec les tiers** (créanciers, banques, locataires, vendeurs ou acquéreurs...) défini par **l'objet social**.

Le problème se pose au niveau de la dissociation de ces relations. Par exemple, une SCI a été constituée entre trois personnes dans le but exclusif de créer des revenus locatifs dans le cadre d'une gestion en commun d'un immeuble. La forme sociale a été choisie pour permettre l'achat de cet immeuble précis et sa gestion locative. Le gérant ne pourra donc pas engager la SCI dans le cadre de l'achat d'un autre immeuble ou dans la vente de celui mentionné aux statuts.

Il est d'ailleurs prudent, dans le cadre d'une SCI familiale ou de location pure sans volonté d'expansion immobilière, que l'objet social soit limitatif. En évitant les objets sociaux trop vagues de type « *l'achat, la vente, la location de tous immeubles et notamment de l'immeuble sis...* », les associés éviteront de se voir engagés dans des opérations immobilières menées par un gérant peu scrupuleux. En effet, l'article 1855 du Code civil prévoit que le droit d'information et de contrôle des associés sur la gestion de la société s'exerce une fois par an, dans le cadre des assemblées générales.

Si, au cours de l'exercice, le gérant a pris l'initiative de vendre un immeuble ou d'en acquérir un autre sans le consentement des autres associés, ceux-ci ne disposeront d'aucun moyen statutaire pour annuler l'opération. Sauf à révoquer le gérant et à revendre le bien acquis.

Il est nécessaire de savoir que l'objet social de la SCI définit le champ des engagements auxquels le gérant peut légalement faire contracter la société. Ce principe pose un problème général, puisque, selon la suite du même article 1849, « *les clauses statutaires limitant les pouvoirs du gérant sont inopposables aux tiers* ».

Par exemple, les associés d'une SCI définissent un objet très large dans les statuts de la société. Ceci leur permet de ne pas avoir à les modifier si une opportunité d'achat se présentait sur un nouvel immeuble.

Ce faisant, ils limitent les pouvoirs du gérant dans le corps des statuts à la gestion locative du seul immeuble que la société possède. L'article 1849 du Code civil s'appliquera de la manière suivante à ce cas précis :

- Dans les rapports entre les associés, le gérant ne pourra pas, sans encourir les sanctions éventuellement prévisibles de leur part (en cas d'absence d'un accord préalable), faire vendre ou acheter, hypothéquer ou garantir une dette par la société. Il ne pourra en fait que gérer les locations : signer les baux, contracter avec une agence immobilière, percevoir les loyers, expulser un locataire...

- Dans les rapports de la société avec les tiers, il aura tout pouvoir relativement à l'immeuble. Et les actes passés ne pourront pas être annulés par les associés. La SCI devra les assumer.

Cette interprétation est celle de la Cour de Cassation qui, à l'occasion de plusieurs décisions, a même interprété minutieusement ce principe. Par exemple, la Cour a décidé que le gérant d'une SCI ayant vendu des parcelles de terrains appartenant à la société alors que l'objet social ne prévoyait que « *la propriété, la gestion, l'exploitation par bail location* » du bien, avait outrepassé ses pouvoirs. La Cour de Cassation a même précisé que, si les statuts mentionnaient que le gérant pouvait prendre seul les décisions participant à la constitution d'un bien immobilier, la vente d'une parcelle de ce bien n'était pas de l'ordre de la « constitution », mais de la « diminution ». Les statuts de la SCI sont donc à peser au mot près.

Ce principe impose donc la prise de certaines précautions, et notamment la définition précise de l'objet social. Dans le cas d'opportunité d'acquisition ou de vente d'immeuble, le prix de cette précaution sera la modification des statuts. Une procédure au coût relativement modeste au regard d'une acquisition ou d'une vente immobilière.

En conséquence, et si les pouvoirs du ou des gérants ont été déterminés en suivant l'objet social défini par les statuts, la modification de l'objet entraînera une modification des pouvoirs du gérant dans le même sens.

En conclusion, et afin de bien délimiter les pouvoirs de chacun et surtout, les pouvoirs dont la gérance pourrait user de manière autonome, il est nécessaire d'accorder la plus grande attention à la rédaction de ces deux clauses des statuts :

— la définition de l'objet social, en évitant les définitions trop vagues qui laisseraient penser aux tiers que le gérant dispose de pouvoirs que les associés n'ont pas expressément souhaité lui donner ;

— la définition des pouvoirs du gérant vis-à-vis des associés qui, dans le cadre d'une SCI de location, consisteront essentiellement à la signature des baux, des états des lieux, la prise de mesures nécessaires à la conservation du bien immobilier... Ces pouvoirs sont définis par les textes et la jurisprudence comme des pouvoirs de gestion courante nécessités par l'intérêt de la société.

→ Article 1849 du Code civil.

2. NOMINATION ET CHANGEMENT DE GÉRANT

■ Principes

Il est nécessaire de prévoir dans les statuts le mode de nomination du ou des gérants. Ces règles de nomination retiendront le plus souvent la majorité des voix, plus une.

C'est la solution qui est retenue par l'article 1846, 1er et 2ème alinéas, du Code civil : « *Les statuts fixent les règles de désignation du ou des gérants et le mode d'organisation de la gérance. Sauf disposition contraire des statuts, le gérant est nommé par une décision des associés représentant plus de la moitié des parts sociales* ».

La loi laisse donc le champ libre aux associés pour déterminer tout autre mode de désignation ou tout autre règle de majorité des voix (majorité des deux tiers, unanimité…).

Ce choix sera fonction, le plus souvent, de la nécessité qui a conduit à choisir le cadre de la SCI.

De la même manière, il est tout à fait possible de fixer une durée de mandat, à l'issue de laquelle une nouvelle nomination devra être organisée.

Dans le cas d'une gestion d'indivision successorale, il n'est pas rare de choisir une « gérance tournante », qui permet à chaque co-héritier de gérer à son tour le bien indivis apporté en SCI. Inversement, ce système a aussi l'avantage de ne pas laisser à la même personne l'intégralité de la charge de gérance pendant une durée illimitée.

Mais il est nécessaire, à chaque changement de gérant, de procéder à sa publication. En effet, à défaut de cette procédure, les actes effectués par la société ne seraient opposables ni aux tiers, ni à la SCI elle-même.

■ Pourquoi changer de gérant ?

Au cours de la vie de la société, il est possible que le gérant nommé lors de la constitution de la société cesse ses fonctions. Les cas qui se présentent le plus fréquemment sont le départ du fait du gérant, sa déposition par les associés, ou encore, si le gérant est associé de la SCI, toutes les causes de retrait d'un associé, d'incompatibilité ou d'incapacité (retrait amiable, retrait contraint ou décès).

• Révocation du gérant

De la même manière que la loi ne prévoit aucune modalité de nomination, le Code civil n'impose pas de mode de révocation particulier.

Si les statuts n'ont pas prévu de règles de majorité particulière, l'article 1851 du Code civil prévoit la révocation par une décision des associés représentant plus de la moitié des parts sociales.

« Sauf disposition contraire des statuts, le gérant est révocable par une décision des associés représentant plus de la moitié des parts sociales. Si la révocation est décidée sans juste motif, elle peut donner lieu à dommages-intérêts. »

Il est cependant nécessaire de savoir qu'une révocation abusive, c'est-à-dire sans motif valable, peut faire l'objet d'un recours de la part du gérant. Il est donc nécessaire de ne pas prendre une telle décision si elle n'est pas clairement et indiscutablement motivée.

Par exemple, la mise sous tutelle ou sous curatelle du gérant sera une cause légitime de révocation.

Même remarque si le gérant a été condamné pour des crimes ou délits de droit commun.

Dans la plupart des cas, le gérant sera démis de ses fonctions quand il aura outrepassé les pouvoirs qui lui sont conférés par les statuts. C'est pourquoi, comme il a été exposé plus haut, il est nécessaire, dès la constitution de la société, de déterminer clairement l'objet social et les pouvoirs de la gérance.

• Arrivée à terme du mandat

Si les statuts ne prévoient pas expressément la durée du mandat de gérant, celle-ci est présumée être celle de la société qui, rappelons-le, est une mention obligatoire des statuts.

Mais rien interdit, au moment de la constitution de la SCI, ou au cours de son existence, d'introduire dans les statuts la durée du mandat du gérant. De la même manière, il est possible que les statuts prévoient que le mandat de gérant peut être exercé consécutivement un certain nombre de fois ou, a contrario, que le mandat n'est pas renouvelable.

Si le changement de gérant a lieu dans ce cadre, il est fort probable que la procédure ne posera pas de problèmes particuliers.

• Démission du gérant

Cette manière de mettre un terme au mandat n'est pas prévue expressément par la loi. Cependant, le gérant peut souhaiter quitter ses fonctions.

Par analogie avec le droit du travail, le gérant devra notifier sa démission aux associés. L'utilisation de la lettre recommandée avec accusé de réception est conseillée, de la même manière et pour les mêmes raisons qu'elle l'est en droit du travail.

Toujours de la même manière qu'en droit du travail, les associés ne sont pas en mesure de refuser la démission du gérant. Celle-ci ne devra faire l'objet d'aucune décision collective de la part des associés, sauf bien sûr, pour en gérer les conséquences.

Les conséquences d'une telle cessation de fonctions peuvent être problématiques pour les associés. C'est pourquoi une démission qui mettrait en péril les intérêts des associés pourrait entraîner une condamnation du gérant à des dommages-intérêts. Le caractère brusque de la démission, notamment, peut être condamné comme abusif. Ce sera le cas d'un gérant qui quitterait ses fonctions sur-le-champ, sans un préavis permettant aux associés d'organiser son remplacement.

La nécessité d'un préavis peut paraître exagérée. Mais il n'est pas rare que, dans certaines SCI, seul le gérant ait, par exemple, le droit de signature sur les comptes sociaux, ainsi que sur l'ensemble des actes de gestion courante. Le temps de régler ces problèmes purement administratifs peut générer des retards dans le paiement des impôts, dans l'acquittement de certaines taxes ou, tout simplement, dans la convocation d'une assemblée générale.

Ces quelques exemples, qui ne sont pas exhaustifs doivent inciter à une certaine prudence dans les possibilités de sortie d'une « situation de crise ». Par exemple, il pourra être salutaire de confier la gérance à deux ou plusieurs associés, ou encore, prévoir dans les statuts un « délai-congé » en cas de démission du gérant.

• Incapacité du gérant

Il est des circonstances dans lesquelles le gérant d'une société, comme toute autre personne physique, peut se voir privé en tout ou partie, de sa capacité juridique. Cette privation, qui est le plus souvent due à des raisons de santé physique ou mentale, peut avoir des conséquences pour une société.

Dans le cas où le gérant de la SCI serait placé sous sauvegarde de justice, tutelle ou curatelle, les associés sont en droit de le révoquer. En effet, un majeur placé sous régime de tutelle ou de curatelle peut conserver cette fonction, assisté de son tuteur ou curateur. Mais les problèmes de santé physique ou mentale qui justifient sa mise sous sauvegarde de justice constituent pour les associés un motif légitime de révocation.

■ Procédure

• Révocation du gérant

La révocation du ou des gérants dépend des modalités de majorité qui auront été prévues par les statuts. En l'absence de telles modalités, qui sont le plus souvent celles adoptées par les statuts, c'est l'article 1851 alinéa 1er du Code civil qui s'applique : la révocation du gérant doit émaner d'une décision collective des associés représentant plus de la moitié des parts sociales.

Il est donc nécessaire, pour révoquer le gérant, de convoquer une assemblée des associés. Il est aussi possible d'attendre l'assemblée générale ordinaire annuelle de la SCI.

En effet, s'il est des cas pour lesquels la révocation ne pose pas de problèmes quant au comportement du gérant qui accepte de se plier à la volonté des associés, il en est d'autres pour lesquels la situation est plus problématique. Si le gérant n'accepte pas le principe de sa révocation, il peut être tenté de bloquer le processus en refusant de convoquer une assemblée. Ce blocage, s'il ne peut durer, en droit, plus d'un exercice, soit une année, peut cependant être gênant pour les associés.

Dès lors, les associés auront trois possibilités :

- ☐ La première, c'est le droit qu'a tout associé de demander au gérant, par lettre recommandée, de convoquer une assemblée, ou de procéder à une consultation écrite sur une question particulière. Cette demande a pour conséquence d'obliger le gérant à convoquer une assemblée ou à inscrire la question à l'ordre du jour de la prochaine assemblée.

Si le gérant ne répond pas dans le délai d'un mois, les associés peuvent saisir le Tribunal de Grande Instance d'une demande en référé. Cette demande aura pour objet la nomination d'un mandataire qui convoquera l'assemblée.

☐ La seconde, c'est d'attendre la prochaine assemblée générale légalement requise pour ne pas donner quitus* au gérant de son mandat. Dans ce cas, c'est encore le vote qui décidera du sort du gérant.

☐ La troisième, c'est la révocation judiciaire du gérant. Rien interdit en effet au gérant, s'il est associé, de participer au vote de sa propre révocation. Si le gérant est majoritaire dans la société (c'est-à-dire s'il possède plus de la moitié des parts sociales), il sera impossible d'obtenir sa révocation par le vote des associés. Mais cette demande devra être fondée sur des motifs légitimes.

• Arrivée à terme du mandat

Ce mode de fin de mandat est en général celui qui pose le moins de problèmes puisqu'il est la conséquence de l'écoulement d'un certain délai ou de la survenance d'un événement prévu par les statuts.

Notons ici la liberté dont disposent les associés pour la détermination de la durée du mandat et pour ses motifs de fin. Les statuts pourront prévoir une durée ou un âge limite, ou d'autres conditions particulières de fin de mandat.

• Démission du gérant

En l'absence de dispositions précises du Code civil, les statuts de la SCI devraient comporter une procédure pour la démission du gérant. En effet, comme il a été décrit plus haut, la démission brusque et avec effet immédiat peut porter préjudice à l'équilibre de la SCI.

Par analogie avec le droit privé, il est possible d'imaginer une clause indiquant un délai-congé raisonnable pour les deux parties et, éventuellement, les formes que devra revêtir la démission. La plus efficace étant la lettre recommandée avec accusé de réception adressée aux associés.

Dans ce cas, que le gérant s'abstienne de faire supporter à la SCI les frais postaux de ses envois. Ceux-ci pourraient lui être réclamés.

• Incapacité du gérant

Si le gérant est placé sous sauvegarde de justice, il n'est pas interdit d'envisager une révocation, dans les formes qui ont été décrites plus haut.

De la même manière, les associés peuvent engager, comme le confirment certaines décisions, une procédure de révocation judiciaire.

La mise sous tutelle ou curatelle du gérant constitue un motif légitime de révocation du gérant au sens de l'article 1851, alinéa 2 du Code civil.

■ Conséquences

• Recours du gérant déposé

Ni les associés, ni le gérant ne doivent perdre de vue que la révocation d'un gérant, tout comme le licenciement d'un salarié, doit avoir un motif légitime. Cette notion est vague, et les conséquences d'un recours en justice de la part du gérant sont limitées. En effet, le juge ne peut statuer que sur le montant de l'indemnité à accorder au gérant non légitimement révoqué.

Si la décision collective de révocation a été prise dans les formes prévues par les statuts ou, dans leur silence, par la loi (décision des associés représentant plus de la moitié des parts sociales), le juge ne peut pas l'annuler.

De la même manière que pour un licenciement, une indemnité pour révocation vexatoire ou abusive peut être demandée par le gérant.

En règle générale, l'abandon de ses fonctions par le gérant, des délits tels que l'abus de pouvoirs ou l'abus de biens sociaux, ou encore, une mauvaise gestion financière, constituent des motifs légitimes de révocation.

• Droit de retrait du gérant associé révoqué

Dans le cas où le gérant est associé de la SCI, sa révocation peut entraîner des tensions qui peuvent l'amener à se retirer de la SCI. Cette possibilité est ouverte au gérant par l'article 1851 alinéa 3 du Code civil, selon la procédure prévue à l'article 1869 alinéa 2 du même code.

Cependant, deux cas de figure sont à distinguer : la révocation du gérant avec continuation de la SCI, et sa révocation dans le cadre d'une dissolution de la SCI.

A noter : la révocation du gérant, même si son nom est inscrit dans les statuts (on dira alors qu'il est « gérant statutaire »), n'entraîne pas la dissolution de la société. Tout au plus, quelques formalités légales de publication et une modification des statuts dans le cas d'un gérant statutaire.

Cependant, le gérant révoqué a, sauf stipulation ou condition expresse des statuts, la possibilité de se retirer. Ce retrait se fait dans les mêmes conditions, sauf disposition contraire des statuts, que pour tout associé.

C'est-à-dire qu'à défaut d'accord entre les parties pour déterminer une valeur de rachat des parts sociales de l'associé se retirant, celle-ci est déterminée par un expert. Ce professionnel peut être désigné par les associés ou, en cas de désaccord, par le président du tribunal saisi en référé.

→ Articles 1851 al. 3, 1869 al. 2 et 1843-4 du Code civil.

A noter : il est quelquefois des circonstances qui amènent les associés à dissoudre la SCI de manière anticipée. Si le droit de retrait du gérant est exercé concomitamment ou dans le cadre de la dissolution de la SCI, le droit de retrait ne s'applique pas de la manière décrite ci-dessus. Le retrait du gérant associé se fera dans le cadre de la procédure de dissolution de la SCI.

→ Articles 1851 alinéa 3, 1844-8 et 1844-9 du Code civil.

• Formalités

Si le nom du gérant apparaît dans les statuts à cette fonction, il sera nécessaire de modifier les statuts. Il en sera de même si le gérant associé exerce son droit de retrait, auquel cas son état-civil, et sa participation au capital n'ont plus lieu d'être. Enfin, suite à l'exercice d'un droit de retrait, la répartition du capital sera certainement modifiée par le rachat des parts du gérant par les autres associés. Eventuellement, il est possible que ces parts soient cédées à un tiers qui viendra ainsi rejoindre la SCI.

Dans tous les cas, la formalité à accomplir par la SCI dans le cadre de la révocation d'un gérant est la publicité. Si le gérant est statutaire, il sera nécessaire d'envisager une modification des statuts pour les mettre en conformité avec les nouvelles donnes de la SCI.

Ces formalités de publicité sont les suivantes :

— insertion du changement de gérant dans un journal d'annonces légales du département dans lequel la SCI a son siège social ;

— deux exemplaires de l'acte constatant la cessation des fonctions du gérant (procès-verbal de l'assemblée générale, acte sous seing privé...) à déposer au greffe du Tribunal de commerce dans le ressort duquel la SCI a son siège ;

— éventuellement, si la cessation des fonctions du gérant entraîne une modification des statuts (donc, si le gérant est statutaire...), deux exemplaires des statuts mis à jour seront à déposer au greffe du même Tribunal de commerce ;

— il sera nécessaire de déposer une inscription modificative au Registre du Commerce et des Sociétés (RCS), puisque l'inscription au RCS, lors de la constitution de la SCI, doit comporter le nom du ou des gérants ;

— l'ensemble de ces documents devra être accompagné d'un formulaire M2 (voir ci-après en annexe page 36).

Il est indispensable de procéder à ces formalités de publicité. En effet, ce sont elles qui rendent la cessation des fonctions du gérant opposable aux tiers. En l'absence de publicité, les engagements qui seraient pris par l'ancien gérant au nom de la société, même après la cessation de ses fonctions, devraient être honorés par la SCI.

→ Article 1846-2, alinéa 1 du Code civil.

De la même manière, une SCI ne pouvant demeurer sans gérance, il sera nécessaire de procéder à la désignation d'un nouveau gérant. Le choix d'un nouveau gérant doit tenir compte des règles de capacité légales imposées par la loi. Ainsi, et hors dispositions spécifiques des statuts de la SCI, le gérant doit satisfaire aux conditions suivantes :

— le gérant doit avoir la pleine capacité juridique. Il ne doit pas être sous tutelle ou sous curatelle ;

— il peut indifféremment être de nationalité française ou étrangère ;

— il n'est pas nécessaire que le gérant soit associé de la SCI – mais dans ce cas, il devra être rémunéré ;

— une personne ayant fait l'objet d'une mise en faillite personnelle ne peut être nommée gérant d'une SCI ;

— l'exercice de certaines professions réglementées interdit d'occuper les fonctions de gérant au sein d'une SCI. Ce sera ainsi le cas des notaires, avocats ou experts-comptables ;

— le gérant doit bien entendu être majeur, sauf dans le cas d'un mineur émancipé*. A contrario, la loi ne prévoit aucune limite d'âge pour le gérant. Ce qui n'interdit pas aux associés de fixer une telle limite dans les statuts.

La désignation d'un nouveau gérant doit faire l'objet d'une procédure de désignation et de publicité bien déterminée.

En général, le premier gérant de la société est désigné soit par les statuts (gérant statutaire), soit par un acte extérieur aux statuts. Dans ce dernier cas, l'acte devra être annexé aux statuts.

Dans le cas du remplacement d'un gérant cessant ses fonctions de quelque manière que ce soit (démission, révocation, décès...), le nouveau gérant devra être nommé par une décision collective des associés, prise en assemblée générale. Les conditions de majorité requises pour cette nomination seront déterminées par les statuts ou à défaut, par une décision des associés représentant plus de la moitié des parts sociales.

Dans le cas de la nomination d'un nouveau gérant, les associés devront :

— faire publier cette modification dans un journal d'annonces légales ;

— déposer au RCS deux exemplaires de la décision collective portant nomination du nouveau gérant ;

— déposer au RCS une déclaration de non-condamnation du nouveau gérant ;

— déposer au RCS un extrait d'acte de naissance du nouveau gérant ;

— joindre à l'ensemble de ces documents un formulaire M2 dûment renseigné.

En règle générale, les deux procédures seront jointes afin d'éviter des dépenses et des démarches inutiles. Le formulaire M2 reprenant l'ensemble des renseignements relatifs au nouveau et à l'ancien gérant, et les décisions collectives de révocation ou de prise d'acte de démission et celles de nomination du nouveau gérant ayant en général lieu au cours de la même assemblée générale, il est possible de regrouper les deux procédures.

→ Article 1846, alinéa 3 du Code civil.

3. LES DIFFÉRENTES RESPONSABILITÉS DU GÉRANT

Inévitable corollaire des pouvoirs dont il dispose, le gérant peut aussi voir sa responsabilité engagée et ce, sur différents plans : civil, pénal et fiscal.

La responsabilité pénale est une donnée assez vaste puisqu'elle regroupe tous les faits prohibés qui encourent des poursuites pénales. Dans le cadre de la responsabilité pénale du gérant, ces faits doivent être commis par le gérant dans l'exercice de ses fonctions.

La responsabilité civile concerne les infractions commises par le gérant, toujours dans l'exercice de ses fonctions. Mais, contrairement à la responsabilité pénale, la responsabilité civile du gérant peut être engagée non seulement quand ce dernier viole des dispositions législatives ou réglementaires, mais aussi quand il contrevient à des dispositions inscrites dans les statuts de la SCI ou à des fautes commises dans la gestion de la SCI (ventes à perte d'un immeuble, nantissement ou hypothèque sans décision collective alors que les statuts la prévoyaient expressément...).

Enfin, le gérant peut voir engagé sa responsabilité vis-à-vis de l'administration fiscale, notamment s'il est responsable de manœuvres frauduleuses qui ont empêché le recouvrement de l'impôt. Dans ce cas, le gérant pourra être tenu solidairement des sommes dues par la société au titre d'imposition et de pénalités (de retard et de mauvaise foi).

4. ASPECTS FISCAUX ET SOCIAUX DE LA GÉRANCE

Les règles qui sont étudiées ici s'appliquent au cas le plus fréquent : celui de la SCI n'ayant pas opté pour le régime de l'impôt sur les sociétés.

■ Aspects fiscaux

Comme il a été évoqué plus haut, le gérant n'est pas obligatoirement choisi parmi les associés de la SCI. Ce choix appartient aux associés.

Dans ce cas, le gérant pourra être rémunéré. Ce sera notamment le cas lorsque la SCI aura atteint une certaine taille et que la gestion de son parc locatif imposera une gestion quasi-quotidienne (voir partie 4. La gestion locative).

Le plus souvent, pour les SCI de location familiales, le gérant sera un des associés. Dans ce cas, il exercera le plus souvent ses fonctions à titre gratuit, mais il se peut que les statuts prévoient une rémunération.

Dans les deux cas, les régimes fiscaux et sociaux qui lui seront applicables, ainsi qu'à la SCI, seront différents.

• Gérance non rémunérée

Ce cas est de loin le plus fréquent dans le cadre des SCI de location. Dans ce cadre, le gérant ne perçoit aucune rémunération de la part de la société.

Son régime d'imposition sera alors le même que celui des autres associés, c'est-à-dire, une imposition des bénéfices distribués dans le patrimoine de l'associé, après une répartition au prorata de la participation de l'associé au capital de la SCI.

• Gérance rémunérée

Deux cas sont ici à distinguer. La situation sociale et fiscale du gérant et de la SCI sera différente si le gérant est ou non associé de la SCI.

Si le gérant est associé de la société et qu'il perçoit des appointements de la part de la société au titre de son activité de gérant, les sommes ainsi perçues seront considérées comme un revenu imposable dans le revenu global de l'associé. La catégorie de revenus dans laquelle devront être déclarées les sommes perçues dépend de la nature de l'activité de la SCI.

En effet, l'administration fiscale considère que les sommes versées à un associé au titre de rémunération d'une fonction de gérant ne doivent pas être considérées comme des salaires mais comme une répartition particulière des bénéfices sociaux de l'exercice.

A ce titre, pour une SCI de location, ces sommes seront imposées comme des revenus fonciers.

L'imposition du gérant associé et rémunéré sera donc unique et assise sur :

— le montant des revenus fonciers qui lui seront distribués en tant qu'associé de la SCI (c'est-à-dire la somme qui lui sera versée après application au bénéfice social de la SCI du prorata de sa participation au capital). Cependant, les sommes perçues au titre de rémunération du gérant devront être retirées de ce montant global ;

— le montant des rémunérations perçues au titre de la fonction de gérant, après application de la déduction forfaitaire prévue par l'article 31 du Code général des impôts. Cette déduction a pour objet la prise en compte des frais exposés par le gérant pour l'accomplissement de ses fonctions ;

— il n'est pas rare, de la même manière, que l'un des associés bénéficie d'un avantage en nature, comme par exemple, le droit d'occuper le bien. D'un point de vue pécuniaire, le montant de l'avantage en nature consenti sera égal à la valeur mobilière* de l'immeuble.

Si le gérant n'est pas associé de la SCI, il est donc traité fiscalement de la même manière qu'un salarié. Les revenus qu'il tire de cette activité seront donc à déclarer au titre de l'impôt sur le revenu.

La catégorie de revenus dont vont dépendre ces rémunérations sera fonction de la manière dont le gérant rémunéré exerce sa profession. S'il est lié à la SCI par un contrat de travail, ses revenus seront imposables dans la catégorie « Traitements et salaires ». Si au contraire, le gérant exerce son activité comme un administrateur de biens (par exemple, s'il est gérant de plusieurs SCI), les rémunérations seront à déclarer dans la catégorie des « Bénéfices Industriels et Commerciaux ». Le critère qui permet la distinction est ici le même que celui qui caractérise un contrat de travail : le lien de subordination*.

■ Aspects sociaux

Ici encore, il est nécessaire de distinguer selon que le gérant est associé ou non, et rémunéré ou non.

• Gérant associé non rémunéré

Au même titre que les autres associés, il percevra une partie des revenus fonciers de la SCI, au prorata de sa participation au capital. Dans ce cas, le gérant associé non rémunéré ne doit aucune cotisation sociale.

• Gérant associé rémunéré

Il sera assujetti au régime des non-salariés et devra donc cotiser aux régimes de maladie, maternité, vieillesse, et au régime de cotisation personnelle d'allocations familiales. Il devra aussi cotiser aux régimes de retraite complémentaire (AGIRC ou ARRCO).

• Gérant non associé rémunéré

Le régime des cotisations sociales dépendra ici de l'existence d'un lien de subordination. Si ce lien existe, le gérant relèvera du régime des salariés (régime de droit commun de la Sécurité Sociale). Si le lien de subordination n'existe pas (puisque le gérant dirige la SCI), le gérant devra cotiser au régime des non-salariés.

ANNEXE

— **Formulaire M2** : ci-contre.

M2 cerfa 11682*06

Imprimer | Réinitialiser

DECLARATION DE MODIFICATION(S)

PERSONNE MORALE (SAS, SARL, société civile, groupement, EPIC, association, etc.)

RESERVE AU CFE M G U I D B E F K T
Déclaration N°
Reçue le
Transmise le

REMPLIR DANS TOUS LES CAS les cadres n° 1, 2, 21, 22 ET LES MENTIONS NOUVELLES OU MODIFIEES en indiquant la date de l'évènement

1 ☐ Dénomination, forme juridique, capital ☐ Prise d'activité d'une société créée sans activité ☐ Cessation totale d'activité sans disparition de la personne morale (mise en sommeil)
☐ Transfert de siège ☐ Déclaration relative à un établissement (ouverture, modification, transfert, mise en location gérance, gérance-mandat, fermeture)
☐ Reprise d'activité ☐ Dissolution : ☐ avec poursuite d'activité ☐ sans poursuite d'activité ☐ GIE-GEIE ☐ Autre

RAPPEL D'IDENTIFICATION AVANT MODIFICATION

2 **N° UNIQUE D'IDENTIFICATION**
☐ IMMATRICULATION AU RCS DU GREFFE DE
☐ au RM DANS LE DEPT DE
Greffe(s) du ou des immatriculation(s) secondaire(s)
Dénomination / Sigle
Forme juridique
☐ **Siège ou** ☐ **1er établissement en France pour les sociétés étrangères :**
Rés., bât., n°, voie, lieu-dit
Code postal Commune
Le cas échéant, ancienne commune

3 **UNIQUEMENT POUR LA SOCIETE A ASSOCIE UNIQUE** L'associé unique assume-t-il personnellement la direction de la société ☐ oui ☐ non

Date — DECLARATION RELATIVE A LA MODIFICATION DE LA PERSONNE MORALE

4 **DENOMINATION**
Sigle
Forme juridique
☐ Société réduite à un associé unique
Durée de la personne morale an(s)
Date de clôture de l'exercice social jour, mois

5 **Capital** : montant *unité monétaire*
Si capital variable : *Montant minimum*
☐ Continuation de la société malgré un actif net inférieur à la moitié du capital social
☐ Reconstitution des capitaux propres

6 ☐ Adhésion aux principes de l'économie sociale et solidaire – ESS
☐ Sortie du champ de l'économie sociale et solidaire – ESS
☐ Société à mission
☐ N'est plus une société à mission

7 ☐ **FUSION** ☐ **SCISSION** Cette opération entraîne ☐ une augmentation de capital
Indiquer les personnes morales ayant participé à l'opération sur l'intercalaire M'

8 **MISE EN SOMMEIL PAR CESSATION TOTALE D'ACTIVITE**

9 **DISSOLUTION** Préciser si : ☐ Cessation de l'activité ☐ Poursuite de l'activité
Indiquer le liquidateur au cadre 19A sauf pour une transmission universelle du patrimoine
Dans le cas de fermeture d'établissement(s), remplir cadre 12
Nom du support d'annonces légales Date de parution
Adresse de liquidation : ☐ Siège ☐ Adresse du liquidateur ☐ Autre
☐ Transmission universelle du patrimoine

10 **RUPTURE ANTICIPEE DU CONTRAT D'APPUI**

DECLARATION RELATIVE A UN ETABLISSEMENT ET A L'ACTIVITE

11 **Cette demande concerne :** ☐ **OUVERTURE** ☐ **FERMETURE** ☐ **MODIFICATION** ☐ **TRANSFERT** ☐ **LOCATION-GERANCE** ☐ **GERANCE-MANDAT**

Date — ETABLISSEMENT TRANSFERE OU FERME

12 **ANCIEN ETABLISSEMENT :** ☐ Siège ☐ Siège-Etablissement principal
☐ Etablissement principal ☐ Secondaire ☐ Premier établissement en France d'une société étrangère
Adresse : *rés., bât., n°, voie, lieu-dit* (si différente du cadre 2)
Code postal Commune
Le cas échéant, ancienne commune
POUR UN TRANSFERT : Destination ☐ Vendu ☐ Fermé ☐ Autre
Si maintien d'une activité, de ce fait l'établissement est :
☐ Siège ☐ Principal ☐ Secondaire
POUR UNE FERMETURE : Destination ☐ Supprimé ☐ Vendu ☐ Autre
Si cessation d'emploi de tout salarié : date Suite sur intercalaire M'

Date — ETABLISSEMENT CREE OU MODIFIE

13 **Adresse :** *rés., bât., n°, voie, lieu-dit* Code postal Commune
L'ETABLISSEMENT DEVIENT : ☐ Siège ☐ Siège-Etablissement principal ☐ Etablissement principal ☐ Secondaire (cocher uniquement si changement de nature de l'établissement)
☐ Contrat de domiciliation : Nom du domiciliataire
N° unique d'identification
Pour l'ouverture d'établissement(s) situé(s) dans un autre Etat membre de l'UE ou de l'EEE, indiquer le pays, le lieu et le n° d'immatriculation sur l'intercalaire M'
POUR UN ETABLISSEMENT MODIFIE : Présence de salarié ☐ Oui ☐ Non
POUR UN ETABLISSEMENT CREE : s'il est secondaire, est-il permanent et dirigé par une personne ayant le pouvoir de lier des rapports juridiques avec les tiers ☐ Oui ☐ Non

14 **ACTIVITE** ☐ Permanente ☐ Saisonnière / ☐ Ambulante
Activité(s) exercée(s) dans l'établissement :
Indiquez la plus importante :
Indiquez la nature de l'activité la plus importante en ne cochant qu'une seule case :
☐ Fabrication, production ☐ Bâtiments, travaux publics ☐ Commerce de gros
☐ Commerce de détail en magasin (surface : m²) ☐ Commerce de détail sur marché
☐ Commerce de détail sur Internet ☐ Autre, *préciser*
En cas de modification d'activité, elle résulte d'une :
☐ Adjonction (ajout) d'activité
☐ Suppression partielle d'activité par : ☐ Disparition ☐ Vente ☐ Reprise par le propriétaire
☐ Autre, *préciser*

15 **NOM COMMERCIAL**
ENSEIGNE

16 **EFFECTIF SALARIE de l'établissement créé :** Date d'embauche du 1er salarié
Effectif salarié de l'entreprise dont : apprentis VRP

17 **ORIGINE DU FONDS OU ORIGINE DE L'ACTIVITE**
☐ **Création**, *passer au cadre suivant* ☐ **Reprise** ☐ **Achat** ☐ **Apport**
☐ **Location-gérance** ☐ **Gérance-mandat** ☐ **Autre**
Précédent exploitant : N° unique d'identification
Nom de naissance / Dénomination
Nom d'usage Prénoms
Achat, Apport (sauf pour fonds artisanal et achat dans le cadre d'un plan de cession)
Support d'annonces légales : date de parution
Nom du support :
Location-gérance - Gérance-mandat
Dates du contrat : début fin
Renouvellement par tacite reconduction ☐ oui ☐ non
Loueur du fonds ou Mandant du fonds
Nom de naissance / Dénomination
Nom d'usage Prénoms
Domicile / Siège
Code postal Commune
Pour la gérance-mandat N° unique d'identification du mandant
Greffe d'immatriculation

Date — FONDS DONNE EN LOCATION-GERANCE OU EN GERANCE-MANDAT

18 **ADRESSE :** *rés., bât., n° voie, lieu-dit* Code postal Commune Salariés présents ☐ oui ☐ non
MISE EN LOCATION-GERANCE ☐ Totalité du fonds ☐ Une partie du fonds, laquelle
Locataire-gérant ou Gérant-mandataire : Nom, nom d'usage, prénoms / dénomination Etablissement ☐ Principal ☐ Secondaire
Pour la gérance-mandat : N° unique d'identification du gérant-mandataire Greffe d'immatriculation / Département pour RM
Domicile / Siège : Code postal Commune

Date — DECLARATION RELATIVE AUX DIRIGEANTS, ASSOCIES, PERSONNES AYANT LE POUVOIR GENERAL D'ENGAGER LA PERSONNE MORALE AUX PERSONNES ASSURANT LE CONTROLE, AUX COMMISSAIRES AUX COMPTES

Suite sur les intercalaires M3 ou M3 Sarl / Selarl

19A **POUR DECLARATION DE MODIFICATION** ☐ Nouveau ☐ Partant *remplir 19B*
☐ Modification situation personnelle ☐ Maintenu *ancienne qualité*
QUALITE
Nom de naissance
Nom d'usage Prénoms
Né(e) le à Nationalité
Dénomination, forme juridique
Domicile / Siège
Code postal Commune
Pour une personne morale Lieu et N° d'immatriculation
☐ Représentant (si obligation de désignation) remplir cadre 9 de l'intercalaire M3

19B ☐ **PARTANT** Noms de naissance, d'usage, prénoms / Dénomination, forme juridique
Pour le régime des non salariés, TNS : N° de sécurité sociale

Date — RENSEIGNEMENTS COMPLEMENTAIRES

20 **OBSERVATIONS :**

21 **ADRESSE de correspondance de l'entreprise** ☐ Déclarée au cadre n° ☐ Autre :
Code postal Commune
Tél Tél
Télécopie / courriel

Le présent document constitue une demande de modification au RCS, au RM et vaut déclaration aux services fiscaux, aux organismes de sécurité sociale, à l'insee et, s'il y a lieu, à l'inspection du travail.
Quiconque donne, de mauvaise foi, des indications inexactes ou incomplètes s'expose à des sanctions pénales pouvant aller jusqu'à l'emprisonnement.

22 ☐ **LE REPRESENTANT LEGAL**
☐ **LE MANDATAIRE** *ayant procuration*
☐ **AUTRE PERSONNE** *justifiant d'un intérêt*
Nom, prénom / dénomination et adresse
Code postal Commune
Certifie l'exactitude des renseignements donnés
Fait à Le
Nombre d'intercalaire(s) : M3 ou M3 Sarl de volet(s) TNS
Nombre d'intercalaires JQPA (justification de qualification professionnelle artisanale)
Nombre de volet(s) M'BE (bénéficiaires effectifs) :
SIGNATURE :
Signer chaque feuillet séparément

La loi n° 78-17 du 6 janvier 1978 modifiée relative à l'informatique, aux fichiers et aux libertés s'applique aux réponses des personnes physiques à ce questionnaire
Elle leur garantit un droit d'accès et de rectification, pour les données les concernant, auprès des organismes destinataires de ce formulaire.

Chapitre 2

Les associés

Les associés sont, à côté de la gérance, le second organe décisionnel de la SCI. Ils sont à l'origine des décisions qui, dans le cadre d'une gestion collective familiale, doivent être prises par l'assemblée des associés.

Propriétaires des parts de la SCI, ils en sont les créanciers. Le gérant doit donc répondre de sa gestion devant les associés.

En tant que créanciers de la SCI, les associés ont des droits attachés à leur qualité, mais aussi des obligations.

Il n'est pas rare, d'autre part, que des événements de la vie courante aient des conséquences sur la vie sociale de la SCI. Il est indispensable de les connaître pour être à même de les gérer quand ils surviennent.

Enfin, les associés peuvent être amenés à agir directement dans la vie de la SCI, en lui fournissant les fonds nécessaires en cas de besoin.

1. LES ASSEMBLÉES D'ASSOCIÉS

Les deux droits fondamentaux des associés sont la participation aux décisions et le contrôle de la gestion et des actes du gérant. Eventuellement, ce contrôle peut amener à la révocation du gérant.

■ Les différentes assemblées

Comme il a été indiqué en introduction, les décisions collectives, qui constituent les décisions de la société, sont prises par les associés.

La tenue des assemblées et les règles qui vont y présider vont conditionner la validité des décisions qui y seront prises.

Sur le plan formel, la consultation des associés peut avoir lieu soit en la présence physique des associés, soit par correspondance, si les statuts le permettent.

En principe, c'est le gérant qui procède à la convocation des assemblées. Mais les statuts peuvent aménager ce principe, notamment en cas de désaccord entre les gérants, si la SCI en comporte plusieurs. Mais tout associé non-gérant peut convoquer l'assemblée sans mise en demeure préalable du gérant si celui-ci refuse de le faire.

De la même manière, tout associé peut demander au gérant, par lettre recommandée, de procéder à une consultation des associés sur une question particulière. Si le gérant refuse, il doit s'engager à mettre la question à l'ordre du jour de la prochaine assemblée.

Si le gérant maintient son refus ou garde le silence, l'associé peut demander en référé au Tribunal de Grande Instance dans le ressort duquel la SCI a son siège social, de désigner un mandataire qui provoquera la consultation en lieu et place du gérant.

□ **La plus courante des décisions collectives est l'assemblée générale annuelle.** Elle est souvent appelée « assemblée générale ordinaire ». Celle-ci est obligatoire et doit être tenue au moins une fois par an. Si la SCI n'est pas à jour de ses assemblées annuelles, elle pourrait être considérée comme fictive.

Au cours de cette assemblée, le gérant rend compte de sa gestion de l'année écoulée.

Les associés doivent être convoqués au moins quinze jours avant la date prévue par lettre recommandée.

La convocation doit contenir le texte des résolutions qui devront être adoptées par les associés, ainsi que tous les documents utiles à l'information des associés. Ces documents comportent générale-ment :

— un rapport d'activité indiquant les pertes ou les bénéfices, réalisés ou prévisibles,

— le texte des résolutions qui seront mises au vote,

— bilan, comptes de résultats, factures...

Au cours de cette assemblée, le gérant donne lecture de son rapport annuel de gestion, qui reprend l'ensemble des événements de l'année ayant trait à la gestion du bien : mesures de réfection éventuelles, montant des loyers perçus, revalorisation des locaux, procédures judiciaires pour expulsion. En bref, tout ce qui concerne la gestion immobilière de l'année écoulée.

Les associés auront à se prononcer par vote sur ce rapport, et sur les comptes annuels que le gérant va leur présenter. Ils « donneront quitus » au gérant pour l'exécution de son mandat, suivant l'expression consacrée, s'ils votent majoritairement pour ces éléments.

Ce type d'assemblée ne comporte en général qu'une seule résolution à voter, qui approuvera ou rejettera la gestion et les comptes annuels.

Il sera dressé un procès-verbal de ces résolutions (voir modèle ci-après page 44).

□ **Mais la consultation des associés peut intervenir à tout moment lors de la vie de la SCI, en dehors des assemblées annuelles.** Le gérant doit consulter les associés dès lors qu'une décision excède les pouvoirs qui lui sont conférés par les statuts. Ce sera le cas d'une cession ou d'une acquisition d'immeuble dans une SCI familiale.

De la même manière, la consultation des associés est obligatoire dès lors qu'une modification des statuts est envisagée ou nécessaire. Ce sera d'autant plus vrai lorsque les modifications affecteront les mentions obligatoirement portées dans les statuts, telles que définies par l'article 1835 du Code civil :

— forme de la société (SCI, SA, SARL, ...),
— objet social,
— appellation,
— montant du capital social,
— durée de vie de la société,
— modalités de fonctionnement de la société.

Comme dans le cas de l'assemblée annuelle d'approbation des comptes, la convocation devra parvenir aux associés au moins 15 jours avant la date prévue pour l'assemblée.

■ Les modes de consultation

Le mode de consultation le plus courant est l'assemblée. Un terme certes un peu pompeux lorsqu'il s'agit d'une SCI familiale, mais qui implique que les associés soient en présence autour du gérant.

Mais le Code civil prévoit aussi une possibilité de consultation par correspondance, qui peut être utilisée pour les consultations autres que l'assemblée générale annuelle.

Le choix entre la consultation par correspondance ou en assemblée est laissé au choix du gérant, mais la consultation par correspondance doit être expressément prévue par les statuts.

La consultation des associés par correspondance suit une procédure un peu différente de celle qui a été décrite pour les autres assemblées, afin de garantir le droit à l'information des associés.

Le texte des résolutions proposées doit être transmis aux associés par lettre recommandée. Cet envoi doit comprendre l'ensemble des documents nécessaires à l'information des associés, de la même manière que pour les consultations en assemblée.

Les associés doivent répondre à cette consultation dans le délai qui sera prévu par les statuts. Ce délai ne peut pas être inférieur à 15 jours.

Par « répondre », il faut entendre « voter ». L'associé consulté par correspondance doit envoyer son vote. Celui-ci doit être clair : pour, contre ou abstention. Il ne doit pas être assorti d'une condition. Mais rien n'empêche l'associé, sur un document distinct, de justifier son vote.

■ Le vote et les règles de majorité

Sur le principe, tout associé est titulaire du droit de vote à l'ensemble des décisions collectives. Aucune disposition statutaire ne peut l'en priver définitivement ou temporairement.

Sauf disposition contraire des statuts, les décisions sont prises à l'unanimité, c'est-à-dire sur un vote « pour » de chaque associé présent ou représenté (article 1852 du Code civil).

Lors de la rédaction des statuts, les associés auront eu soin d'adapter les règles de majorité requises par type de décisions.

En effet, certaines décisions, dans la vie sociale, ont des conséquences ou des implications différentes sur la SCI.

Par exemple, les règles de majorité ne devront pas être les mêmes pour une cession d'immeuble, à plus forte raison si la SCI n'en possède qu'un, que pour l'adoption de résolution de moindre importance. Pour la première, on requérera plutôt l'unanimité ou une majorité renforcée (des deux tiers, par exemple). Pour les secondes, on optera plutôt pour la majorité et ce, pour éviter les éventuels blocages.

Mais chaque SCI ayant son mode de gestion particulier, qui sera fonction des objectifs et des relations entre associés, les règles de majorité seront à déterminer en fonction.

Il est important de noter qu'aucune décision qui augmenterait l'engagement d'un associé ne peut être prise sans son consentement.

Enfin, un associé qui ne pourrait se déplacer, dans le cas où les statuts ne prévoiraient pas la possibilité du vote par correspondance, peut donner procuration à un autre associé pour voter à sa place.

■ Le procès-verbal

A l'issue de l'assemblée, ou de la réception des réponses des associés dans le cas d'un vote par correspondance, le gérant a la charge de dresser un procès-verbal de l'assemblée.

Ce document doit comprendre les mentions suivantes :

- nom et prénom des associés ayant participé à la décision ;
- le nombre de parts détenues par chacun d'eux ;
- les documents portés à la connaissance des associés (bilan, comptes de résultats, conventions, ...) ;
- l'ensemble des résolutions mises au vote, qu'elles aient été adoptées ou rejetées ;
- le résultat des votes (indiquant le nombre de voix pour, contre et abstention qu'a obtenu chaque résolution) ;
- les lieux et date de l'assemblée ;
- nom et prénom de l'associé ayant présidé la séance (indiquer sa qualité s'il s'agit du gérant) ;
- éventuellement, un résumé des débats s'il y a lieu (c'est-à-dire dans le cas où les résolutions se seraient heurtées à des contestations sérieuses).

Ce procès-verbal doit être daté et signé par le président de la séance, par le gérant et par l'ensemble des associés.

La conservation des procès-verbaux est une obligation qu'il ne faut pas négliger.

Dans la pratique, le plus simple sera de relier les procès-verbaux à la suite les uns des autres, sans discontinuité. Chaque feuille devra être numérotée et paraphée, soit par un juge du tribunal de commerce ou d'instance, par le maire de la commune du siège social de la SCI ou l'un de ses adjoints.

Cette procédure, qui peut paraître fastidieuse, est gratuite. Pour ce faire, il suffit de déposer les exemplaires des procès-verbaux au greffe du tribunal ou au secrétariat de la mairie.

Dans le cas d'une consultation par correspondance, les réponses de chaque associé doivent être annexées au procès-verbal.

Le registre des procès-verbaux doit être tenu à jour au siège de la SCI.

Modèle 1.

Procès-verbal d'assemblée générale ordinaire

PROCES-VERBAL
ASSEMBLEE GENERALE ANNUELLE

Le .... *(indiquez le lieu, la date et l'heure de l'assemblée)*

Les associés de la Société Civile Immobilière .... *(indiquez le nom de la société)* se sont réunis en assemblée générale ordinaire convoquée par le gérant conformément aux dispositions des statuts.
Etaient présents :

— .... *(indiquez les noms et prénoms des associés)*

— ....

L'assemblée générale est présidée par .... *(indiquez le nom du gérant)*, associé gérant.

Le président constate que le nombre des associés présents ou représentés satisfait aux conditions de quorum exigées par les statuts, et qu'en conséquence, l'assemblée est habilitée à prendre toutes les décisions ordinaires relevant de sa compétence.

Le président dépose sur le bureau et tient à la disposition des associés :

— les récépissés des lettres de convocations à l'assemblée générale ;

— les comptes annuels établis conformément aux dispositions législatives et réglementaires en vigueur ;

— le rapport sur les résultats de l'exercice ;

— les propositions faites relatives à l'affectation du solde des comptes ;

— le texte des résolutions soumises à l'approbation de l'assemblée, tel que transmis aux associés avec leur convocation.

Le président déclare que l'assemblée est appelée à délibérer sur les questions suivantes :

— examen et approbation des comptes annuels ;

— examen et approbation de l'affectation du solde ;

— questions diverses.

Première résolution

L'assemblée générale des associés, après lecture du rapport de gestion, des résultats ainsi que des propositions d'affectation du solde de l'exercice .... *(indiquez l'année)*, tels que présentés par la gérance, lesquels documents font apparaître pour l'exercice clos un résultat .... *(indiquez la nature du solde : « bénéficiaire » ou « déficitaire »)* de .... *(indiquez le montant du résultat)* €, l'approuve.

L'assemblée des associés approuve également l'ensemble des opérations réalisées par la gérance, lesquelles traduisent les comptes tels qu'ils lui ont été présentés. En conséquence, l'assemblée générale des associés donne quitus au gérant de l'exécution de son mandat.

Cette décision est adoptée par .... *(indiquez le nombre de voix pour)* voix sur .... *(indiquez le nombre total de voix).*

Seconde résolution

L'assemblée générale des associés, après lecture des propositions d'affectation du solde de l'exercice, approuve les propositions de la gérance sur ce sujet.

Cette décision est adoptée par .... *(indiquez le nombre de voix pour)* voix sur .... *(indiquez le nombre total de voix).*

Ou :
Seconde résolution

Après lecture des propositions d'affectation du solde de l'exercice, l'assemblée générale des associés n'approuve pas les propositions de la gérance sur ce sujet. A l'issue des débats, l'assemblée générale opte pour l'affectation suivante : .... *(indiquez l'affectation des soldes adoptée par les associés).*

Cette décision est adoptée par .... *(indiquez le nombre de voix pour)* voix sur .... *(indiquez le nombre total de voix).*

L'ordre du jour étant épuisé, la séance est levée à .... *(indiquez l'heure de fin de l'assemblée).*

De tout ce que dessus a été dressé le présent procès-verbal, signé par le gérant et visé par les associés.

Modèle 2.

Procès-verbal d'assemblée générale extraordinaire

PROCES-VERBAL
ASSEMBLEE GENERALE EXTRAORDINAIRE

Le .... *(indiquez le lieu, la date et l'heure de l'assemblée)*

Les associés de la Société Civile Immobilière .... *(indiquez le nom de la société)* se sont réunis en assemblée générale extraordinaire convoquée par le gérant conformément aux dispositions des statuts.

Etaient présents :

— .... *(indiquez les noms et prénoms des associés)*

— ....

L'assemblée générale est présidée par .... *(indiquez le nom du gérant)*, associé gérant.

Le président constate que le nombre des associés présents ou représentés satisfait aux conditions de quorum exigées par les statuts, et qu'en conséquence, l'assemblée est habilitée à prendre toutes les décisions relevant de sa compétence.

Le président dépose sur le bureau et tient à la disposition des associés :

— les récépissés des lettres de convocations à l'assemblée générale ;

— le texte des résolutions soumises à l'approbation de l'assemblée, tel que transmis aux associés avec leur convocation.

Le président déclare que l'assemblée est appelée à délibérer sur les questions suivantes :

— changement de siège social,

— questions diverses.

Résolution unique

Le siège social de la présente société, actuellement fixé : .... *(indiquez l'ancienne adresse du siège)* est transféré : .... *(indiquez la nouvelle adresse du siège).*

Le gérant procèdera à l'ensemble des formalités, notamment de publicité, requises pour la bonne exécution de cette décision.

Cette décision est adoptée par .... *(indiquez le nombre de voix pour)* voix sur .... *(indiquez le nombre total de voix).*

L'ordre du jour étant épuisé, la séance est levée à .... *(indiquez l'heure de fin de l'assemblée).*

De tout ce que dessus a été dressé le présent procès-verbal, signé par le gérant et visé par les associés.

Modèle 3.

Modèle de pouvoir de représentation à une assemblée générale

Un associé convoqué à l'assemblée générale peut se faire représenter par un autre associé. Pour cela, il fournit un pouvoir à la personne qu'il a choisie.

Pouvoir

Je, soussigné .... *(indiquez les nom et prénom de l'associé),* propriétaire de .... *(indiquez le nombre de parts de l'associé)* parts de la société, et disposant de .... *(indiquez le nombre de voix de l'associé)* voix, donne pouvoir à .... *(indiquez l'identité de l'associé détenteur du pouvoir)* pour le représenter à l'assemblée générale de la société qui aura lieu .... *(indiquez le lieu, la date et l'heure de l'assemblée)*, prendre connaissance de tous les actes et émettre tous les votes.

Fait à .... *(indiquez la ville)*, le .... *(indiquez la date)*

Signature
Précédée de la mention « bon pour pouvoir »

■ Formalités de publicité

Dans la mesure où la SCI intervient dans la vie économique et sociale, les tiers doivent avoir connaissance de certaines de ses caractéristiques. C'est pourquoi celles-ci doivent faire l'objet d'une publication.

L'assemblée des associés ayant seule le pouvoir de modifier fondamentalement ces caractéristiques, c'est toujours à la suite d'une de ces assemblées que les formalités de publicité devront être accomplies, le plus souvent par le gérant.

Ces formalités sont les suivantes :

☐ **Insertion des modifications dans un journal d'annonces légales pour les modifications suivantes** :

— dénomination sociale (le nom de la société),

— la forme de la société (SCI, SA, SARL, ...),

— le montant du capital social,

— la durée de la société,

— le siège social,

— l'objet social.

☐ **Dépôt au greffe du tribunal de commerce des procès-verbaux** qui constatent une décision des associés entraînant une modification des statuts quelle qu'elle soit. Le procès-verbal doit être déposé en double exemplaire. Deux exemplaires des statuts mis à jour doivent accompagner le dépôt des procès-verbaux.

☐ **Insertion au BODACC** (Bulletin Officiel des Annonces Civiles et Commerciales) des changements qui modifieraient les renseignements qui y ont été portés lors de l'immatriculation de la société.

2. OBLIGATIONS DES ASSOCIÉS

Ces obligations découlent de la définition du contrat de société donnée par l'article 1832 du Code civil : « *La société est instituée par deux ou plusieurs personnes qui conviennent par un contrat d'affecter à une entreprise commune des biens ou leur industrie en vue de partager les bénéfices ou de profiter de l'économie qui pourra en résulter. (...) Les associés s'engagent à contribuer aux pertes* ».

■ Obligation de participer aux pertes

Dans le cas où les résultats de la SCI feraient apparaître des pertes, chaque associé est tenu indéfiniment et individuellement de ces pertes, c'est-à-dire du remboursement des créanciers de la SCI.

Cette obligation de rembourser se fait au prorata de la participation de chaque associé au capital de la SCI.

Par exemple, si une SCI a 3 associés A, B et C, associés respectivement à hauteur de 50%, 25% et 25%, et accuse une perte d'exploitation de 100 000 euros, A devra rembourser 50 000 euros, B, 25 000 euros, et C, 25 000 euros.

Cependant, les créanciers ne pourront se retourner en paiement contre les associés que dans la mesure où ils auront épuisé les recours en remboursement contre la SCI : la participation aux pertes de l'associé n'est que subsidiaire.

Ce sera le cas lorsque, par exemple, la vente du patrimoine social (immeuble, véhicules, mobilier, ...) ne sera pas suffisante pour rembourser intégralement les créanciers.

Dans ce cas, les associés ne pourront être poursuivis que pour le solde de la dette, et au prorata de leur participation au capital.

Dans l'exemple précédent, si 50 000 euros ont pu être remboursés par la vente des biens de la SCI, les associés seront tenus des 50 000 euros restants à hauteur :

— de 25 000 euros pour A,

— de 12 500 euros pour B,

— de 12 500 euros pour C.

■ Obligation de participer au capital

Cette obligation naît directement du contrat de société, dans lequel les apports de chaque associé doivent être mentionnés. Mais ces apports ne doivent pas obligatoirement être versés immédiatement lors de la constitution.

Dans ce cas, les associés ont obligation de les verser dès que la SCI en aura exprimé le besoin, en général par un appel de fonds émanant du gérant.

3. LES DROITS DES ASSOCIÉS

Les associés ont, toujours en application de l'article 1832 du Code civil, le droit de percevoir les bénéfices résultant de l'exploitation de la SCI. De la même manière, ils ont le droit de quitter la société. Ces droits viennent en sus du droit de vote et de participation aux décisions.

■ Perception des bénéfices sociaux

La SCI présente la particularité, si elle n'a pas opté pour l'impôt sur les sociétés, de ne pas être elle-même imposable.

Le bénéfice tiré des opérations de gestion de son patrimoine immobilier (ici, la location) est réparti entre les associés en proportion de leur participation au capital. Le système est exactement identique à celui des pertes.

En conséquence, et après détermination du bénéfice imposable de la SCI, la part du bénéfice versée à chaque associé sera imposable dans le patrimoine de ce dernier.

■ Quitter la SCI : procédure et conséquences

D'une manière générale, le fait pour un associé de quitter la SCI de sa propre volonté peut revêtir plusieurs formes :

— l'exercice du droit de retrait,

— la cession et le don de ses parts.

Ces deux dernières modalités n'entraînant pas systématiquement, dans la mesure où elles peuvent n'être que partielles, le retrait de l'associé cédant ou donateur.

• L'exercice du droit de retrait

Un associé, pour diverses raisons, peut souhaiter quitter la SCI. Le Code civil rejetant le principe de l'engagement perpétuel, cette faculté est ouverte à tout associé, au moment qu'il souhaite, et quels que soient ses motifs.

Cependant, les conditions du retrait peuvent (et doivent, pour des raisons de sécurité) être fixées par les statuts.

Dans le silence des statuts, le Code civil prévoit que le retrait de l'associé doit être autorisé à l'unanimité par les associés. Mais les statuts peuvent prévoir des conditions de retrait beaucoup plus souples.

En l'absence de modalités statutaires plus souples, la règle de l'unanimité peut entraîner un blocage du droit de retrait.

La seule solution est alors, pour l'associé qui souhaite se retirer, de faire reconnaître en justice les justes motifs de sa volonté de se retirer.

Ont été reconnus comme des motifs légitimes :

— le refus des associés majoritaires de verser des dividendes ;

— la mésentente grave entre les associés ;

— le fait pour un associé de ne plus pouvoir profiter de l'immeuble* pour le partage duquel la SCI avait été créée ;

— des abus de majorité* systématiques de la part des associés majoritaires...

Sur le plan de la procédure, le retrait d'un associé entraîne une réduction du capital social. Les parts de l'associé sortant sont annulées. Cependant, il est possible qu'un autre associé décide de les racheter. Dans ce cas, l'exercice du droit de retrait entraîne une cession de parts sociales (voir plus loin).

L'associé qui se retire a droit au remboursement de la valeur de ses parts sociales. La question de l'évaluation des parts sociales peut alors poser un problème. En effet, si la SCI n'est pas dissoute du fait du retrait de l'associé, les éléments de l'actif de la SCI ne sont pas vendus.

L'évaluation de la valeur des parts sociales correspond donc à la différence entre l'actif total de la SCI (tous les biens appartenant à la société : immeubles, mobiliers éventuels...) et le passif total (l'ensemble des dettes de la SCI : envers les tiers et les dettes en comptes courants d'associés).

En matière d'immeuble, l'évaluation d'un bien pose souvent des problèmes. En cas de désaccord entre les associés sur la valeur de l'actif et du passif, il devra être fait appel à un expert immobilier. Celui-ci sera désigné par le président du tribunal. Mais il peut aussi être engagé par les associés.

• La cession totale des parts sociales

La vente de la totalité de ses parts par un associé entraîne nécessairement sa sortie de la SCI.

Cette cession est soumise à l'agrément des autres associés et doit respecter une certaine procédure.

- Dans tous les cas, la vente doit être constatée par un écrit. Cet acte doit être dressé en autant d'exemplaires qu'il y a d'intervenants à la cession (vendeur(s) et acquéreur(s)), plus un exemplaire pour l'enregistrement*. L'acte de vente doit reprendre la description du bien vendu (ici, des parts sociales), le prix de la cession, l'état-civil des parties à la vente.

  Dans le cas particulier d'une cession de parts sociales entre époux (acte fréquent dans le cas des SCI familiales), l'acte de vente doit être passé devant notaire ou enregistré.

- L'associé cédant doit notifier par lettre recommandée son intention de vendre ses parts.

- Le cédant doit ensuite obtenir l'agrément de la SCI (donc, des autres associés) dans un écrit. L'agrément est donné par les associés de la SCI. Sauf disposition particulière des statuts, le Code civil prévoit que l'agrément doit être donné à l'unanimité. Mais il est possible de prévoir une règle plus souple. C'est par un vote en assemblée ou par une consultation écrite que les associés se prononcent.

- Si l'agrément est refusé, les associés doivent racheter les parts eux-mêmes, ou les faire racheter par un tiers qui aurait leur faveur. Le refus doit être notifié au cédant par lettre recommandée dans un délai de 6 mois. Les statuts peuvent cependant prévoir un autre délai, mais qui doit être compris entre un mois et un an.

- Les parts peuvent aussi être rachetées par un ou plusieurs des associés de la SCI. Dans ce cas, le Code civil prévoit (article 1862), que les associés acquéreurs devront se partager les parts en proportion de leur participation au capital. Cette décision doit être notifiée au cédant par lettre recommandée qui contiendra en outre le nom des acquéreurs potentiels et le prix proposé.

Exemple : une SCI comprend 3 associés. Son capital social est divisé en 100 parts sociales : A qui détient 30% des parts, B qui en détient 20% et C qui en détient 50%. Si C désire céder ses parts et que A et B s'en portent acquéreurs, il faut estimer le nombre de parts que A et B devront acheter.

On peut estimer que le capital, ramené aux deux associés restants, se compose de 50 parts réparties de la manière suivante : 30 parts pour A, soit 60% de 50 parts, et 20 pour B, soit 40%.

A devra donc racheter : 50 x 60% = 30 parts ; et B devra racheter : 50 x 40% = 20 parts.

Le capital reste donc composé de 100 parts, et leur répartition respecte les proportions qu'elle avait entre A et B avant la cession.

- Sur le plan fiscal, l'acte qui constate la cession doit être enregistré dans le mois. Le droit d'enregistrement qui sera perçu s'élève à 4,80% du montant total de la vente.

- La cession de parts sociales d'une SCI peut aussi générer une plus-value. Du fait de l'objet immobilier d'une SCI, le régime applicable sera celui des plus-values immobilières.

Le montant d'une plus-value se détermine par la différence entre le prix d'achat et le prix de cession. Dans le cas d'une cession de parts sociales, la plus-value sera déterminée par la différence entre la valeur nominale des parts et le prix de la cession dont elles sont l'objet. Les différents frais exposés par l'acquéreur et le vendeur sont à déduire lors de ce calcul.

Les plus-values de cession de parts sociales ne sont plus exonérées que dans deux cas :

— quand les titres cédés sont détenus par le cédant depuis plus de 15 ans (au titre de l'abattement de 10% par année de détention à compter de la 5ème année de détention) ;

— quand les parts cédées le sont par un associé occupant l'immeuble de la SCI au titre de sa résidence principale. Si un immeuble appartenant à une SCI comporte plusieurs lots et qu'un seul est occupé par l'associé cédant, l'exonération de la plus-value ne sera égale qu'à la fraction de la valeur du lot occupé par le cédant rapportée à la valeur totale de l'immeuble.

Il faut distinguer entre deux types de plus-values : les plus-values à court terme (PVCT) et les plus-values à long terme (PVLT). Leur taux d'imposition et leur paiement sont différents :

— on parlera de PVCT quand les parts sociales cédées sont détenues depuis moins de deux ans par le vendeur ;

— à l'inverse, on sera en présence d'une PVLT quand les parts sont détenues depuis plus de deux ans.

• Pour le calcul de l'impôt

Le montant des PVCT est à inclure dans la déclaration de revenus du cédant. Le montant sera donc taxé au taux de l'impôt sur le revenu.

Pour les PVLT, le système du quotient est appliqué automatiquement par l'administration fiscale.

• Pour le paiement de l'impôt

Les deux types de plus-values suivent le régime de paiement de droit commun (tiers provisionnel ou mensualisation sur option). Mais les PVLT peuvent, sur option, faire l'objet d'un paiement fractionné.

Cette option doit être choisie au moment de la déclaration de la PVLT. Elle permet de répartir l'imposition en 5 fractions égales, qui seront payées durant les cinq années qui suivront celle de la cession des parts sociales.

→ Articles 1861 à 1865 du Code civil

• La donation totale des parts

Dans le cadre d'une donation, et hors régime fiscal particulier, les associés peuvent prévoir dans les statuts que le donataire devra être agréé par l'ensemble des associés. La procédure est alors la même que dans le cadre d'une cession.

→ Article 1869 du Code civil

4. LES COMPTES COURANTS D'ASSOCIÉS

Les comptes courants d'associés constituent des sommes que les associés mettent à la disposition de la SCI pour lui permettre de faire face à des besoins de trésorerie. Les comptes courants d'associés constituent donc un mode souple de gestion des impératifs financiers de la SCI puisque les associés ne sont pas soumis aux formalités relativement lourdes des apports.

Ces comptes courants peuvent prendre la forme de sommes versées par les associés sur le compte de la société ou encore, de sommes laissées à la disposition de la SCI, en renonçant par exemple à percevoir les dividendes annuels.

L'associé qui avance des fonds à la SCI en devient le créancier. Il est recevable à en demander le remboursement à tout moment et ce, quelle que soit la situation financière de la SCI.

Du point de vue comptable, les comptes courants d'associés prennent la forme d'un enregistrement des sommes sous un compte de passif portant la dénomination de « compte courant associé X ».

Les sommes laissées ou déposées en comptes courants par les associés peuvent donner lieu à des versements d'intérêts.

Ces intérêts constituant des intérêts d'emprunts, ils suivent le même régime fiscal que les intérêts d'emprunts classiques, si les sommes versées ont servi à la SCI pour effectuer des dépenses déductibles.

Les intérêts perçus à compter de l'année 2018 relèvent donc désormais du Prélèvement Forfaitaire Unique (également appelé « Flat Tax »).

Les intérêts provenant des comptes courants d'associés ne sont plus soumis au barème progressif de l'impôt sur le revenu. Ils relèvent désormais du PFU de 12,8%, auquel vienne s'ajouter les prélèvements sociaux de 17,2%, soit un prélèvement total de 30%.

Si le foyer fiscal percevant ces intérêts a un revenu inférieur à 25 000 € (pour une personne seule) ou à 50 000 € (en cas d'imposition commune), il peut demander à être dispensé du paiement du PFU, mais sera néanmoins soumis aux prélèvements sociaux.

Attention, il est formellement interdit à la SCI de prendre à son compte le paiement des impositions afférentes aux intérêts des comptes courants d'associés.

5. LA CESSION DE PARTS SOCIALES

La cession de parts sociales emporte un certain nombre de conséquences fiscales et déclaratives et doit répondre à un certain formalisme pour être valable. Nous examinerons donc successivement le formalisme et les conditions de validité d'une cession de parts sociales (A) et les incidences fiscales de cette opération (B).

A. Mode opératoire : conditions de fond et de forme d'une cession de parts sociales

La propriété de parts sociales confère à l'associé un certain nombre de droits. Principalement, l'associé a le droit de participer aux décisions collectives et aux bénéfices dégagés par la société.

Mais il a également le droit de céder ses parts sociales, soit à un autre associé, soit à la société elle-même, soit à un tiers à la société.

La cession de parts sociales est cependant soumise à un certain nombre de conditions tenant notamment à la personne de l'associé cédant et du cessionnaire, mais également aux dispositions inscrites aux statuts de la société concernant la cession de parts sociales.

■ Conditions de validité de la cession

Les conditions de validité de la cession de parts sociales d'une SCI obéissent aux règles classiques de validité de la vente en droit civil. Ainsi, la capacité des parties à conclure une vente, l'objet de celle-ci et son prix devront être valides au regard du droit pour que la cession soit parfaite.

• Capacité des parties et objet de la cession

La capacité des parties recouvre en fait toute la notion de la capacité civile, laquelle est par ailleurs nécessaire pour devenir associé d'une société quelconque, quelle que soit sa forme.

On retiendra ainsi que la cession de parts sociales :

— doit avoir lieu entre personne juridiquement capables : les personnes majeures (plus de 18 ans) et éventuellement les mineurs émancipés (volontairement dès l'âge de 16 ans ou consécutivement à un mariage, à partir de 15 ans) ;

— peut avoir lieu si l'une des personnes est mineure, mais assistée d'un représentant légal (administrateur légal ou tuteur) ;

— ne peut pas avoir lieu si l'une des parties est un majeur incapable (aliénation mentale...) non protégé ;

— peut avoir lieu si l'une des parties est un majeur sous sauvegarde de justice, dans la mesure où ce dernier dispose de l'exercice normal de ses droits ;

— peut avoir lieu si l'une des parties est un majeur sous tutelle et que les actes sont signés en son nom par son représentant légal (juge des tutelles, tuteur légal...).

Ces cas demeurent cependant relativement rares. Il peut cependant être prudent, en cas de doute, de vérifier si le cocontractant à la cession n'est pas, d'une manière ou d'une autre, une personne protégée.

Ceci étant dit, la cession des parts d'une société civile immobilière familiale appelle des précisions relativement à des cas très fréquents : l'indivision et le mariage.

Ces deux situations entraînent en effet un certain nombre de conséquences juridiques qui vont avoir une incidence sur la liberté de cession de l'associé.

a. L'indivision

Il est possible que les parts sociales d'une SCI aient été acquises par plusieurs personnes. Ces personnes se retrouvent donc toutes propriétaires indivises des parts sociales.

Dans ce cas, et comme prévu par les dispositions du Code civil, la cession des parts sociales en indivision nécessitera l'accord de tous les co-indivisaires.

Cette situation est notamment envisageable dans le cas où les parts sociales de la SCI appartenaient à un associé qui avait plusieurs enfants, lesquels héritent des parts sociales de leur parent, mais de manière indivise.

Article 815-3 du Code civil

Les actes d'administration et de disposition relatifs aux biens indivis requièrent le consentement de tous les indivisaires. Ceux-ci peuvent donner à l'un ou à plusieurs d'entre eux un mandat général d'administration. Un mandat spécial est nécessaire pour tout acte qui ne ressort pas à l'exploitation normale des biens indivis, ainsi que pour la conclusion et le renouvellement des baux.

Si un indivisaire prend en main la gestion des biens indivis, au su des autres et néanmoins sans opposition de leur part, il est censé avoir reçu un mandat tacite, couvrant les actes d'administration mais non les actes de disposition ni la conclusion ou le renouvellement des baux.

b. La communauté de biens

Dans le cadre d'une SCI, le conjoint de l'un des associés doit intervenir au contrat de société si les apports effectués par le conjoint associé de la SCI constituent des biens entrant dans la communauté du couple.

Ainsi, lors de la constitution d'une SCI, le conjoint non associé d'un associé apportant un bien de communauté doit expressément intervenir à l'acte, et son intervention doit être portée dans les statuts de la SCI.

Il en va de même, mais sur un autre plan, si les parts vendues font partie de la communauté de biens du couple.

Dans ce cas, le conjoint devra donner son accord à l'acte de cession ou, éventuellement, à l'acte de promesse de vente des parts sociales.

Suivant une jurisprudence constante, l'acte de cession sera nul si le conjoint n'intervient pas à la vente ou s'il ne donne pas son consentement.

Nous reprenons les diverses formules et actes nécessaires à ce type de cession en annexe du présent chapitre.

• Prix de la cession

En droit, le prix d'une vente, comme dans tout contrat, est un élément déterminant de la validité de l'acte.

Il en va de même pour les cessions de parts sociales, lesquelles doivent mentionner un prix pour être valables et régulières.

En conséquence, le prix de la cession des parts doit être déterminé (fixé en chiffres et en lettres dans l'acte de cession ou dans la promesse de vente) ou déterminable.

La seconde observation concerne le montant de la cession, lequel va nous intéresser au plus haut point en ce qui concerne la transmission d'une SCI familiale par voie de cession.

Il peut en effet être tentant pour un parent de transmettre ses parts sociales représentatives d'un bien immobilier à un prix très bas pour favoriser ses héritiers.

Il convient cependant de noter que dans le cas d'une cession à prix vil ou excessivement bas (« dérisoire » suivant le jargon juridique), la cession pourra être annulée ou requalifiée en donation déguisée, laquelle aura des conséquences en cas de succession.

■ La procédure : comment procéder à une cession de parts sociales ?

Dans le cadre de la transmission d'une SCI familiale, la cession des parts sociales peut être envisagée comme totale (cession de toutes les parts sociales composant le capital social de la société) ou partielle (cession d'une partie des parts sociales de la société).

Cependant, la cession, qu'elle soit totale ou partielle, doit respecter le même formalisme et les mêmes règles. Ce sont ces règles et ce formalisme que nous allons étudier ici.

• Les préalables : promesses de vente ou d'achat

L'établissement préalable d'une promesse de vente (par le vendeur), d'une promesse d'achat (par l'acheteur) ou d'une promesse synallagmatique de vente (promesse de vente et promesse d'achat dans le même acte), n'est pas un passage obligé pour la validité de la cession.

Il est cependant des cas pour lesquels cette formalité peut constituer une précaution ou simplement, un engagement moral auquel les parties souhaitent donner une assise juridique.

Nous allons les étudier ici brièvement pour mémoire afin que le lecteur qui y serait confronté puisse avoir une connaissance de ces mécanismes.

a. Formalisme de la promesse de vente ou d'achat

Pour être valable, une promesse de vente ou d'achat doit contenir un certain nombre de mentions :

— le prix de la cession (déterminé ou déterminable) ;

— le nombre de parts dont l'achat ou la vente est promise ;

— l'identité des parties à la cession promise ;

— éventuellement, une date butoir qui constitue la date de péremption de la promesse.

L'acte ne nécessite pas d'être passé sous la forme authentique pour être valable, un simple acte sous seing privé suffit.

Un modèle de promesse de vente est repris en annexe page 85.

b. Acceptation de la promesse de vente et levée de l'option

La promesse de vente n'est valable que dès lors qu'elle aura été acceptée par son bénéficiaire (le futur acheteur).

Cette acceptation se traduit généralement sur l'acte de promesse par la signature du bénéficiaire, précédée de la mention manuscrite « Bon pour acceptation de cession ».

Jusqu'à ce que le bénéficiaire accepte la promesse, le promettant peut se rétracter si la promesse est consentie pour un délai précis et fixé dans l'acte.

La levée de l'option par le bénéficiaire de la promesse consiste généralement à un achat des parts sociales par le bénéficiaire de la promesse, avant l'arrivée à terme du délai de validité de la promesse.

Lors de la levée de l'option, la vente est conclue au prix fixé à l'acte qui doit être, rappelons-le, déterminé ou déterminable.

• La cession de parts sociales

La cession de parts sociales constitue à la fois un contrat de vente qui doit donc respecter le formalisme légal prévu à cet effet, mais également, cet acte entraîne une modification dans la répartition des droits et des pouvoirs au sein de la structure juridique que constitue une société.

C'est pourquoi nous étudierons le formalisme à respecter, la procédure d'agrément du nouvel associé, et, tout au long des développements, les formalités administratives à mettre en œuvre.

a. Formalisme de la cession

Un acte de cession de parts doit être constaté par écrit afin d'être valable.

Cet acte doit comporter un certain nombre de mentions obligatoires permettant d'identifier les parties, la cause, l'objet et le prix de l'acte de vente :

— la raison sociale de la SCI dont les parts sont cédées,

— l'identité des parties,

— le prix de la cession,

— la date, etc.

Un modèle d'acte de cession est repris en annexe page 87.

Cet acte de cession, s'il doit être écrit, peut être établi sous seing privé (uniquement signé par les personnes parties à la cession) ou par acte notarié, afin de lui donner valeur d'acte authentique. Cette dernière solution présente l'avantage de conférer à l'acte une présomption d'impeccabilité et de lui donner valeur de preuve quasi-absolue. Une précaution qui peut s'avérer utile si la situation est difficile.

Article 1865 du Code civil

La cession de parts sociales doit être constatée par écrit. Elle est rendue opposable à la société dans les formes prévues à l'article 1690 ou, si les statuts le stipulent, par transfert sur les registres de la société.

Elle n'est opposable aux tiers qu'après accomplissement de ces formalités et après publication.

Article 1690 du Code civil

Le cessionnaire n'est saisi à l'égard des tiers que par la signification du transport faite au débiteur.

Néanmoins le cessionnaire peut être également saisi par l'acceptation du transport faite par le débiteur dans un acte authentique.

L'acte doit être établi en plusieurs originaux :

- un pour chacune des parties,
- un pour les formalités d'enregistrement,
- deux pour le dépôt au greffe.

Comme tout acte de vente, et comme tout acte créant ou modifiant un état juridique (ici, la propriété de parts et le transfert des droits et obligations qui y sont attachés), la cession de parts sociales doit être **opposable**.

L'opposabilité d'un acte consiste en fait à donner à la nouvelle situation induite par l'acte de vente (nouveau propriétaire, nouvel associé...) une existence qui ne pourra pas être contestée ou niée par quiconque.

En l'occurrence, l'acte de cession devra être opposable à la société elle-même et aux tierces personnes (les « tiers »).

☐ **L'opposabilité à l'égard de la société** nécessite que la cession lui soit notifiée. Pour ce faire, le Code civil énonce deux modes opératoires possibles :

- signification de l'acte de cession (article 1690),
- transfert sur les registres de la société (article 1865), à la condition que cette possibilité soit prévue par les statuts.

La signification nécessite soit que l'acte de cession soit remis par huissier au représentant (gérant) de la société, soit que la société accepte la cession dans un acte authentique (ce qui nécessite alors de passer par un notaire).

Le Code civil prévoit donc une autre possibilité, qui est la mention du transfert des parts sociales (d'une personne A à une personne B) sur les registres de la société.

Les registres dont il est question ici sont les « registres d'associés » prévus par **l'article 51 du décret n°78-704 du 3 juillet 1978** :

« Lorsqu'un registre des associés est prévu par les statuts, il est tenu au siège social de la société et constitué par la réunion, dans l'ordre chronologique de leur établissement, de feuillets identiques utilisés sur une seule face. Chacun de ces feuillets est réservé à un titulaire de parts sociales à raison de sa propriété, ou à plusieurs titulaires à raison de leur copropriété, de leur nue propriété ou de leur usufruit sur ces parts.

Chaque feuillet contient notamment :

1. les nom, prénom usuel et domicile de l'associé originaire et de la date d'acquisition de ses parts ;

2. la valeur nominale de ces parts ;

3. les nom, prénom usuel et domicile du ou des cessionnaires de ces parts ;

4. les nom, prénom usuel et domicile des personnes ayant reçu ces parts en nantissement, le nombre de parts données en nantissement et la somme garantie ;

5. la date d'acquisition des parts, de leur transfert, de leur nantissement et de sa mainlevée ;

6. la date de l'agrément et l'indication de l'organe social qui l'a donné.

(Nous conseillons également d'indiquer, pour chaque détenteur de parts, les numéros des parts en sa possession, tels qu'ils sont indiqués dans les statuts.)

Il est établi un nouveau feuillet par nouvel associé. Ce feuillet doit comporter une mention permettant d'identifier, s'il y a lieu, l'associé dont il a acquis les parts.

Ce registre est obligatoirement tenu lorsque les statuts stipulent que la cession des parts sociales peut être rendue opposable à la société par transfert dans ses registres. »

Généralement, l'accomplissement de ces formalités revient au cessionnaire, mais la loi ne prévoit rien sur ce point.

☐ **L'opposabilité de la cession aux tiers.** La cession de parts sociales devient opposable aux tiers dès lors qu'un certain nombre de formalités ont été accomplies :

— les formalités décrites ci-dessus ;

— le dépôt au greffe du tribunal de commerce de deux exemplaires de l'acte de cession de parts sociales.

b. Procédure d'agrément

En plus des formalités rendant la cession opposable aux tiers, les statuts de la société prévoient toujours une procédure d'agrément, surtout lorsque les parts ont été cédées à une personne qui n'avait pas la qualité d'associé.

Cet agrément est une décision collective des associés, généralement prise en assemblée générale à une majorité que déterminent les statuts, mais qui est par défaut l'unanimité. Cette dernière condition étant bloquante, les statuts prévoient généralement une majorité plus faible, mais, dans le cas d'une SCI familiale, l'unanimité peut être un choix judicieux pour éviter tout risque de « noyautage ».

La procédure d'agrément nécessite un certain nombre d'échanges formalisés.

☐ **Le premier consiste en une information des associés de la SCI et de la SCI elle-même**, auxquels le cédant doit notifier, soit par lettre recommandée, soit par notification d'huissier, le projet de cession.

Il s'agira en fait d'écrire individuellement à chaque associé et à la société pour les informer de la volonté du cédant de vendre ses parts sociales, de l'identité du cessionnaire, du nombre de parts sociales dont la cession est envisagée.

Cette information est accompagnée d'une demande d'agrément de la cession.

Concrètement, l'associé cédant informe la société et les associés de son intention de vendre et leur demande d'agréer la cession et le cessionnaire.

□ **L'agrément**, qui constitue le second échange formel, est donné par les associés en assemblée générale. Il s'agit ici du procédé prévu par la loi. Comme nous l'avons dit plus haut, les conditions de majorité (l'unanimité, par défaut) peuvent être aménagées par les statuts.

Remarque

La loi précise que l'agrément peut n'être donné que par le gérant, si les statuts le prévoient expressément.

L'article 1861 du Code civil offre une possibilité qui peut être intéressante dans le cadre d'une SCI familiale, dans la mesure où cette disposition simplifie les formalités d'agrément.

En effet, selon les termes de l'alinéa 2 de cet article, certaines cessions sont, de droit, dispensées de la procédure d'agrément : les cessions consenties à des ascendants ou descendants de l'associé cédant.

Par contre, le 4ème alinéa du même article prévoit que les cessions consenties entre conjoints associés de la même société doivent faire l'objet d'un écrit (acte authentique ou acte sous seing privé) ayant acquis une date certaine « autrement que par le décès du (conjoint) cédant ».

Ceci signifie que des époux associés de la même SCI peuvent se céder valablement leurs parts l'un à l'autre à la condition que cette cession soit datée de manière certaine dans un acte écrit avant le décès du cédant.

Dans le cadre « normal » et le plus courant de la procédure, le gérant de la SCI convoque une assemblée générale (extraordinaire) et soumet la demande d'agrément au vote des associés.

Comme nous l'avons noté plus haut, cette décision pourra être prise par le gérant seul, si les statuts le prévoient.

Remarque

L'associé cédant ses parts peut prendre part au vote, sachant qu'il lui serait difficile de voter contre. Dans certains cas, notamment pour les opérations de cessions précédées d'une promesse de vente, le fait de voter contre pourrait même être considéré comme une faute de la part du cédant...

Un modèle de procès-verbal d'agrément est repris en annexe page 91.

☐ Puis vient la notification de la décision des associés au cédant. Cette étape ouvre en fait 3 possibilités :

— La société accepte et agrée le cessionnaire : c'est l'option qui pose le moins de difficultés. Le cessionnaire devient associé de la société et le gérant procède aux formalités légales que nous décrirons plus loin.

— La société (les associés) n'agrée pas la cession. Dans ce cas, les associés ont la possibilité de faire racheter les parts par la société (achat des parts puis réduction de capital), de les faire acquérir par un tiers de leur choix ou de les faire acquérir par les autres associés, si certains s'en portent acquéreurs.

Si les associés se portent acquéreurs des parts sociales « mises en vente », ils sont, sauf clause ou convention contraire, réputés acquéreurs à proportion du nombre de parts qu'ils détenaient antérieurement.

— Si la société ne répond pas, dans un délai de 6 mois, l'agrément de cession est réputé acquis.

Un modèle de notification d'agrément est repris en annexe page 94.

Code civil (extraits)

Article 1861

Les parts sociales ne peuvent être cédées qu'avec l'agrément de tous les associés.

Les statuts peuvent toutefois convenir que cet agrément sera obtenu à une majorité qu'ils déterminent, ou qu'il peut être accordé par les gérants. Ils peuvent aussi dispenser d'agrément les cessions consenties à des associés ou au conjoint de l'un d'eux. Sauf dispositions contraires des statuts, ne sont pas soumises à agrément les cessions consenties à des ascendants ou descendants du cédant.

Le projet de cession est notifié, avec demande d'agrément, à la société et à chacun des associés. Il n'est notifié qu'à la société quand les statuts prévoient que l'agrément peut être accordé par les gérants.

Lorsque deux époux sont simultanément membres d'une société, les cessions faites par l'un d'eux à l'autre doivent, pour être valables, résulter d'un acte notarié ou d'un acte sous seing privé ayant acquis date certaine autrement que par le décès du cédant.

Article 1862

Lorsque plusieurs associés expriment leur volonté d'acquérir, ils sont, sauf clause ou convention contraire, réputés acquéreurs à proportion du nombre de parts qu'ils détenaient antérieurement.

Si aucun associé ne se porte acquéreur, la société peut faire acquérir les parts par un tiers désigné à l'unanimité des autres associés ou suivant les modalités prévues par les statuts. La société peut également procéder au rachat des parts en vue de leur annulation.

Le nom du ou des acquéreurs proposés, associés ou tiers, ou l'offre de rachat par la société, ainsi que le prix offert sont notifiés au cédant. En cas de contestation, sur le prix, celui-ci est fixé conformément aux dispositions de l'article 1843-4, le tout sans préjudice du droit du cédant de conserver ses parts.

Article 1863

Si aucune offre d'achat n'est faite au cédant dans un délai de six mois à compter de la dernière des notifications prévues au troisième alinéa de l'article 1861, l'agrément à la cession est réputé acquis, à moins que les autres associés ne décident, dans le même délai, la dissolution anticipée de la société.

Dans ce dernier cas, le cédant peut rendre caduque cette décision en faisant connaître qu'il renonce à la cession dans le délai d'un mois à compter de ladite décision.

B. Fiscalité des cessions de parts

Nous allons étudier ici les deux types d'impositions qui trouvent à s'appliquer en matière de cession de parts de sociétés civiles immobilières.

La première est commune à l'ensemble des cessions de parts de sociétés civiles : il s'agit des droits d'enregistrement. Cette partie relativement simple sera étudiée rapidement.

La seconde, plus complexe et souvent plus « lourde », concernera le régime des plus-values immobilières auquel sont soumises les cessions de parts de sociétés civiles immobilières de location, qui sont, de loin , les plus répandues.

■ Droits d'enregistrement

La perception des droits d'enregistrement est liée au caractère obligatoire de l'enregistrement de toutes les cessions de parts sociales.

Cet enregistrement doit être effectué dans le délai d'un mois à compter de la signature de l'acte de cession, à la recette des impôts du domicile de l'une ou l'autre des parties à la cession (domicile du cédant ou du cessionnaire).

Cette règle est applicable si l'acte a été passé sous seing privé.

Par contre, si la cession a été constatée par un acte authentique (devant notaire), l'enregistrement devra se faire à la recette des impôts de la résidence du notaire.

Deux régimes sont à étudier, qui présentent des différences notables :

- le régime de droit commun des droits d'enregistrement,
- le régime des cessions de parts représentatives d'apports en nature.

• Le régime commun des droits d'enregistrement

Le régime de droit commun des droits d'enregistrement attachés à des cessions de parts va donner lieu au paiement d'un droit de 5% en ce qui concerne les sociétés civiles.

Le droit d'enregistrement va venir s'appliquer au prix total de la cession tel que constaté dans l'acte de vente, mais devra éventuellement être augmenté de certaines charges qui pourraient être imposées au cessionnaire par le cédant.

• Cession de parts représentant des apports en nature

Le capital social d'une société est composé de trois types d'apports, à savoir :

- les apports en numéraire (argent),
- les apports en industrie (connaissance, expérience, notoriété, savoir-faire…),
- les apports en nature (mobiliers, immobiliers…).

La cession de parts sociales qui ont été remises à un associé en contrepartie d'un apport en nature fait l'objet d'un régime spécifique dès lors que cette cession intervient dans un délai de trois ans à compter :

- de la date de l'acte de constitution de la société ;
- ou de la date de l'augmentation de capital à l'occasion de laquelle l'apport en nature a été effectué.

Dans ce cas, le droit fiscal considère qu'il n'y a pas cession de parts mais que la cession concerne les biens eux-mêmes qui ont été apportés et qui ont donné lieu en contrepartie à la remise des parts sociales qui font l'objet de la cession.

Sur le plan fiscal, ce principe emporte une conséquence notable : le régime fiscal de la cession est applicable aux ventes de biens corporels et non plus aux cessions de parts sociales.

Si ces parts ont été remises à l'associé en contrepartie de l'apport d'un immeuble à la société, le taux applicable sera de 5% (prélèvement pour frais d'assiette et de recouvrement).

Remarque

Certains associés pensent pouvoir se mettre à l'abri de cette taxation des cessions de parts sociales en insérant dans les statuts une « tontine » ou « pacte tontinier », qui consiste en ce que, si un des associés décède, ses parts deviennent automatiquement la propriété des associés survivants. Cette pratique, si elle est légale au regard des différents textes régissant la matière et si elle permet d'éviter l'éparpillement des parts dans des indivisions successorales difficilement gérable au sein d'une assemblée d'associés, ne doit pas induire le lecteur en erreur.

En effet, le transfert « automatique » de propriété des parts n'exonère pas les associés survivants du droit de mutation au taux commun.

■ Imposition des plus-values : régime des plus-values immobilières

Dans une SCI de location, qui est le cas qui nous occupe majoriairement, la cession de parts sociales donne lieu au calcul d'une plus-value.

Concrètement, il s'agira de savoir si la cession a entraîné un « enrichissement » pour le cédant et, le cas échéant, de procéder à son imposition.

Nous allons donc étudier ici en détail le mode de calcul des plus-values de cession de parts, puis la manière dont celles-ci vont être imposées. Mais dans un premier temps, il convient de déterminer dans quelles conditions ce qui va être décrit est applicable.

• Conditions d'application du régime des plus-values immobilières

La description du régime qui va être décrit nécessite de préciser les conditions dans lesquelles il trouvera à s'appliquer. Nous en distinguerons trois qui doivent être réunies pour que le régime s'applique, puis nous verrons les deux exceptions à la règle : l'occupation à titre de résidence principale et les titres détenus depuis plus de 15 ans.

Le régime des plus-values immobilières s'appliquera si :

☐ **La société est à prépondérance immobilière** : l'actif de la société doit être composé à plus de 50% (en valeur) de biens immobiliers ou de droits immobiliers qui ne sont pas affectés à son exploitation ou à l'exercice d'une profession libérale (non commerciale).

Cette condition va concerner la plupart des sociétés civiles immobilières de location, dont la quasi-totalité de l'actif est généralement composé d'immeuble(s).

Ce seuil de 50% s'apprécie sur la base des trois derniers exercices clôturés.

☐ **La société ne doit pas être soumise à l'Impôt des Sociétés (IS).** Comme nous l'avons déjà exposé dans le cadre de notre précédent ouvrage, les SCI de location, surtout quand elles ont un caractère familial, sont soumises à l'Impôt sur le Revenu. Ces dispositions leur seront donc applicables.

☐ **Le transfert de propriété des parts sociales en question doit résulter d'une cession ayant fait l'objet d'une contrepartie** : le cédant doit toucher une somme d'argent en contrepartie de ses parts sociales. Les donations, par exemple, ne sont donc pas concernées par ce dispositif.

• Calcul des plus-values de cession de parts

La plus-value correspond à la différence entre le prix de cession des parts et le prix d'acquisition de ces mêmes parts.

Cette somme est déclarée par le cédant et est soumise à l'impôt sur le revenu à un taux proportionnel.

Nous allons donc étudier ici les différents éléments constitutifs de l'imposition des plus-values : les prix de cession et d'acquisition, les modalités de calcul (abattement), les déclarations à effectuer et l'imposition des plus-values.

Enfin, nous étudierons dans une dernière partie certaines particularités du calcul de la plus-value, relatives notamment aux cessions de parts dont la propriété est démembrée.

a. Les prix

Deux prix servent de base à la détermination de la plus-value dans le cadre d'une cession : le prix d'acquisition et le prix de cession.

Le prix de cession est constitué par le prix indiqué dans l'acte de cession de parts sociales.

Le prix d'acquisition des parts (par le cédant) correspond au prix versé à l'origine par le cédant pour devenir propriétaire des parts sociales.

Dans le cas où les parts sociales ont été acquises en contrepartie d'un apport fait par le cédant, le prix d'acquisition des parts sociales correspond à la valeur réelle des droits sociaux, c'est-à-dire la valeur réelle de l'apport.

b. Calcul et imposition de la plus-value

Comme il a été dit plus haut, c'est la différence entre le prix de cession et le prix d'acquisition des parts sociales qui va constituer la plus-value imposable.

Ce montant devra faire ensuite l'objet d'un abattement qui sera fonction de la durée de détention. Cet abattement, de la même manière que sous l'ancien régime de calcul des plus-values immobilière, permet de diminuer les sommes imposables.

Des abattements différents sont applicables pour déterminer l'assiette imposable des plus-values immobilières :

— à l'impôt sur le revenu,

— aux prélèvements sociaux.

En ce qui concerne l'abattement pour durée de détention qui sera à déduire du montant de la plus-value qui sera soumis à l'IR, les montants sont les suivants :

— 6% pour chaque année de détention au-delà de la 5ème année et jusqu'à la 21ème,

— 4% au-delà de la 22ème année de détention.

En ce qui concerne l'abattement pour durée de détention qui sera à déduire du montant de la plus-value qui sera soumis au prélèvements sociaux, les montants sont les suivants :

— 1,65% pour chaque année de détention au-delà de la 5ème et jusqu'à la 21ème,

— 1,60% pour la 22ème année de détention,

— 9% pour chaque année au-delà de la 22ème.

Une fois ces déductions opérées, le montant de la plus-value taxable est soumis au taux proportionnel de 19%, majoré de 15,5% de prélèvements sociaux.

Une surtaxe est également applicable dès lors que le montant de la plus-value excède 50 000 €. Cette surtaxe est calculée de la manière suivante :

Plus-value imposable (après déductions)	**Calcul la surtaxe**
De 50 001 à 60 000 €	2% PV - ((60 000 - PV) X 1/20)
De 60 001 à 100 000 €	2% PV
De 100 001 à 110 000 €	3% PV - ((110 000 - PV) x 1/10)
De 110 001 à 150 000 €	3% PV
De 150 001 à 160 000 €	4% PV - ((160 000 - PV) x 15/100)
De 160 001 à 200 000 €	4% PV

De 200 001 à 210 000 €	5% PV - ((210 000 - PV) x 20/100)
De 210 001 à 250 000 €	5% PV
De 250 001 à 260 000 €	6% PV - ((260 000 - PV) x 25/100)
Plus de 260 000 €	6% PV

Exemple : une cession de parts sociales donnant lieu à une plus-value nette (après déductions) de 55 000 € amènera à la surtaxe suivante :

(2% x 55 000) - ((60 000 - 55 000) x 1/20)
= 1 100 - (5 000 x 1/20)
= 1 100 - 250
= 850 €

• Opérations de cessions particulières de parts sociales

Les montages d'une complexité croissante dont font l'objet les SCI familiales peuvent venir compliquer les opérations de cessions en ce qui concerne le calcul de la plus-value afférente à cette cession.

Ce sera notamment le cas dès lors que la propriété des parts sociales aura été démembrée, c'est-à-dire quand le cédant des parts n'est pas propriétaire plein et entier de celles-ci, mais simplement de leur usufruit ou de leur nue-propriété.

Rappel

Il est possible de démembrer la propriété d'un bien immobilier ou mobilier. La propriété est en effet juridiquement constituée de trois composantes : **l'usus** (le droit d'utiliser le bien), **le fructus** (le droit d'en percevoir des revenus) et **l'abusus** (le droit de disposer du bien en le vendant ou en le détruisant).

Il est possible de démembrer la possession d'un bien en deux parties : la nue-propriété et l'usufruit.

La nue-propriété est en fait le droit de disposer de la chose (en l'occurrence, des parts sociales).

L'usufruit est le droit de percevoir les revenus tirés des parts sociales (distribution des dividendes, par exemple).

La situation du démembrement de la propriété des parts sociales cédées va essentiellement poser problèmes dès lors que la cession de ces parts sociales va se faire également de manière démembrée. C'est-à-dire dès lors que le cédant usufruitier cède son usufruit à une tierce personne que le nu-propriétaire ou si l'usufruitier et le nu-propriétaire ne cèdent pas simultanément leurs droits à une personne unique.

Nous allons donc examiner les deux cas :

— cession simultanée de leurs droits respectifs par le nu-propriétaire **et** l'usufruitier à un cessionnaire unique (a) ;

— cession des droits détenus soit par le nu-propriétaire, soit par l'usufruitier (b).

Il est à noter que l'abattement proportionnel lié à la durée de détention des parts sociales et la déduction des éventuels frais et indemnités nécessités par la cession sont applicables.

a. Cession simultanée de l'usufruit et de la nue-propriété

Dans ce cas, le cessionnaire se retrouve pleinement propriétaire des parts sociales cédées, puisque les différentes composantes de la propriété des parts sociales se retrouvent réunies entre les mains d'un propriétaire unique.

La question est ici de savoir qui va payer quoi, puisque l'usufruit et la nue-propriété n'ont jamais la même valeur.

De plus, la valeur de chacun de ces droits est généralement difficile à évaluer. Pour ce faire, l'administration fiscale laisse le choix entre deux méthodes.

La première, et aussi la plus précise, consiste à déterminer la valeur réelle de ces droits. Leur addition donne le prix total de la cession.

La seconde, plus pratique, consiste à suivre le barème défini par l'article 669 du Code général des impôts, qui détermine la proportion de chacun des droits en fonction de l'âge de l'usufruitier :

Age de l'usufruitier	Valeur de l'usufruit	Valeur de la nue-propriété
Moins de 21 ans révolus	90%	10%
Moins de 31 ans révolus	80%	20%
Moins de 41 ans révolus	70%	30%
Moins de 51 ans révolus	60%	40%
Moins de 61 ans révolus	50%	50%
Moins de 71 ans révolus	40%	60%
Moins de 81 ans révolus	30%	70%
Moins de 91 ans révolus	20%	80%
Plus de 91 ans révolus	10%	90%

Dans ce cas, chacun des deux cédants (usufruitier et nu-propriétaire sera redevable de la part d'imposition de la plus-value réalisée à due proportion de la valeur de son droit, usufruit ou nue-propriété, dans la valeur totale de la cession).

Dans ce cas, l'acte de cession (souvent unique) doit décrire la répartition et la valorisation de chacun des deux droits cédés.

Le prix d'acquisition à retenir pour déterminer le montant de la plus-value est celui qui a été payé par le cédant lors de l'acquisition de son droit.

b. Cession de l'usufruit ou de la nue-propriété

Il convient ici de distinguer en fonction de la manière dont le cédant a acquis les droits sur les parts qu'il cède.

☐ **Le cas le plus fréquent est celui du cédant pleinement propriétaire des parts sociales** : il en détient l'usufruit et la nue-propriété.

Si, pour une raison quelconque, un associé décide de céder l'usufruit ou la nue-propriété de ses parts sociales, le calcul de la plus-value doit faire l'objet de quelques précisions.

En effet, si les parts sociales ont été acquises en pleine propriété, il est rare que le vendeur connaisse la valeur des droits composant cette pleine propriété. La plus-value correspondra alors à la différence entre le prix de cession (de l'usufruit ou de la nue-propriété) stipulé à l'acte et la valeur d'acquisition du droit cédé.

Cette valeur d'acquisition devra être calculée par application du barème de l'article 669 du Code général des impôts (voir plus haut).

Si le droit cédé est la nue-propriété, le cédant demeure usufruitier et c'est donc l'âge du cédant qu'il faut retenir pour l'application du barème.

Si le droit cédé est l'usufruit, le cédant demeure nu-propriétaire et c'est donc l'âge du cessionnaire qu'il faut retenir pour l'application du barème.

☐ **Cas du cédant ayant acquis séparément l'usufruit et la nue-propriété des parts qu'il cède.** Ce cas est le plus simple, puisque le cédant connaît le prix qu'il a dû payer isolément pour chacun des droits, puisqu'il les a acquis individuellement.

La plus-value correspondra ici à la différence entre le prix réel de cession et le prix réel d'acquisition tel que mentionné à l'acte.

☐ **Cas du cédant devenu pleinement propriétaire suite à la réunion de l'usufruit et de la nue-propriété pour cause de décès du détenteur du droit complémentaire.** Dans le cas où le cédant était nu-propriétaire et est devenu pleinement propriétaire suite au décès de l'usufruitier et qu'il cède l'usufruit (qu'il n'a donc pas payé), la plus-value correspond à l'intégralité du prix de cession.

Si ce même cédant cède la nue-propriété (qu'il a acquise par achat), la plus-value correspond à la différence entre le prix d'acquisition réel et le prix de cession indiqué à l'acte.

Dans le cas où le cédant avait acquis la nue-propriété par donation ou succession et qu'il est devenu pleinement propriétaire suite au décès de l'usufruitier et qu'il cède **l'usufruit** (qu'il n'a donc pas payé), la plus-value sera égale à la différence entre le prix de cession et la valeur donnée à l'usufruit dans l'acte qui a constaté le démembrement à l'origine (qui peut être très ancien, permettant souvent au contribuable de diminuer largement la plus-value réalisée).

Si ce même cédant cède la **nue-propriété** (qu'il a acquise par succession ou donation), la plus-value sera déterminée par différence entre le prix de cession et la valeur de l'acquisition, laquelle sera égale à la valeur retenue comme assiette pour le paiement des droits de donation ou de succession versés suite à la donation ou à l'héritage de la nue-propriété.

ANNEXES.

Annexe 1. Promesse de vente de parts sociales.

Annexe 2. Acte de cession de parts sociales.

Annexe 3. Procès-verbal de l'assemblée générale extraordinaire statuant sur l'agrément.

Annexe 4. Notification de l'agrément au cédant.

Annexe 1. Promesse de vente de parts sociales

PROMESSE DE CESSION DE PARTS SOCIALES

Je soussigné .... *(nom, prénom, situation matrimoniale, date et lieu de naissance, nationalité et adresse du promettant)*,

ci-après désigné « le promettant »,

offre et promets à .... *(nom, prénom, situation matrimoniale, date et lieu de naissance, nationalité et adresse du cessionnaire)*,

ci-après désigné « le cessionnaire »,

de lui céder .... parts de la Société civile immobilière .... *(raison sociale de la SCI)* au capital de .... €, dont le siège social est à .... et le numéro d'immatriculation au registre du commerce et des sociétés est ....

Le prix de cette cession est de .... € par part sociale, soit d'un montant total de .... *(indiquer le montant total de la cession).*

Cette promesse de cession est valable jusqu'au .... *(indiquer la date limite de validité de la promesse)*, et le cessionnaire pourra lever l'option qui en résulte, à tout moment jusqu'à l'expiration de ce délai.

Conformément à la loi et aux dispositions des statuts, le bénéficiaire devra être régulièrement et préalablement agréé par l'assemblée des associés, ce à quoi s'engage le promettant, sous réserve de la décision souveraine de la collectivité des associés.

Si les associés donnent leur consentement dans l'acte :
« Messieurs .... *(les associés)* sont présents à l'acte et déclarent autoriser cette cession et agréer M .... comme nouvel associé. En conséquence de ce qui précède, et si la cession se réalise effectivement, les associés décident de modifier les statuts ainsi qu'il suit :

Article .... - CAPITAL SOCIAL

Le capital social est fixé à la somme de .... €. Il est divisé en parts de .... € chacune, entièrement libérées, souscrites en totalité par les associés, numérotées de 1 à .... et attribuées à chacun d'eux en proportion de leurs droits respectifs, à savoir .... *(indiquer la nouvelle répartition du capital tenant compte du nouvel associé).*

***OU** (si la cession ne nécessite pas d'agrément)*

Conformément aux dispositions de l'article 1861 du Code civil, la cession promise aux présentes est dispensée d'agrément de la part des associés du fait du lien de parenté existant entre le cédant et le cessionnaire.

GARANTIE

Le promettant garantit au bénéficiaire que les parts sociales dont il est ici question sont libres de toute sûreté, nantissement ou autre droit quelconque.

La réalisation de la cession de parts sociales interviendra dans les .... jours de la levée de la présente promesse, par remise par le promettant au bénéficiaire d'un acte de cession portant sur les parts sociales et contre paiement par le bénéficiaire au promettant du prix mentionné aux présentes.

Tous différends relatifs à la présente promesse seront soumis aux tribunaux compétents, dans les conditions de droit commun.

La présente promesse a un caractère confidentiel. Toute conséquence pécuniaire provenant d'une divulgation de celle-ci sera à la charge de la partie dont l'attitude aura nécessité sa divulgation.

La présente promesse engage solidairement et indivisiblement les héritiers et ayants cause du promettant.

Les frais occasionnés par le présent acte, ainsi que les suites qui en découleront, seront pris en charge par le cessionnaire, pour les frais de promesse et de cession si celle-ci se réalise ; et par la société, pour les frais qui résulteraient de la modification des statuts.

Fait à ...., le ..../..................../....................

En deux exemplaires dont un pour le promettant et un pour le bénéficiaire.

Le bénéficiaire Lu et approuvé Bon pour acceptation de cession	Le promettant Lu et approuvé Bon pour promesse de cession de .... parts

Annexe 2. Acte de cession de parts sociales

ACTE DE CESSION DE PARTS SOCIALES

Société civile immobilière au capital de .... €
Siège social : .... N° RCS ....

Entre les soussignés :

M. ....
ci-après dénommé « Le cédant », d'une part

et

M. ....
ci-après dénommé « Le cessionnaire », d'autre part

Il a été convenu ce qui suit :

1. Cession des parts sociales

Par les présentes, le cédant vend, avec les garanties ordinaires de fait et de droit en la matière, au cessionnaire qui accepte, les parts sociales dont il est propriétaire et dont la désignation suit :

— .... *(nombre)* parts sociales numérotées de .... à ....
— valeur unitaire de la part : .... €

Le cessionnaire sera propriétaire des parts énumérées ci-dessus et en aura la jouissance à compter de ce jour.

En conséquence de quoi, le cessionnaire sera titulaire des droits et obligations attachés aux parts faisant l'objet de la présente cession, et notamment, aura seul droit aux dividendes mis en distribution sur ces parts après cette date.

Le cessionnaire reconnaît avoir reçu avant ce jour un exemplaire des statuts de la société, à jour, certifiés conformes par le gérant ; ainsi qu'un extrait des inscriptions au registre du commerce et des sociétés concernant la société dont les parts font l'objet de la présente cession.

2. Prix. Modalités de paiement.

La présente cession est consentie et acceptée moyennant le prix de .... € par part, soit au total .... € pour les .... parts cédées, laquelle somme a été payée comptant au moyen .... *(indiquer le moyen de paiement utilisé : chèque, virement...)* par le cessionnaire au cédant qui lui en donne quittance.

3. Agrément des associés.

Conformément à la loi et l'article des statuts, le cessionnaire a été agréé par les autres associés *(ou par le gérant)*, en qualité de nouvel associé lors d'une assemblée générale qui s'est tenue le .... *(indiquer la date de l'assemblée générale)*.

OU *(en cas de cession de parts à un ascendant ou un descendant)*

Conformément aux dispositions de l'article 1861 du Code civil, la présente cession est dispensée d'agrément de la part des associés du fait du lien de parenté existant entre le cédant et le cessionnaire.

4. Origine de la propriété.

Les parts cédées ont été reçues par le cédant en contrepartie de son apport en numéraire *(ou en nature)* effectué à titre pur et simple lors de la constitution de la société, en date du ....

OU

Les parts cédées ont été reçues par le cédant en contrepartie de son apport en numéraire *(ou en nature)* effectué à titre pur et simple lors de l'augmentation du capital en date du ....

OU

Les parts cédées dépendent de la communauté de biens existant entre le cédant et son conjoint pour les avoir reçues en contrepartie de son apport en numéraire *(ou en nature)* effectué à titre pur et simple lors de la constitution de la société, en date du ....

OU

Les parts cédées dépendent de la communauté de biens existant entre le cédant et son conjoint, pour les avoir reçues en contrepartie de son apport en numéraire *(ou en nature)* effectué à titre pur et simple lors de l'augmentation du capital en date du ....

5. Application de l'article 1424 du Code civil. *(si les parts cédées relèvent d'une communauté de biens)*

L'époux du cédant, commun en biens, assiste aux présentes et donne son consentement à la cession qui est signée ce jour, et ce, conformément à l'article 1424 du Code civil.

6. Application de l'article 1832-2 du Code civil *(si les parts sont acquises avec des fonds relevant d'une communauté de biens)*

Le conjoint du cessionnaire, commun en biens, assiste aux présentes pour déclarer avoir été informé que le prix des parts acquises par son conjoint était payé au moyen de fonds dépendant de leur communauté de biens et ne pas revendiquer, à ce jour, la qualité d'associé.

7. Déclaration pour l'enregistrement.

Pour la perception des droits d'enregistrement, les parties déclarent que la société dont les parts sont présentement cédées est soumise à l'impôt sur le revenu ; et que la présente cession n'entraîne pas la dissolution de la société. En conséquence, les droits de cession des parts sociales sont dus au taux de 4,80%, exigibles lors de l'enregistrement de la présente cession à la recette des impôts de .... *(indiquer la ville d'enregistrement)* devant intervenir dans le mois des présentes.

8. Formalités de publicité.

Tous pouvoirs sont conférés au porteur d'un original ou d'une copie des présentes en vue de l'accomplissement de toutes formalités légales de dépôt et de publicité.

9. Frais.

Les frais, droits et honoraires des présentes et ceux qui en seront la conséquence, seront supportés par le cessionnaire.

Fait à ...., le ...., en .... exemplaires

Le cédant   Le cessionnaire

Annexe 3. Procès-verbal de l'assemblée générale extraordinaire statuant sur l'agrément

PROCES-VERBAL
ASSEMBLEE GENERALE EXTRAORDINAIRE

SCI ....
Société civile immobilière au capital de .... €
Siège social : ....
RCS ....

L'an .... *(en lettres)*, et le .... *(jour et mois en lettres)*, à .... *(heure en lettres)*, les associés se sont réunis à ...., en assemblée générale extraordinaire sur convocation de la gérance.

Sont présents ou représentés :

- .... *(indiquer les noms des associés et leurs parts sociales)*
- détenant ensemble .... parts sociales sur un total de ....
- représentant en conséquence plus de .... *(indiquer la majorité requise pour la tenue de l'assemblée en fonction des statuts)*, et qu'en conséquence l'assemblée est habilitée à prendre toutes les décisions extraordinaires relevant de sa compétence, conformément aux dispositions de l'article des statuts.

M .... *(indiquer le nom du président de l'assemblée)* préside la séance en qualité.

Le Président dépose sur le bureau et met à la disposition de l'assemblée :

1. Les récépissés des lettres recommandées de convocation.
2. Les pouvoirs des associés représentés par les mandataires.
3. Le texte des résolutions proposées au vote de l'assemblée.

Il précise que tous les documents prescrits par les lois et règlements ont été adressés aux associés et tenus à leur disposition au siège social dans les délais prévus par ledit article.

Puis le Président rappelle que l'ordre du jour de la présente assemblée est le suivant :

1. Agrément de la cession de parts envisagée entre .... *(indiquer le nom du cessionnaire)* et .... *(indiquer l'identité du cédant et ses éventuels liens de parenté avec le cessionnaire).*

2. Pouvoirs à donner.

Le président ouvre la discussion sur l'ordre du jour.

Diverses observations sont présentées .... *(faire un résumé des débats)*.

Personne ne demandant plus la parole, le Président met successivement aux voix les résolutions inscrites à l'ordre du jour :

1. Agrément d'un tiers en qualité de nouvel associé.

2. Pouvoirs à donner.

3. Modification corrélative des statuts sous réserve de la réalisation de la cession des parts sociales.

PREMIÈRE RÉSOLUTION

L'assemblée générale, après avoir entendu la lecture du rapport de la gérance, décide d'agréer en qualité de nouvel associé, conformément à la loi et à l'article .... des statuts, ... *(indiquer les nom, prénom et adresse du cessionnaire)*.

Cette résolution est mise aux voix et adoptée par .... voix contre ....

DEUXIÈME RÉSOLUTION

Sous la condition suspensive de la réalisation définitive de la cession de parts, l'assemblée générale décide de modifier comme suit l'article .... des statuts :

« **Article .... - Capital social**

Le capital social est fixé à la somme de .... €. Il est divisé en .... parts de .... € chacune, numérotées de 1 à ...., attribuées aux associés en proportion de leurs droits, savoir :

> .... *(indiquer la nouvelle répartition des parts en tenant compte du nouvel associé).*

Total égal au nombre de parts composant le capital social : .... parts.

Cette résolution est mise aux voix et adoptée par .... voix contre ....

TROISIÈME RÉSOLUTION

L'assemblée générale donne tous pouvoirs au porteur d'un original ou d'une copie des présentes, à l'effet d'accomplir toutes formalités légales.

Cette résolution est mise aux voix et adoptée par .... voix contre ....

Annexe 4. Notification de l'agrément au cédant

SCI ....
Société civile immobilière au capital de .... €
Siège social : ....
RCS ....

Lettre recommandée avec avis de réception

A .... *(indiquer la ville)*, le .... *(indiquer la date)*

Par un courrier en date du .... *(indiquer la date)* vous m'avez demandé de soumettre à l'agrément de vos coassociés la cession de vos parts sociales à .... *(indiquer l'identité du cessionnaire)*.

J'ai l'honneur de vous faire connaître qu'aux termes d'une délibération en date du .... *(indiquer la date de l'assemblée)*, l'assemblée générale a autorisé cette cession et expressément agréé .... *(indiquer l'identité du cessionnaire)* en qualité de nouvel associé.

Vous voudrez bien me tenir informé de la suite donnée à votre projet.

Le gérant

Partie 2.

La gestion fiscale

Il semble difficile de gérer une société quelle qu'elle soit sans passer par les impératifs de la fiscalité.

La gestion fiscale ne peut être évitée. La SCI intervenant dans la vie sociale et économique, elle sera taxée, directement et indirectement sur les bénéfices de ses opérations (ventes ou locations) et sur les biens qu'elle possède.

Outre l'imposition des résultats de l'exercice, qui présente la particularité de frapper directement les associés, la SCI devra aussi gérer la fiscalité de ses opérations courantes. Dans le cadre de certains types de locations, les revenus et les charges de la SCI pourront même être soumis à TVA.

Avertissement

L'actualité fiscale est ponctuée ces derniers mois de nombreuses annonces de réformes, certaines concernant la fiscalité des SCI.

La loi de finances 2022
peut donc dévoiler certains aménagements.

Si des éléments venaient à paraître,
dans les semaines ou mois à venir,
nous vous en informerions
sous forme de mises à jour - gratuites -
que nous vous ferions parvenir par mail.

Attention, pour recevoir
ces éventuelles mises à jour,
vous devez nous renvoyer
le « bon de mise à jour »
que vous trouverez en fin d'ouvrage.

Cette démarche est impérative
pour bénéficier de cette information.

Chapitre 1

Taxes, impôts et droits divers

Lors de chaque exercice fiscal, la SCI aura à s'acquitter de certaines obligations fiscales. Certaines sont récurrentes, et, par voie de conséquences, sont dues chaque année suivant une périodicité fixe.

Afin de les avoir en mémoire, ces taxes et droits seront décrits suivant l'ordre chronologique de leur acquittement.

Une SCI peut aussi être soumise à des obligations fiscales à caractère plus ponctuel. Ce sera notamment le cas lors des modifications statutaires et de la liquidation de la société.

1. LES IMPOSITIONS ET TAXES RÉCURRENTES

■ Taxe foncière et taxe d'habitation

• La taxe d'habitation

Cette taxe est due par la personne qui occupe le local affecté à l'habitation. Dans le cadre d'une SCI de location, ce sera donc au locataire de s'en acquitter.

Cette taxe est fixée à un taux différent selon les collectivités locales (les communes) sur le territoire desquelles le local à usage d'habitation est fixé.

La taxe d'habitation est due par la personne qui occupe le local d'habitation au 1er janvier.

Depuis 2018, la taxe d'habitation fait l'objet d'un dégrèvement progressif sur 3 ans. 80 % des foyers français assujettis à la taxe d'habitation ont donc bénéficié de sa suppression totale sur leur résidence principale en 2020.

A compter de 2021, c'est l'ensemble des contribuables qui vont bénéficier de cette réforme.

En conséquence, les foyers qui ne sont pas assujettis à l'impôt sur la fortune immo-bilière (IFI) et dont votre revenu fiscal de référence (RFR) de 2020 (indiqué sur l'avis d'impôt sur les revenus 2020 transmis à l'été 2021) ne dépasse pas certains seuils, pourront bénéficier d'une exonération totale de leur taxe d'habitation.

Si leur RFR dépasse les montants indiqués dans le tableau ci-dessous, ils bénéfi-cieront d'une exonération partielle minimale fixe de 30% en 2021, de 65% en 2022 et de 100% en 2023 de la taxe d'habitation sur leur résidence principale.

Exonération totale en fonction du revenu

Les foyers fiscaux peuvent bénéficier d'une exonération totale ou partielle de la taxe d'habitation en 2021, si leur revenu fiscal de référence de l'année 2020 (avis d'imposition 2020) ne dépasse pas les plafonds repris dans le tableau ci-dessous :

Nombre de parts du foyer fiscal	Plafond de revenu fiscal de référence
1	27 761 €
1.5	35 986 €
2	44 211 €
2.5	50 380 €
3	56 549 €
3,5	62 718 €

Exonération partielle pour les années 2021 à 2023 : plafonds de RFR à ne pas dépasser

Nombre de parts du foyer fiscal	Plafond de revenu fiscal de référence
1	27 761 € < RFR ≤ 28 789 €
1.5	35 986 € < RFR ≤ 37 528 €
2	44 211 € < RFR ≤ 46 267 €
2.5	50 380 € < RFR ≤ 52 436 €
3	56 549 € < RFR ≤ 58 605 €
3.5	62 718 € < RFR ≤ 64 774 €

• La taxe foncière

Cette taxe est due par le propriétaire et ce, que la propriété soit bâtie ou non. A la différence de la taxe d'habitation, la taxe foncière est due par le propriétaire même si le bien est donné en location.

De la même manière que pour la taxe d'habitation, la taxe foncière est établie au 1er janvier sur la base de la valeur locative du bien, et le propriétaire peut opter pour un paiement mensuel de la somme due à ce titre.

La base d'imposition de la taxe foncière doit faire l'objet de réévaluation. Le propriétaire est tenu de souscrire un certain nombre de déclarations qui permettront cette réévaluation.

Certains changements de la propriété elle-même ou de son environnement sont susceptibles de modifier la base d'imposition de la taxe foncière. Certains types de changements sont à déclarer par le propriétaire lui-même, au centre des impôts locaux du lieu de sa propriété :

— quand le propriétaire fait construire un nouveau bâtiment sur sa propriété ;

— quand le propriétaire procède à une modification de superficie du bâtiment (démolition ou agrandissement).

Les déclarations doivent être souscrites dans les 90 jours de leur achèvement (fin des travaux de construction, d'agrandissement ou de démolition).

D'autres types de modifications ne doivent pas être déclarés par le propriétaire. Elles seront automatiquement prises en compte par l'administration, qui ne procèdera à une réévaluation que si ces changements entraînent une modification de plus de 10% de la base d'imposition. Sont notamment concernés :

— travaux de rénovation, d'entretien, aménagements intérieurs, et, en règle générale, tous travaux ou aménagements qui vont transformer la propriété sans en changer l'affectation ou la surface ;

— modifications de l'environnement de la propriété qui ne sont pas du fait du propriétaire : nuisances sonores ou autres, urbanisation...

Il est à noter que les constructions nouvelles sont exonérées de taxe foncière pendant deux ans, quelle que soit leur affectation (habitation, usage professionnel, industriel ou autre).

Sur demande du redevable, la taxe foncière peut faire l'objet d'un prélèvement mensuel.

■ Les impôts et taxes sur les salaires

La SCI peut être amenée à employer une ou plusieurs personnes, ou à avoir recours à des compétences qu'elle se doit de rémunérer. Cette participation active à la vie sociale fait l'objet de taxations et d'obligations déclaratives.

• Taxations

Dans le cas où la SCI emploierait un ou des salariés (on pense notamment au cas du gérant salarié), elle sera soumise aux différentes taxes qui suivent.

a. La taxe sur les salaires

Le taux de droit commun de la taxe à payer en 2021 sur les salaires versés en 2020 est de :

— 4,25% pour la fraction annuelle du salaire brut inférieure à 8 020 € ;

— 8,50% pour la fraction annuelle du salaire brut comprise entre 8 020 € et 16 013 €.

— 13,60% pour la fraction annuelle du salaire brut supérieure à 16 013 €.

Un abattement est prévu en fonction du montant de la taxe résultant du calcul ci-dessus :

— Si le montant calculé de la taxe est inférieur à 1 200 €, la société est dispensée de déposer une déclaration et sera donc exonérée.

— Si le montant calculé de la taxe est compris entre 1 200 et 2 040 €, la société bénéficiera d'un abattement d'un montant égal aux 3/4 de la différence entre de plafond de 2 040 € et le montant réel calculé de la taxe.

Par exemple, si le montant calculé de la taxe de 1 600 €, l'abattement sera égal à : 3/4 x (2 040 – 1 600) = 330 €, soit une taxe à payer de 1 270 €.

La fréquence de déclaration de la taxe sur les salaires va dépendre des montants calculés.

Ainsi :

— Si le montant de la taxe est inférieur à 1 200 €, aucune déclaration n'est à effectuer.

— Si le montant de la taxe est compris entre 1 200 € et 3 999 €, la déclaration (cerfa n° 2502) sera à effectuer au plus tard le 15 janvier de l'année suivante (15 janvier 2022 pour les salaires versés en 2021).

— Si le montant de la taxe est compris entre 4 000 € et 10 000 €, la déclaration sera à effectuer chaque trimestre dans les 15 jours suivants le trimestre échu (15 avril, 15 juillet, 15 octobre) avec une déclaration de régularisation avant le 31 janvier.

— Si le montant de la taxe est supérieur à 10 000 €, la déclaration est à effectuer chaque mois, dans les 15 jours suivant le mois échu.

b. Le 1% logement

En ce qui concerne le « 1% logement », il est dû par les entreprises employant plus de 10 salariés, ce qui est rare en pratique pour une SCI. Cette imposition est égale à 1% des rémunérations versées au cours de l'année précédente.

On notera pour mémoire que la SCI qui emploierait au moins un salarié doit participer au financement de la formation professionnelle continue.

De la même manière, la CSG, la CRDS et le prélèvement de 2% seront dus sur l'ensemble des revenus d'activité.

• Obligations déclaratives

Deux types de déclarations sont à fournir à l'administration : une déclaration annuelle des salaires et une déclaration annuelle des honoraires.

a. La déclaration annuelle des salaires

Elle doit être souscrite avant le 1er février, et doit reprendre l'ensemble des salaires et cotisations versés au cours de l'année civile précédente.

Par exemple, au 1er février 2022, la déclaration reprendra l'ensemble des salaires et cotisations versés du 1er janvier au 31 décembre 2021.

Ces renseignements doivent être portés sur une déclaration DADS 1, qui doit être envoyée à la caisse régionale d'assurance maladie.

Le retard ou l'absence de transmission de cette déclaration sont sanctionnés par une amende de 5% des sommes à déclarer.

b. La déclaration annuelle des honoraires

Elle doit être souscrite au plus tard pour le 30 avril de chaque année, et reprend l'ensemble des sommes versées comme courtage, gratifications, honoraires, ristournes, ou tous autres types de rémunérations non salariales.

Les rémunérations ou avantages consentis à un gérant non salarié sont donc à déclarer dans cette catégorie.

Si la SCI emploie des salariés et doit donc remplir une déclaration DADS 1, un cadre spécifique est prévu sur cette déclaration (le cadre H). Cette déclaration sera envoyée à la caisse régionale d'assurance maladie.

Si la SCI n'a pas de salarié, et ne remplit donc pas de déclaration DADS 1, elle devra, pour déclarer les rémunérations versées à titre non salarial, remplir une déclaration spéciale DAS 2. A la différence de la DADS 1, la DAS 2 est à envoyer directement aux services fiscaux.

2. LA TAXATION DES APPORTS, DES ACHATS ET DES LOCATIONS D'IMMEUBLES

Créer une SCI de location, c'est espérer retirer un certain niveau de revenus locatifs tout en valorisant un patrimoine immobilier. Cette ambition génère un certain nombre d'opérations économiques qui vont faire entrer la SCI dans le champ d'application de taxations et d'impositions spécifiques, notamment celui de la TVA.

Cette imposition indirecte aux mécanismes complexes doit être maîtrisée afin d'éviter de mauvaises surprises. En effet, la taxation à la TVA des opérations immobilières n'est pas systématique. Il existe des opérations taxables de plein droit, d'autres non taxables et certaines sont taxables de manière optionnelle.

Le choix qui est alors laissé à la SCI ne peut être fait qu'à la condition de connaître les tenants et les aboutissants de ce système de taxation. D'où les développements relativement longs mais néanmoins indispensables qui vont lui être consacrés ci-après.

Les différentes possibilités décrites dans le schéma des pages précédentes vont être décrites ici en détail.

■ Apporter et acheter un immeuble

Les acquisitions et les apports de biens immobiliers suivent le même régime au regard de la TVA. Les opérations de constructions présentent, elles, des spécificités qui appellent des développements particuliers.

Les achats et apports de biens immobiliers par ou à une SCI suivent le même régime, à quelques conditions près. Dans la mesure où il s'agit de biens immobiliers, les apports et cessions devront être matérialisés par un acte notarié et enregistrés.

Concernant les apports, il ne sera ici question que des apports dits « purs et simples », c'est-à-dire en contrepartie desquels sera remis un certain nombre de parts sociales. Ce type d'apports est en effet le plus fréquent dans le cas des SCI de location familiales.

• Régime de droit commun

Normalement, et ce sera le cas pour le plus grand nombre des SCI de location à caractère familial, les apports et acquisitions de biens immobiliers bâtis ou non bâtis ne sont pas soumis à TVA. Ils suivront donc les régimes décrits ci-dessous.

a. Les apports d'immeubles

Depuis 2000, ces apports ne sont plus soumis à aucun droit.

b. Les achats d'immeubles anciens

Les acquisitions de biens immobiliers sont soumises, pour les SCI, aux mêmes droits de mutation que pour les particuliers.

Le taux des droits de mutation a été uniformisé et se décompose en une taxe départementale (4,5%), une taxe communale (1,2%) et une taxe nationale de 2,37%, assise sur le montant du droit départemental.

Exemple : cession d'un immeuble vendu 100 000 €. Les droits à payer s'élèveront à :

Droit départemental d'enregistrement :
100 000 € × 4,5 % = 4 500 €

\+ Taxe locale additionnelle :
100 000 € × 1,20% = 1 200 €

\+ Taxe d'Etat : 4 500 € × 2,37% = 107 €

Les droits à débourser seront donc de 5 807 €.

Il est important de noter que ces taux s'appliquent aux cessions de tous types d'immeubles, quelle que soit leur nature (terrains bâtis ou non bâtis) ou leur destination (usage professionnel, habitation, industriel...). Ceci, bien entendu, à la condition que ces biens immobiliers ne soient pas soumis au régime de la TVA.

• Régime de la TVA

Dans certains cas bien déterminés, l'acquisition d'un bien immobilier par la SCI pourra être soumise au paiement de la Taxe sur la Valeur Ajoutée. Cette obligation emporte des conséquences non négligeables, la première étant d'accroître le prix de la cession de 20%. Néanmoins, dans les cas pour lesquels l'assujettissement à la TVA ne pourra être évité, il existe une série de dispositifs légaux, optionnels ou de plein droit, qui permettent de compenser l'accroissement du prix d'achat de l'immeuble.

a. Achat et apports de biens immobiliers

Concernant la TVA, les règles d'assujettissement sont les mêmes en matière d'acquisition et d'apports.

Si la SCI achète un immeuble déjà construit, achevé depuis moins de 5 ans et n'ayant pas fait l'objet d'une vente à un particulier, cet achat sera soumis à TVA.

Il en va de même dans le cas où la SCI achète sur plan, c'est-à-dire un immeuble à construire.

b. Construction d'immeuble

Si la SCI fait construire un immeuble sur un terrain lui appartenant, le prix de la construction est soumis à TVA quand l'immeuble construit n'est pas affecté principalement à l'habitation et que les locations qui y seront consenties seront soumises à TVA.

Ces deux conditions doivent être remplies simultanément. Concrètement, il faut être dans le cas d'un immeuble qui est affecté à l'habitation pour moins des trois-quarts de sa superficie **et** dont les loyers seront soumis à TVA de plein droit ou sur option.

Dans le cas où l'acquisition est soumise à TVA, la SCI sera exonérée de droits d'enregistrement.

Les modalités du système de récupération de la TVA sont développées plus loin.

c. Les formalités d'enregistrement

Toutes les acquisitions et cessions d'immeubles doivent faire l'objet d'une procédure d'enregistrement. Celle-ci est généralement effectuée par un professionnel, le plus souvent, un notaire. En droit, l'écrit n'est pas obligatoire pour qu'une vente d'immeuble soit réalisée. Cependant, l'obligation d'enregistrer un acte constatant la cession entraîne, de fait, l'obligation de constater la vente dans un écrit.

Lors de la vente d'un immeuble, il est préférable, voire obligatoire, de passer par un notaire. En effet, toute vente doit faire l'objet d'un acte dit « authentique ». Cette « authenticité » est conférée à l'acte par sa forme. Ainsi, l'acte pourra être notarié (passé devant notaire), administratif (par exemple, dans le cas d'une vente publique) ou judiciaire (dans le cas d'un jugement de reconnaissance d'une vente, par exemple). Le cas le plus fréquent est l'acte notarié.

Les parties se rendent, séparément ou ensemble devant un notaire et signent l'acte de vente. La remise des fonds a le plus souvent lieu devant notaire.

Cet acte de vente sera revêtu du cachet notarial. Il devient de ce fait « authentique ».

Par la suite, l'acte devra être enregistré à la conservation des hypothèques pour être publié au fichier immobilier.

■ Louer un immeuble

La location des immeubles, en tout ou partie, par lot ou en ensemble, va constituer l'essentiel de l'activité d'une SCI de location.

Il existe cependant, du point de vue fiscal, différents modes de location : le système de droit commun, celui du bail d'habitation, et le système de l'assujettissement des loyers à la TVA.

• Les locations non soumises à TVA

Certaines locations ne sont pas soumises à TVA et ne peuvent pas faire l'objet d'une option en ce sens. En pratique, ceci constitue la situation la plus fréquente pour une SCI de location familiale, qui a pour actif patrimonial un ou plusieurs immeubles à usage d'habitation et/ou à usage commercial.

Dans le cas où l'immeuble aura été acquis par l'intermédiaire d'un marchand de biens, l'acquisition ne sera pas soumise à TVA, mais aux droits de mutation et à la taxe de publicité foncière.

La location des parties servant à un usage d'habitation sera soumise aux règles générales des baux d'habitation (voir partie 4). L'éventuelle location à usage commercial fera l'objet d'un bail commercial, et le tout formera le revenu brut foncier de la SCI (voir Chapitre 2. La détermination du bénéfice imposable).

Les locations qui ne peuvent que correspondre à ce régime de droit commun sont :

— les locations de locaux à usage agricole,

— les locaux destinés à l'habitation.

• L'assujettissement des locations à la TVA

Certaines locations pourront être soumises à TVA. Cet assujettissement des locations constitue en général la condition de la soumission de l'acquisition ou de l'apport à TVA.

Si les locations envisagées sont soumises à la TVA de plein droit (a) ou sur option (b), alors l'acquisition ou l'apport sera soumis à TVA.

a. Locations soumises de plein droit à TVA

Les locations suivantes consenties par la SCI seront soumises à TVA ; cette particularité obligera les associés à l'accomplissement de formalités particulières pour récupérer la TVA :

— les locations d'emplacements de parkings (1) ;

— les locations de locaux à usage professionnel aménagés par le bailleur (c'est-à-dire munis du mobilier ou des installations nécessaires à l'exploitation commerciale des locaux) ;

— les locations d'emplacements de camping ;

— les locations qui permettent à la SCI de poursuivre sous une autre forme l'exploitation d'un actif commercial. Exemple : un associé a apporté à la SCI son fonds de commerce et loue, par l'intermédiaire de la SCI, l'immeuble nécessaire à l'exploitation du commerçant qui a repris le fonds ;

— les locations dont le loyer constitue, par exemple, une fraction du chiffre d'affaires mensuel du fonds de commerce exploité dans le local loué.

b. Locations soumises à TVA sur option

Dans certains cas, opter pour la soumission des loyers à la TVA pourra permettre de récupérer la TVA versée dans le cadre de la construction ou de l'acquisition de l'immeuble. De la même manière les SCI qui optent pour l'assujettissement à la TVA pourront la récupérer pour l'ensemble de leurs dépenses (investissements, frais généraux...).

---

(1) Ces locations, normalement soumises de plein droit à TVA, peuvent néanmoins en être exonérées si elles sont liées à la location d'un local nu destiné à un autre usage et lui-même exonéré de TVA (locaux à usage d'habitation ou locaux professionnels nus, ou locaux meublés ou garnis à usage d'habitation) et que ce local est loué par le locataire de l'emplacement de parking et, enfin, que le parking et le local loué se situent dans le même ensemble immobilier.

Certaines locations peuvent faire l'objet de cette option alors qu'elles sont normalement exonérées de TVA :

— immeubles (ou parties d'immeubles) à usage commercial,

— immeubles à usage industriel (entreprises),

— immeubles à usage professionnel (le plus souvent, des professions libérales).

■ TVA, mode d'emploi

L'assujettissement des locations à la TVA entraîne un certain nombre d'obligations pour la SCI. Certaines sont d'ordre déclaratif, d'autres d'ordre comptable. Mais pour bien comprendre le système, certaines considérations d'ordre général sont nécessaires.

• Généralités

Le bailleur (la SCI) dont les loyers sont soumis à TVA, de plein droit ou sur option, doit appliquer un taux à ces loyers, qui va en accroître le montant.

Ce taux est de :

— 20% dans la plupart des cas,

— 7% pour les locations meublées.

Ces taux s'appliquent à l'ensemble des composantes du loyer, à savoir :

— le loyer lui-même,

— les préloyers,

— les dépôts de garanties,

— les cautionnements,

— les droits d'entrée*,

— les pas-de-porte,

— les charges incombant normalement au bailleur et mises conventionnellement à la charge du locataire (taxe foncière, grosses réparations...).

> **Astuce**
>
> Pour obtenir le loyer TTC en partant d'un loyer HT, il suffit de **multiplier** le loyer HT par 1,2 (TVA de 20%) ou par 1,07 (TVA de 7%).
>
> Pour obtenir le loyer HT en partant d'un loyer TTC, il suffit de **diviser** le loyer TTC par 1,2 (TVA de 20%) ou par 1,07 (TVA de 7%).

• Obligations déclaratives

Ces obligations diffèrent selon le régime d'imposition de la SCI : régime simplifié et régime réel normal.

Pour relever du régime simplifié, le revenu des locations de la SCI doit être inférieur à 247 000 € HT pour les locations autres que les locations meublées et 818 000 € HT pour les locations meublées.

Au-delà de ces seuils, la SCI relèvera du régime réel normal.

Mais il existe un autre régime qui lui, dispense de déclaration et de paiement de la TVA certaines SCI percevant de petits revenus locatifs : le régime de franchise en base.

a. Le régime simplifié

De la même manière que pour l'impôt sur le revenu, les SCI relevant du régime simplifié n'ont qu'une déclaration annuelle de régularisation à déposer aux services fiscaux du lieu du principal établissement de la SCI, le 30 avril de chaque année.

Cette déclaration est un imprimé CA 12 (voir annexe 1 en fin de chapitre) qui reprend le solde de TVA dû par la SCI.

Le paiement de la TVA se fait par un système d'acomptes sur la TVA due au titre de l'exercice précédent, à verser en avril, juillet, octobre et décembre.

b. Le régime réel normal

Pour les SCI relevant de ce régime, une déclaration mensuelle est nécessaire. Cette déclaration est faite sur un imprimé CA 3 (voir annexe 2), à déposer dans les mêmes conditions et au même lieu que pour les SCI relevant du régime simplifié.

c. Le régime de franchise en base

Ce régime constitue en fait une dispense de déclaration et de paiement de TVA pour les SCI dont les locations y sont normalement assujetties de plein droit. Les SCI ayant opté pour la TVA en sont donc logiquement exclues.

Il est à noter qu'une SCI qui relèverait du régime de franchise en base se trouverait dans l'impossibilité de déduire la TVA qu'elle débourse pour l'ensemble de ses opérations taxables.

C'est ce qui explique que les SCI qui relèveraient du régime de franchise en base peuvent opter malgré tout pour le paiement de la TVA et renoncer au bénéfice de ce régime. Cette option devra alors courir pour une durée minimale de deux ans.

Pour bénéficier du régime de franchise en base, la SCI doit justifier d'un chiffre d'affaires HT inférieur à :

— 85 800 € pour les locations meublées,

— 34 400 € pour les autres locations.

Note

Les entreprises nouvelles bénéficient de plein droit de ce régime pendant la première année d'activité, tant que leur chiffre d'affaires ne dépasse pas certains seuils.

En cas de dépassement des seuils en cours d'année, la SCI devient redevable de la TVA au 1er janvier de l'année suivante, suivant le régime simplifié ou réel normal, en fonction du chiffre d'affaires constaté.

Note

Le Code général des impôts prévoit, pour ce type de situations, la détermination d'un crédit de TVA « de départ », afin de permettre aux SCI nouvellement assujetties à la TVA de procéder à des régularisations dans les meilleures conditions. Surtout, ce dispositif, calculé sur la base des biens immobiliers non encore utilisés ou en cours d'utilisation et ayant fait l'objet d'un paiement de TVA de la part de la SCI lors de leur acquisition ou de leur apport, permet aux ex-bénéficiaires du régime de franchise de récupérer cette TVA versée.

En effet, le bénéficiaire du régime de franchise en base se voit dans l'impossibilité de récupérer la TVA ayant grevé ses apports ou ses acquisitions immobilières, puisque, par exception à la nature de ses activités locatives soumises normalement à TVA, il est exclu des obligations en découlant. Il ne peut donc ni facturer, ni récupérer de TVA. Cette situation peut constituer un handicap financier relativement lourd.

Le Code général des impôts permet donc aux SCI ayant dépassé le seuil évoqué ci-dessus, de récupérer une fraction de la TVA versée lors de l'acquisition ou de l'apport.

Pour l'application de ce dispositif relativement complexe, l'intervention d'un professionnel est fortement recommandée.

• Régime de l'option

a. Généralités

Comme il a été dit plus haut, certaines opérations normalement exclues du droit à déduction peuvent être soumises à TVA sur option.

Cette option, qui doit être levée par la SCI de manière formelle, permet de récupérer la TVA qui pèse sur les immobilisations de la société.

Cette option doit être exercée immeuble par immeuble. Si un immeuble fait l'objet d'une option à TVA, par exemple pour un local à usage professionnel, les autres locaux à usage professionnel situés dans le même immeuble devront eux aussi être soumis à TVA.

Il est important de noter que l'option exercée par la SCI doit figurer dans le bail consenti au locataire (notamment parce que, pour un professionnel, l'assujettissement du loyer à TVA conforte la nature commerciale du bail).

b. Comment exercer l'option ?

Normalement, l'exercice de l'option se fait simultanément au commencement de l'activité taxable. Cette activité étant nouvelle, elle doit faire l'objet d'une déclaration, à laquelle sera jointe une lettre mentionnant que la SCI entend soumettre les locations relevant de cette nouvelle activité à TVA.

L'option pour la TVA court pour une durée minimale de 10 ans.

Par la suite, l'option se poursuit par tacite reconduction, de la même manière que pour les contrats d'assurance. C'est-à-dire que si la SCI, pour une raison ou une autre, entend ne plus soumettre la location à TVA, elle doit notifier expressément cette intention aux services fiscaux.

• Méthodologie et comptabilité

La récupération de la TVA est un mécanisme de compensation. Il consiste, pour un exercice donné, à déduire de la TVA totale versée par la SCI pour les besoins de son activité ou pour l'acquisition de ses immeubles, la TVA perçue sur les loyers.

Cette opération arithmétique, qui comporte quelques subtilités qui vont être développées ici, fait apparaître pour l'exercice soit un crédit de TVA au bénéfice de la SCI, soit un débit de TVA que la SCI va devoir verser aux services fiscaux.

Dans le premier cas, la TVA perçue sur les loyers sera inférieure à la TVA versée par la SCI à ses fournisseurs. Dans l'autre cas, la SCI aura perçu plus de TVA qu'elle n'en aura versé.

a. Détermination de la TVA déductible

En règle générale, la SCI reprend l'ensemble des opérations (entrées et sorties d'argent) sur un livre comptable.

Comme il sera évoqué plus loin, la SCI n'est pas astreinte à une comptabilité commerciale, du fait du caractère civil de ses activités. Cependant, afin de permettre aux associés, et éventuellement à l'administration fiscale en cas de contrôle, de suivre au mieux les comptes, il est recommandé de tenir une comptabilité claire et détaillée.

Dans le cas où la SCI ne possède qu'un immeuble dont les loyers sont soumis à TVA, il ne sera pas nécessaire de suivre des comptes distincts. Dans ce cas, la SCI fournira une déclaration de TVA qui reprendra les données comptables en les consolidant sur l'exercice.

Note

Une difficulté peut cependant se poser dans le cas où une SCI possède plusieurs immeubles et que seuls certains d'entre eux ouvrent droit à récupération de TVA.

Plusieurs cas sont envisageables :

- la SCI possède un ou des immeubles dont la location n'est pas soumise à TVA et un ou des immeubles dont les locations sont soumises à TVA ;

- la SCI possède un ou des immeubles dont les locations sont soumises à TVA de plein droit, un ou des immeubles soumis à TVA par exercice de l'option et un ou des immeubles dont les locations ne sont pas soumises à TVA ;

- la SCI possède plusieurs immeubles dont les locations sont soumises à TVA sur option.

Dans le premier cas de figure, la SCI va devoir distinguer, dans sa comptabilité, les recettes et les dépenses de chaque immeuble, afin de prouver, en cas de contrôle, que la TVA payée et imputée sur la TVA perçue au titre des loyers imposables est bien uniquement celle payée dans le cadre de l'exploitation de l'immeuble dont les locations sont assujetties à TVA.

Le second cas va nécessiter de distinguer entre les locations ne relevant pas de la TVA et celles qui y sont assujetties et, parmi ces dernières, la SCI devra comptabiliser distinctement la TVA récupérable au titre de chaque immeuble pris individuellement.

Le troisième cas pose le moins de problèmes. L'option à TVA s'exerçant immeuble par immeuble (voir b), la SCI va devoir suivre les entrées et les sorties de TVA immeuble par immeuble, puis procéder à une consolidation globale en additionnant les crédits ou débits de TVA constatés pour les différents immeubles.

b. Déclaration de la TVA

Cette déclaration suit la même procédure que celle qui a été étudiée plus haut dans le régime de TVA de droit commun. Elle dépend donc du régime d'imposition dont relève la SCI : réel normal ou simplifié.

c. Conséquences méthodologiques de l'assujettissement à la TVA

Il sera nécessaire de respecter certaines règles, notamment en matière de facturation et de comptabilité.

Concernant la facturation, la SCI sera tenue à certaines formes, notamment dans ses relations avec les locataires soumis à TVA (professionnels, entreprises) et avec les locataires personnes morales (sociétés), soumises ou non à TVA.

La délivrance d'une facture est obligatoire pour justifier des prestations fournies, notamment en ce qui concerne les locations. Conformément aux dispositions du Code de commerce, une facture comprend certaines mentions obligatoires :

- date de remise de la facture,
- numéro de la facture,
- nom et adresse du locataire,
- le prix HT,
- le taux de TVA,
- le total TTC (prix HT + montant de la TVA).

ANNEXES

Déclaration CA 12 et déclaration CA 3

N°3517-S-SD

CA12 (1)
CA12E (2)

cerfa

N°11417*22
FORMULAIRE OBLIGATOIRE
(art. 242 sexies
et 242 septies A de l'annexe II au CGI)

RÉPUBLIQUE FRANÇAISE
Liberté Égalité Fraternité

TAXE SUR LA VALEUR AJOUTÉE ET TAXES ASSIMILÉES

DÉCLARATION RELATIVE À L'EXERCICE OU À LA PÉRIODE DU ..... / ..... / 20..... AU ..... / ..... / 20.....

Horaires d'ouverture sur www.impots.gouv.fr, rubrique « Contact »

Cette déclaration doit obligatoirement être renvoyée **au plus tard le 3 mai 2021 (clôture au 31/12/2020) ou dans les trois mois de la clôture de l'exercice** (clôture en cours d'année) (CGI, ann II, art. 242 septies A)

Identification du destinataire	Nom ou dénomination	
	Adresse	

Rayer les indications imprimées par ordinateur qui ne correspondent plus à la situation exacte de l'entreprise, ***rectifiez-les en rouge****.*

SIE	Numéro de dossier	Clé	Période	CM	OPT	Code service	Régime

N° d'identification de l'établissement (SIRET) |_|_|_|_|_|_|_|_|_| |_|_|_|_|_|

N° de TVA intracommunautaire |_|_| |_|_| |_|_|_|_|_|_|_|_|_|

(1) Si vous clôturez votre exercice en cours d'année, rayez la mention CA 12 (en haut à droite).

(2) Si vous clôturez votre exercice le 31 décembre, rayez la mention CA 12 E (en haut à droite).

Si vous n'avez à remplir aucune ligne de ce formulaire (déclaration « néant »), veuillez cocher la case à droite 0010 ☐

MODALITÉS DE DÉCLARATION ET DE PAIEMENT

ATTENTION : ne portez pas de centimes d'euro (l'arrondissement s'effectue à l'unité la plus proche : les fractions d'euro inférieures à 0,50 sont négligées, celles supérieures ou égales à 0,50 sont comptées pour 1).

PAIEMENT, DATE, SIGNATURE

Date : .... Signature :

Téléphone : ....

Paiement par virement bancaire : ☐

Paiement par imputation * : ☐

* (joindre l'imprimé n° 3516 disponible sur www.impots.gouv.fr ou auprès de votre service des impôts).

RÉSERVÉ À L'ADMINISTRATION

Somme :	Date :		Pénalités	
	N° PEC	|_|_|_|_|_|_|_|	Taux 5 %	9005
	N° d'opération	|_|_|_|_|_|_|_|	Taux %	9006
			Taux %	9007

Date de réception

CADRE RÉSERVÉ À LA CORRESPONDANCE

N'hésitez pas à prendre contact avec votre service des impôts, s'il vous manque une indication pour remplir cette déclaration. Vous pouvez également vous reporter à la notice, si vous souhaitez des informations sur la TVA intracommunautaire, le coefficient de taxation ou l'euro.
Les dispositions des articles 49, 50, 53 et le cas échéant, 51, 55 et 56 de la loi n° 78-17 du 6 janvier 1978 relative à l'informatique, aux fichiers et aux libertés, modifiée par la loi n° 2004-801 du 6 août 2004, garantissent les droits des personnes physiques à l'égard des traitements des données à caractère personnel.

– 1 –

I – TVA BRUTE							
	OPÉRATIONS NON IMPOSABLES		Base hors taxe		OPÉRATIONS NON IMPOSABLES		Base hors taxe
01	Achats en franchise	0037	...	4B	Ventes de biens ou prestations de services réalisées par un assujetti non établi en France (article 283-1 du code général des impôts)	0043	...
02	Exportations hors UE	0032	...				
03	Autres opérations non imposables	0033	...				
3A	Ventes à distance taxables dans un autre État membre au profit de personnes non assujetties – Ventes BtoC	0047	...	4D	Livraisons d'électricité, de gaz naturel, de chaleur ou de froid non imposables en France	0029	...
3B	Mises à la consommation de produits pétroliers	0049					
04	Livraisons intracommunautaires à destination d'une personne assujettie – Ventes BtoB	0034	...				

	OPÉRATIONS IMPOSABLES		Base hors taxe	Taxe due
	– réalisées en France métropolitaine			
5A	Taux normal 20 %	0207	...	...
5 B	Taux normal 20 % sur les produits pétroliers	0208	...	...
06	Taux réduit 5,5 %	0105	...	...
6C	Taux réduit 10 %	0151	...	...
6D	...		...	...
	– réalisées dans les DOM			
07	Taux normal 8,5 %	0201	...	...
08	Taux réduit 2,1 %	0100	...	...
8B	...		...	...
	– à un autre taux (France métropolitaine ou DOM)			
09	Opérations imposables à un taux particulier	0950	...	...
9A	Taux réduit 13 % sur les produits pétroliers	0152	...	...
10	Anciens taux	0900	...	...
	– autres opérations			
AA	Livraisons d'électricité, de gaz naturel, de chaleur ou de froid imposables en France	0030	...	...
AB	Achats de biens ou de prestations de services réalisés auprès d'un assujetti non établi en France (article 283-1 du code général des impôts)	0040	...	...
AC	Achats de prestations de services intracommunautaires (article 283-2 du code général des impôts)	0044	...	...
11	Cessions d'immobilisations	0970	...	...
12	Livraisons à soi-même	0980	...	...
13	Autres opérations imposables	0981	...	...
14	Acquisitions intracommunautaires	0031	...	...
15	*Dont* TVA sur immobilisations 0982			
16	***TOTAL DE LA TAXE DUE (ligne 5A à 14)***			...
	Autre TVA DUE			
17	Remboursements provisionnels obtenus en cours d'année ou d'exercice	0983		...
18	TVA antérieurement déduite à reverser dont TVA sur les produits pétroliers ...	0600		...
AD	Sommes à ajouter	0602		...
19	***TOTAL DE LA TVA BRUTE DUE (lignes 16 + 17 + 18 + AD)***			...

II – TVA DÉDUCTIBLE			
	AUTRES BIENS ET SERVICES		Taxe déductible
20	Déductions sur factures (1)	0702	...
21	Déductions forfaitaires (1)	0704	...
22	***TOTAL (lignes 20 + 21)***		...
	IMMOBILISATIONS		
23	TVA déductible sur immobilisations (1)	0703	...
	AUTRE TVA À DÉDUIRE		
24	Crédit antérieur non imputé et non remboursé	0058	...

– 2 –

25	Omissions ou compléments de déductions dont régularisations TVA déductible sur les produits pétroliers	0059	
25A	(1) Compte-tenu, le cas échéant, du coefficient de déduction .... %		
AE	Sommes à imputer	0603	
26	***TOTAL DE LA TVA DÉDUCTIBLE (lignes 22 + 23 + 24 + 25 + AE)***		
2E	Dont TVA déductible sur les produits pétroliers	0711	

Si vous réalisez des opérations intracommunautaires, pensez à la déclaration d'échanges de biens (livraisons de biens) ou à la déclaration européenne de services (prestations de services) à souscrire auprès de la Direction Générale des Douanes et des Droits indirects (cf. notice de la déclaration CA12).

III – TVA NETTE

	RÉSULTAT DE LA LIQUIDATION		Taxe
28	TVA due : (Ligne 19 – ligne 26) ou		
29	CRÉDIT : (Ligne 26 – ligne 19)	0705	

IMPUTATIONS/RÉGULARISATIONS

	Col. 1 : Montant **effectivement payé**	Col. 2 : Montant **restant à payer**				
Acompte 1			30	Acomptes payés et / ou restant dus (Tot. 1 + Tot. 2)	0018	
Acompte 2						
	Tot. 1	**Tot. 2**				

	RÉSULTAT NET		
33	**SOLDE À PAYER** si ligne 28 – (lignes 29 + 30) ≥ 0 ou		
34	**EXCÉDENT DE VERSEMENT :** si ligne 30 – ligne 28 ≥ 0		
35	**SOLDE EXCÉDENTAIRE :** (lignes 29 + 34) ou (lignes 29 + 30)	0020	

IV – DÉCOMPTE DES TAXES ASSIMILÉES

	Nature des taxes				Taxe brute
36	Taxe sur les retransmissions sportives au taux de 5 % (CGI, art. 302 bis ZE)	Base imposable		4215	
37	Taxe sur le chiffre d'affaires des exploitants agricoles (CGI, art. 302 bis MB)			4220	
	Taxe sur la diffusion en vidéo physique et en ligne de contenus audiovisuels à titre onéreux (CGI, art. 1609 sexdecies B)				
42	–au taux de 5,15 %	Base imposable		4229	
43	– au taux de 15 %			4228	
	Taxe sur la diffusion en vidéo physique et en ligne de contenus audiovisuels à titre gratuit (CGI, art. 1609 sexdecies B)				
43A	–au taux de 5,15 %	Base imposable		4298	
43B	–au taux de 15 %			4299	
44	Taxe sur les actes des huissiers de justice (CGI, art. 302 bis Y) (14,89 € par acte accompli à compter du 1er janvier 2017)	Nombre d'actes		4206	
45	Taxe sur les embarquements ou débarquements de passagers en Corse (CGI, art 1599 vicies) (4,57 € par passager)	Nombre de passagers		4204	
46	Taxe pour le développement de la formation professionnelle dans les métiers de la réparation de l'automobile, du cycle et du motocycle (CGI, art 1609 sexvicies) au taux de 0,75 %	Base imposable		4217	
47	Taxe sur certaines dépenses de publicité au taux de 1 % (CGI, art 302 bis MA)	Base imposable		4213	
4B	Contribution à l'audiovisuel public (ex-redevance audiovisuelle) (CGI, art 1605 et suiv.) [cf. fiche de calcul sur le site www.impots.gouv.fr]			4219	
4C	Contribution à l'audiovisuel public (ex-redevance audiovisuelle) due par les loueurs d'appareils (CGI, art. 1605 et suiv.)			4221	
4F	Taxe sur les excédents de provision des entreprises d'assurance de dommages (CGI, art. 235 ter X)			4238	
4K	Contribution due par les gestionnaires des réseaux publics d'électricité (CGCT, art. L 2224-31 I bis)			4236	
4L	Taxe sur les ordres annulés dans le cadre d'opérations à haute fréquence (CGI, art. 235 ter ZD bis)			4239	
4M	Prélèvement sur les films pornographiques ou d'incitation à la violence et sur les représentations théâtrales à caractère pornographique au taux de 33 % (CGI, art. 1605 sexies)	Base imposable		4245	
60A	Redevance sanitaire d'abattage (CGI, art. 302 bis N à 302 bis R)			4253	
60B	Redevance sanitaire de découpage (CGI, art. 302 bis S à 302 bis W)			4254	
61	Redevance sanitaire pour le contrôle de certaines substances et de leurs résidus (CGI, art. 302 bis WC)			4247	
62	Redevance sanitaire de première mise sur le marché des produits de la pêche ou de l'aquaculture (CGI, art. 302 bis WA)			4248	
63	Redevance sanitaire de transformation des produits de la pêche ou de l'aquaculture (0.5 € par tonne) (CGI, art. 302 bis WB)	Nombre de tonnes		4249	
64	Redevance pour agrément des établissements du secteur de l'alimentation animale (125 € par établissement) (CGI, art. 302 bis WD à WG)	Nombre d'établissements		4250	

– 3 –

	Redevance phytosanitaire à la circulation intracommunautaire et à l'exportation (Code rural et de la pêche maritime, art. L 251-17-1)				
65	– à la circulation intracommunautaire (PPE)			4273	....
66	– à l'exportation			4274	....
	Taxe forfaitaire sur les ventes de métaux précieux, de bijoux, d'objets d'art, de collection et d'antiquité (CGI, art. 150 VI à VM)				
67	– sur les ventes de métaux précieux au taux de 11 %	Base imposable		4268	....
68	– sur les ventes de bijoux, objets d'art, de collection ou d'antiquité au taux de 6 %	Base imposable		4270	....
	Contribution pour le remboursement de la dette sociale (CRDS) (CGI, art. 1600-0 I)				
69	– sur les ventes de métaux précieux au taux de 0,5 %	Base imposable		4269	....
70	– sur les ventes de bijoux, objets d'art, de collection ou d'antiquité au taux de 0,5 %			4271	....
	Prélèvement sur les paris hippiques				
71	– au profit de l'État (CGI, art. 302 bis ZG) au taux de 5,3 %	Base imposable		4256	....
72	– au profit des organismes de sécurité sociale (CSS, art. L137-20) au taux de 1,8 %			4259	....
73	– engagés depuis l'étranger sur des courses françaises et regroupés en France (CGI, art. 302 bis ZO) au taux de 12 %			4255	....
	Redevance due par les opérateurs agréés de paris hippiques en ligne				
74	– Enjeux relatifs aux courses de trot (CGI, art. 1609 tertricies), au taux de 6,7 %			4266	....
75	– Enjeux relatifs aux courses de galop (CGI, art. 1609 tertricies), au taux de 6,7 %			4267	....
	Prélèvement sur les paris sportifs en ligne (à compter du 01/01/2020)				
76A	– au profit de l'État (CGI, art. 302 bis ZH) au taux de 33,7 %	Base imposable		4309	....
77A	– au profit des organismes de sécurité sociale (CSS, art. L137-21) au taux de 10,6 %	Base imposable		4310	....
78A	– au profit de l'agence nationale du sport (ANS) (CGI, art. 1609 tricies) au taux de 10,6 %	Base imposable		4311	....
	Prélèvements sur les paris sportifs commercialisés en réseau physique de distribution (à compter du 01/01/2020)				
76B	– au profit de l'État (CGI, art. 302 bis ZH) au taux de 27,9 %	Base imposable		4306	....
77B	– au profit des organismes de sécurité sociale (CSS, art. L137-21) au taux de 6,6 %	Base imposable		4307	....
78B	– au profit de l'agence nationale du sport (ANS) (CGI, art. 1609 tricies) au taux de 6,6 %	Base imposable		4308	....
	Prélèvement sur les cercles de jeux				
79	– au profit de l'État (CGI, art. 302 bis ZI) au taux de 1,8 %	Base imposable		4258	....
80	– au profit des organismes de sécurité sociale (CSS, art. L137-22) au taux de 0,2 %			4261	....
84	Taxe sur l'exploration d'hydrocarbures calculée selon le barème fixé à l'article 1590 du CGI et perçue au profit des collectivités territoriales	Code INSEE de la collectivité	Montant	4291	....
	– Droits pour le département ou la collectivité territoriale :				
	– Droits pour le département ou la collectivité territoriale :				
	– Droits pour le département ou la collectivité territoriale :				
	– Droits pour le département ou la collectivité territoriale :				
	– Droits pour le département ou la collectivité territoriale :				
	– Droits pour le département ou la collectivité territoriale :				
	– Droits pour le département ou la collectivité territoriale :				
	– Droits pour le département ou la collectivité territoriale :				
	– Droits pour le département ou la collectivité territoriale :				
88	Contribution sur les boissons non alcooliques contenant des sucres ajoutés (CGI, art.1613 ter)	Nombre d'hectolitres		4294	....
89	Contribution sur les boissons non alcooliques (CGI, art. 1613 quater II 1°), 0,54€/hL	Nombre d'hectolitres		4296	....
90	Contribution sur les boissons non alcooliques contenant des édulcorants de synthèse (CGI, art. 1613 quater II 2°), 3,08€/hL	Nombre d'hectolitres		4295	....
92	Contribution sur les eaux minérales naturelles (CGI, art. 1582) — Code INSEE de la commune	Nombre d'hectolitres	Montant	4293	....
	– Droits pour la commune :				

– 4 –

	– Droits pour la commune :				
	– Droits pour la commune :				
	– Droits pour la commune :				
	– Droits pour la commune :				
	– Droits pour la commune :				
	– Droits pour la commune :				
93	Taxe sur certains services fournis par les grandes entreprises du secteur numérique (TSN) (CGI, articles 299 à 300 bis et 1692) au taux de 3 %	Montant dû au titre de la mise en relation (a)	Montant dû au titre de la publicité (b)	4301	....
	TOTAL DES LIGNES 36 à 93 (à reporter ligne 55)				....

V - RÉCAPITULATION

49	Solde excédentaire (report de la ligne 35)		....	54	TVA (report de la ligne 33)	....
50	Remboursement demandé au cadre VI, page 4	8002	....	55	Taxes assimilées (total lignes 36 à 85)	....
51	Crédit à reporter (cette somme est à reporter ligne 24 de la prochaine déclaration CA 12 / CA 12 E)	8003	....		ATTENTION ! UNE SITUATION DE TVA CRÉDITRICE (LIGNE 49 SERVIE) NE DISPENSE PAS DU PAIEMENT DES TAXES ASSIMILÉES DÉCLARÉES LIGNE 55	
52	Crédit imputé sur les prochains acomptes	8004	....			
	Acomptes (cochez les cases correspondant aux acomptes déduits l. 30). Précisez l'année.					
58	☐ Juillet |__|__|__|__|	☐ Décembre |__|__|__|__|		56	**TOTAL À PAYER** *(lignes 54 + 55)* (N'oubliez pas de joindre le règlement correspondant)	....
	BASE DE CALCUL DES ACOMPTES DUS AU TITRE DE L'EXERCICE SUIVANT					
57	TVA [ligne 16 – (lignes 11 + 12 + 15 + 22)]					....

VI – DEMANDE DE REMBOURSEMENT

Crédit remboursable dégagé à la clôture de l'année ou de l'exercice (≥ 150 €, ou, < à 150 € uniquement en cas de cession, décès, entrée dans un groupe TVA) (ligne 29)	a	
Excédent de versement dégagé (ligne 34)	b	
Maximum remboursable (a + b)	c	
Remboursement demandé	d	
Crédit reportable (c – d)	e	

Le soussigné (nom, prénom, qualité) :

demande le remboursement de la somme de (en chiffres) ☐ À .... , Le ....

– à créditer au compte désigné ☐ Cocher selon le choix

– à imputer sur une échéance future (joindre l'imprimé n° 3516) ☐

Signature :

CADRE RÉSERVÉ À L'ADMINISTRATION

L'Inspecteur (1) **Le contrôleur (1)** des finances publiques soussigné émet un avis : – Favorable – Défavorable (1) au remboursement de la somme

De ....

Observations (2) : ....

....

Code rejet / Adm partielle |__|__|

Type de rejet |__| Type de contrôle |__|

N° ALPAGE |__|__|__| |__|__|__|__|__|__|

À .... , Le ....

Signature et cachet d'authenticité :

Le directeur soussigné autorise le remboursement

de la somme de ....

au profit de ....

La présentation d'une caution – a été exigée (1) – n'a pas été exigée (1)

À .... , Le ....

Signature et cachet d'authenticité :

Décisions prises par délégation			
Nature op.	Numéro op.	Date	Nom – signature

Le comptable soussigné certifie que l'entreprise demanderesse :

(1)
– ne figure à aucun titre comme reliquataire dans les écritures du service des impôts des entreprises ;
– est redevable de la somme de ....
– au titre de ....

Observations (3) ....

N° d'enregistrement MEDOC |__|__|__|__|__| |__|__|__|__|__|__|

À .... , Le ....

Signature et cachet d'authenticité :

(1) Rayer la mention qui ne convient pas.
(2) Indiquer, notamment, les raisons pour lesquelles il paraît opportun d'exiger une caution.
Préciser, le cas échéant, les motifs de rejet total ou partiel du remboursement demandé.
(3) Indiquer, notamment, les raisons pour lesquelles il paraît opportun d'exiger une caution.
Préciser, le cas échéant, qu'un avis de compensation n° 3382 est établi.

Depuis le 1er octobre 2014, vous avez l'obligation de télédéclarer et télépayer la TVA par transfert de fichier ou Internet.
La somme due est prélevée automatiquement, au plus tôt à la date d'échéance.
Les demandes de remboursement de crédit de TVA doivent également être télétransmises.
Pour plus d'informations, vous pouvez vous connecter sur le site www.impots.gouv.fr, rubrique « Professionnels » ou contacter votre service.

– 6 –

RÉPUBLIQUE FRANÇAISE
Liberté
Égalité
Fraternité

N°3310-CA3-SD

TAXE SUR LA VALEUR AJOUTÉE ET TAXES ASSIMILÉES
RÉGIME DU RÉEL NORMAL – MINI RÉEL

cerfa

N°10963*26
MODÈLE OBLIGATOIRE
(art. 287 du CGI)

PÉRIODE DE DÉCLARATION Du / / au / /

Horaires d'ouverture sur www.impots.gouv.fr, rubrique « Contact »

Adresse du service

Identification du destinataire	Nom ou dénomination	
	Adresse	

Rayer les indications imprimées par ordinateur qui ne correspondent plus à la situation exacte de l'entreprise, ***rectifiez-les en rouge****.*

SIE	Numéro de dossier	Clé	Période	CM	OPT	Code service	Régime

N° d'identification de l'établissement (SIRET) |_|_|_|_|_|_|_|_|_| |_|_|_|_|_|

N° de TVA intracommunautaire *(ne concerne pas les DOM)* |_|_| |_|_| |_|_|_|_|_|_|_|_|_|

ATTENTION : ce cadre est réservé aux entreprises relevant de la DGE qui ont opté pour le régime de consolidation du recouvrement de la TVA au niveau du groupe (art. 1693 ter du CGI), celles-ci doivent cocher impérativement la case ci-contre (y compris la société tête de groupe en tant que membre)	0005	☐
Si vous n'avez à remplir aucune ligne de ce formulaire (déclaration « néant »), veuillez cocher la case à droite	0010	☐

MODALITÉS DE DÉCLARATION ET DE PAIEMENT (voir notice 3310-NOT-SD)

PAIEMENT, DATE, SIGNATURE

Date : .... Signature :

Téléphone : ....

Paiement par virement bancaire : ☐

Paiement par imputation * : ☐

* (joindre l'imprimé n° 3516 disponible sur www.impots.gouv.fr ou auprès de votre service des impôts).

RÉSERVÉ À L'ADMINISTRATION

Somme : **Date :** ....

N° PEC |_|_|_|_|_|_|_|

N° d'opération |_|_|_|_|_|_|_|

Si vous payez par virement(s), **précisez-en le nombre** : ☐

Pénalités	
Taux 5 %	9005
Taux %	9006
Taux %	9007

Date de réception

CADRE RÉSERVÉ À LA CORRESPONDANCE

Vous devez déclarer et payer votre TVA par transfert de fichier ou par internet.
Des informations complémentaires sont disponibles sur le site www.impots.gouv.fr rubrique « professionnels ».

Les dispositions des articles 49, 50, 63 et le cas échéant, 51, 55 et 56 de la loi n° 78-17 du 6 janvier 1978 relative à l'informatique, aux fichiers et aux libertés, modifiée par la loi n° 2004-801 du 6 août 2004, garantissent les droits des personnes physiques à l'égard des traitements des données à caractère personnel. Si vous réalisez des opérations intracommunautaires, pensez à la déclaration d'échanges de biens (livraisons de biens) ou à la déclaration européenne de services (prestations de services) à souscrire auprès de la Direction Générale des Douanes et des Droits indirects (cf. notice de la déclaration CA3).

A	MONTANT DES OPÉRATIONS RÉALISÉES						
	OPÉRATIONS IMPOSABLES (H.T.)				**OPÉRATIONS NON IMPOSABLES**		
01	Ventes, prestations de services	0979		04	Exportations hors UE	0032	
02	Autres opérations imposables	0981		05	Autres opérations non imposables	0033	
2A	Achats de prestations de services intracommunautaires (article 283-2 du code général des impôts)	0044		5A	Ventes à distance taxables dans un autre État membre au profit des personnes non assujetties – Ventes B to C	0047	
2B	Importations (entreprises ayant opté pour le dispositif d'autoliquidation de la TVA à l'importation).	0045		06	Livraisons intracommunautaires à destination d'une personne assujettie- Ventes B to B	0034	
2D	Mises à la consommation de produits pétroliers	0048		6A	Livraisons d'électricité, de gaz naturel, de chaleur ou de froid non imposables en France	0029	
03	Acquisitions intracommunautaires	0031		6B	Mises à la consommation de produits pétroliers	0049	
3A	Livraisons d'électricité, de gaz naturel, de chaleur ou de froid imposables en France	0030		07	Achats en franchise	0037	
3B	Achats de biens ou de prestations de services réalisés auprès d'un assujetti non établi en France (article 283-1 du code général des impôts)	0040		7A	Ventes de biens ou prestations de services réalisées par un assujetti non établi en France (article 283-1 du code général des impôts)	0043	
3C	Régularisations (important : cf. notice)	0036		7B	Régularisations (important : cf. notice)	0039	

B	DÉCOMPTE DE LA TVA À PAYER			
	TVA BRUTE		**Base hors taxe**	**Taxe due**
	Opérations réalisées en France métropolitaine			
08	Taux normal 20 %	0207		
8A/8B	Taux normal 20 % sur les produits pétroliers	0208		
09	Taux réduit 5,5 %	0105		
9B	Taux réduit 10 %	0151		
9C	Taux réduit 13 % sur les produits pétroliers	0152		
	Opérations réalisées dans les DOM			
10	Taux normal 8,5 %	0201		
11	Taux réduit 2,1 %	0100		
12				
	Opérations imposables à un autre taux (France métropolitaine ou DOM)			
13	Anciens taux	0900		
14	Opérations imposables à un taux particulier (décompte effectué sur annexe 3310 A)	0950		
15	TVA antérieurement déduite à reverser (dont TVA sur les produits pétroliers)	0600		
5B	Sommes à ajouter, y compris acompte congés (exprimées en euro)	0602		
16	**Total de la TVA brute due (lignes 08 à 5B)**			
17	**Dont TVA sur acquisitions intracommunautaires**	0035		
7C	**Dont TVA sur importations bénéficiant du dispositif d'autoliquidation**	0046		
18	**Dont TVA sur opérations à destination de Monaco**	0038		

La ligne 11 ne concerne que les DOM.
Les autres opérations relevant du taux de 2,1 % sont déclarées sur l'annexe 3310 A-SD.

	TVA DÉDUCTIBLE		
19	Biens constituant des immobilisations	0703	
20	Autres biens et services	0702	
21	Autre TVA à déduire (dont régularisation sur de la TVA collectée ou déductible, hors produits pétroliers [cf. notice] :) (dont régularisation sur les produits pétroliers :)	0059	
22	Report du crédit apparaissant ligne 27 de la précédente déclaration	8001	
2C	Sommes à imputer, y compris acompte congés (exprimées en euro)	0603	
23	**Total TVA déductible (ligne 19 à 2C)**		
24	Dont TVA déductible sur importations	0710	
2E	Dont TVA déductible sur les produits pétroliers	0711	
22A	Indiquer le coefficient de taxation unique applicable pour la période s'il est différent		%

	CRÉDIT				TAXE À PAYER		
25	Crédit de TVA (ligne 23 – ligne 16)	0705		28	**TVA nette due (ligne 16 – ligne 23).**		
26	Remboursement de crédit demandé sur formulaire n° 3519 joint	8002		29	Taxes assimilées calculées sur annexe n° 3310 A-SD	9979	
AA	Crédit de TVA transféré à la société tête de groupe sur la déclaration récapitulative 3310-CA3G	8005		AB	Total à payer acquitté par la société tête de groupe sur la déclaration récapitulative 3310-CA3G (lignes 28 + 29)	9991	
27	Crédit à reporter (ligne 25 – ligne 26 – ligne AA) (Cette somme est à reporter ligne 22 de la prochaine déclaration)	8003		32	**Total à payer (lignes 28 + 29 – AB)** (N'oubliez pas de joindre le règlement correspondant)		

Attention ! Une situation de TVA créditrice (ligne 25 servie) ne dispense pas du paiement des taxes assimilées déclarées ligne 29.

Chapitre 2

Fiscalité des associés et détermination du bénéfice imposable

Ces deux thématiques doivent être traitées simultanément, dans la mesure où la SCI de location, regroupant le plus souvent des associés personnes physiques et relevant normalement du régime des sociétés de personnes, n'est pas imposable en elle-même.

Les bénéfices sont en effet répartis entre les associés à proportion de leur participation au capital.

Une fois intégré par le biais de la répartition dans le revenu des associés, le bénéfice sera imposé individuellement au titre des revenus fonciers dans leur revenu global.

La détermination du bénéfice imposable passe par plusieurs phases, qui seront examinées ici en détail pour chacune des deux natures, urbaine ou rurale, des immeubles concernés. Ces phases successives sont :

— la détermination des recettes brutes **(1)**,

— la détermination des sommes qui doivent venir accroître ces recettes brutes **(2)**,

— la détermination des charges qui doivent être déduites des recettes brutes **(3)**.

D'où, le calcul suivant, qui permet de déterminer le **revenu brut foncier = [(1) + (2)] – (3)**.

Il restera, à partir de ce revenu brut foncier (RBF), à calculer le revenu net imposable. Pour ce faire, certaines sommes sont encore à déduire :

— les dépenses déductibles du revenu brut foncier prévues par l'article 31 du Code général des impôts **(4)**,

— les dépenses d'entretien et de réparation **(5)**,

— les rémunérations des gérants de la SCI **(6)**,

— les intérêts d'emprunts **(7)**,

— les impôts **(8)**.

Afin d'être complet, il convient également de mentionner les amortissements issus des dispositifs Besson et Périssol **(9)**. Ces deux dispositifs particuliers, dont l'application nécessite le respect de plusieurs conditions, feront l'objet d'une mise à jour (à l'occasion de la présentation de la prochaine loi de finances).

D'où le **revenu net global = [RBF – (4) – (5) – (6) – (7) – (8) – (9)]**

Pour parvenir à la somme à déclarer par chacun des associés personnes physiques dans la catégorie des revenus fonciers, il suffira de multiplier le montant ainsi obtenu par la quote-part **(Y%)** de chacun dans le capital social de la SCI.

D'où, le **revenu foncier imposable à déclarer par chacun des associés =**

Revenu net global x Y%

1. DÉTERMINATION DU REVENU FONCIER

La base d'imposition avant répartition entre les associés correspond à la détermination du revenu brut foncier.

Celui-ci est calculé en soustrayant aux sommes constituant des revenus pour la SCI de location, le montant de certaines dépenses.

Ces opérations obéissent naturellement à des règles légales qu'il est nécessaire de respecter. Les textes définissent les sommes qu'il convient de faire entrer dans la catégorie des recettes et celles à comprendre dans les charges.

Pour mémoire, on entend par « propriété urbaine » tous les immeubles (bâtis ou non bâtis) qui sont situés sur le territoire d'une commune, même rurale. La seule condition posée à l'urbanité d'un immeuble est qu'il ne fasse pas partie d'une exploitation agricole.

■ Les recettes

On entend par recettes toutes les entrées d'argent qui vont venir enrichir la SCI. De fait, dans le cadre d'une SCI de location, la majeure partie des recettes sera constituée par les loyers que la société va percevoir au titre des locations qu'elle consent.

Cependant, leur intégration dans le revenu foncier va dépendre de certains caractères que ces recettes vont devoir présenter, ainsi que d'impératifs chronologiques.

• Les recettes à caractère locatif

Les recettes ayant trait à la perception d'un loyer vont très logiquement entrer dans le calcul du revenu brut foncier. Mais pour ce faire, elles doivent présenter certaines caractéristiques et avoir été perçues dans une période bien déterminée.

a. Les loyers

Les loyers constituent la recette par excellence d'une SCI de location.

Le montant du loyer à déclarer est celui mentionné dans le bail. Dans les faits, il y aura rarement une différence entre le loyer perçu et le loyer encaissé.

Pour les loyers soumis à TVA, le montant à déclarer est le montant HT du loyer. En effet, la perception de TVA devant être une opération à somme nulle pour le bailleur, la taxe n'est à déclarer ni en recettes, ni en charges.

Pour la détermination des recettes brutes annuelles de la SCI, il faudra retenir les loyers qui auront été perçus au cours de l'année faisant l'objet de l'imposition.

Par « loyers perçus », il faut entendre « toutes les sommes perçues à titre de loyers » et ce, peu importe la période à laquelle il se rattache.

En effet, un loyer sera considéré comme imposable au titre d'une année dès lors qu'il aura été perçu par la SCI au cours de cette année d'imposition. Par conséquent, les avances sur loyers ou le paiement des arriérés, même s'ils concernent respectivement l'année suivante ou l'année précédente, entrent en compte pour la détermination des recettes brutes.

Exemple : une avance sur le loyer de janvier 2022 perçue en décembre 2021 sera intégrée dans les recettes de l'année 2021.

A l'inverse, si un locataire règle ses loyers de novembre et décembre 2021 en février 2022, ces loyers seront à intégrer dans les recettes de 2021.

Certains cas particuliers sont à étudier :

☐ Si la SCI fait l'objet d'une procédure de saisie-arrêt pour le paiement d'une amende fiscale ou d'impositions échues et non acquittées, l'administration fiscale peut envoyer au locataire de la SCI un avis à tiers-détenteur afin que celui-ci règle directement ses loyers aux services fiscaux. Dans ce cas, et quand bien même la SCI ne touche pas les loyers, le montant de ceux-ci est à inclure dans les recettes.

☐ Si la SCI a bénéficié d'indemnités d'assurance de garantie des loyers (voir ci-après le détail de ce dispositif), ces indemnités sont à intégrer dans le montant des recettes de l'année au cours de laquelle elles ont été perçues et ce, même si elles correspondent en tout ou partie à des loyers impayés de l'année précédente.

☐ Si la SCI met gratuitement des locaux à usage autre que l'habitation à disposition de tiers ou de ses associés, c'est la valeur locative de ces locaux que la SCI devra intégrer dans ses recettes, même si elle n'a perçu aucun loyer. En contrepartie, la SCI pourra déduire les dépenses relatives à ces locaux.

☐ Si la SCI met gratuitement à la disposition de ses associés ou de tiers des locaux à usage d'habitation, elle n'aura aucune somme à déclarer au titre des recettes. Mais, en contrepartie, elle ne pourra déduire aucune des dépenses faites pour ces locaux.

☐ Les sommes déposées par le locataire comme garanties (souvent improprement désignées sous l'appellation de « cautions ») ne doivent être intégrées aux recettes que si elles ont été utilisées pour compenser le non-paiement de certaines échéances de loyers par le locataire ou pour remettre en état les lieux loués suite à des dégradations commises par le locataire.

Note : Les loyers impayés ne sont pas à prendre en compte dans le calcul des recettes brutes.

b. Les charges du bailleur payées par le locataire

Ces charges présentent la particularité d'être payées par le locataire, mais que la SCI devra à son tour reverser à une collectivité. Il en est ainsi de la taxe sur les ordures ménagères, et, plus généralement, de toutes les taxes que le propriétaire récupère sur le locataire.

Le problème peut se poser pour le paiement des fournitures de fluides (eau, gaz, électricité). En effet, beaucoup de locations adjoignent, au montant du loyer en principal, des « charges », qui sont en général fixes.

Or, ces charges sont calculées sur une moyenne annuelle de consommation, mais dont l'amplitude varie du simple au triple au cours de l'année, surtout pour l'électricité et le gaz (en fonction de l'installation de chauffage dont est équipé l'immeuble).

Ces charges font en général l'objet d'une régularisation annuelle qui permet au locataire de payer exactement ce qu'il a consommé.

Dans la mesure où l'installation de l'immeuble permet un décompte précis des consommations des locataires, décompte qui permet un remboursement exact des charges et consommations, l'administration fiscale tolère que ces charges ne soient pas déclarées, ni en recettes, ni en charges déductibles.

Par contre, si le montant de ces charges est forfaitaire, la SCI devra les déclarer en recettes, et devra porter en charges les sommes versées aux collectivités au titre de ces taxes et consommations.

Dans ce cas, les régularisations annuelles permettent au bailleur de déclarer les justes montants et partant, de rétablir l'équilibre entre les sommes perçues à titre de charges, et les dépenses déduites à ce titre.

c. Les dépenses incombant au propriétaire et réglées par le locataire

Normalement, ces sommes auraient dû constituer une charge pour le propriétaire. Mais dans la mesure où elles sont réglées par le locataire, le plus souvent en vertu d'une stipulation du bail, elles doivent être considérées comme des recettes. Ceci, afin de rétablir la réalité comptable et fiscale du propriétaire.

Entrent dans cette catégorie :

— le paiement de la taxe foncière par le locataire, paiement qui, en droit, doit venir frapper le propriétaire de tout immeuble,

— la prise en charge par le locataire des « grosses réparations » (toitures, charpentes...),

— le montant des primes d'assurances que le locataire verse pour des risques qui doivent normalement être assurés par le propriétaire.

• Les recettes exceptionnelles

On entend par recettes exceptionnelles les sommes qui proviennent de la propriété immobilière louée, mais qui ne présentent pas le caractère régulier d'un loyer.

De par leur rattachement à l'activité de location, ces sommes sont à déclarer au titre des recettes.

Certaines de ces sommes peuvent avoir un caractère indemnitaire. Ce sont :

— les indemnités d'assurance quand elles ont été perçues pour couvrir les dépenses décrites à l'article 31 du Code général des impôts (voir plus loin),

— les indemnités perçues dans le cadre d'une assurance couvrant l'expulsion du locataire.

Ces indemnités sont à prendre en compte dans les recettes de l'année de leur versement.

D'autres ont plus le caractère d'un supplément de loyer. Comme il a été dit dans le cadre de l'étude de la TVA, si le loyer en principal est soumis à cette taxation, toutes les sommes s'analysant en supplément de loyer le seront aussi. La logique qui prévaut en matière de détermination des recettes brutes est la même. Toute somme s'analysant en un supplément de loyer va devoir être prise en compte dans le calcul des recettes de l'année.

Il en sera donc ainsi pour les droits d'entrée*, pas-de-porte* et droit au bail*, qui sont souvent exigés dans le cadre de la conclusion d'un bail commercial.

De la même manière, certains baux commerciaux ou d'habitation stipulent que les travaux, aménagements ou embellissements des locaux loués devront être transférés au bailleur lorsque le locataire quittera les lieux.

Si les aménagements sont remis gratuitement au bailleur et que cette remise est prévue par une stipulation expresse du bail, alors ces aménagements devront entrer, pour leur valeur réelle dans la détermination des recettes brutes de la SCI.

En revanche, si la remise de ces aménagements n'est pas prévue dans le bail et que le locataire perçoit une somme au titre de leur remise, cette somme ne sera pas à déclarer au titre des recettes.

■ Sommes à déduire

Une fois déterminé le montant de toutes les recettes qui viennent d'être évoquées, il convient de déduire certaines dépenses.

• La contribution sur les revenus locatifs

Cette taxation est à déduire du montant des recettes brutes. Rappelons pour mémoire que les loyers soumis à TVA ne sont pas soumis à cette contribution. En conséquence, la contribution ne peut pas être déduite dans ce cas, puisqu'elle n'a pas été payée.

• Dépenses à la charge du locataire et payées par le propriétaire

C'est en fait le corollaire en charges des dépenses à la charge du propriétaire et payées par le locataire qui sont, comme il a été dit plus haut, à intégrer dans les recettes. Ici, la situation est inversée : le propriétaire prend à sa charge des dépenses qui devraient, en droit, être assumées par le locataire.

Les plus fréquentes sont :

— la taxe d'habitation,

— les consommations de fluides (eau, gaz, électricité…),

— taxe d'enlèvement des ordures ménagères,

— les primes d'assurances pour des risques que le locataire doit normalement couvrir,

— les frais d'entretien de certains équipements (contrat d'entretien de chaudière ou de cumulus…).

Une fois que les recettes brutes ont été déterminées et que le montant des dépenses lui a été soustrait, la SCI obtient le montant de **son revenu brut foncier (RBF)**.

Le calcul du revenu net global implique que soient maintenant déduites toutes les charges légalement déductibles.

■ Les charges

La nature des charges déductibles du revenu brut foncier est décrite par l'article 31 du Code général des impôts.

Règles de calcul

Les charges dont il est question à l'article 31 peuvent concerner un immeuble dans son ensemble. La déductibilité des charges ne posera pas de problèmes dans la mesure où l'intégralité de l'immeuble est mise en location par la SCI.

Cependant, si la location n'est que partielle, c'est-à-dire si la totalité de la surface de l'immeuble n'est pas affectée à la location, la part déductible des dépenses admises au titre de l'article 31 du Code général des impôts devra être calculée sur la base d'un coefficient « surface louée / surface totale ».

De plus, les dépenses admises en déduction consistent le plus souvent en des prestations de services effectuées par des professionnels. Le paiement de ces prestations donne lieu à une facturation TTC. Si les locations faisant l'objet des prestations ne sont pas assujetties à TVA, la SCI devra les déduire pour leur montant TTC.

Attention : les SCI qui sont assujetties de plein droit ou sur option à la TVA doivent, quant à elles, déduire ces mêmes dépenses pour leur montant HT, puisque la TVA fait l'objet d'une procédure de récupération.

Enfin, de la même manière que pour la date de perception des loyers, les dépenses qui pourront être déduites des recettes de l'année d'imposition seront celles qui auront été payées au cours de cette même année. Ici, et comme pour la détermination des recettes, peu importe la date de réalisation effective de la prestation afférente à la dépense. C'est la date du paiement de la prestation qui ouvre le droit à déduction.

La liste des dépenses déductibles est donnée par l'article 31 du Code général des impôts.

Comme en matière d'IRPP, les revenus fonciers font l'objet d'une déduction forfaitaire destinée à couvrir l'ensemble des « petits frais » difficilement chiffrables par le propriétaire. Cette déduction est en fait un taux appliqué au revenu brut foncier qui sera à déduire de ce dernier.

Le tableau ci-dessous vous indique les frais qui sont désormais déductibles pour leur valeur réelle.

<table>
<tr><th>Frais déductibles</th><th>Depuis l'imposition des revenus perçus en 2006 (déclarés et payés en 2007) Déductibles désormais pour leur valeur réelle</th><th>Source nouvelles déductions</th></tr>
<tr><td>Frais de procès</td><td rowspan="5">NON
forfait de 20 €
par an et par local
au titre des frais
de gestion</td><td rowspan="8">CGI
article 31-I-1°-e :
« les frais de gestion, fixés à 20 € par local, majoré, lorsque ces dépenses sont effectivement supportées par le propriétaire, des frais de rémunération des gardiens et concierges, honoraires et commissions versés à un tiers pour la gestion des immeubles</td></tr>
<tr><td>Frais de procédure</td></tr>
<tr><td>Frais de correspondance</td></tr>
<tr><td>Frais de téléphone</td></tr>
<tr><td>Frais d'enregistrement des baux et actes de location</td></tr>
<tr><td>Commissions versées aux agences de location</td><td rowspan="3">OUI
pour leur
valeur réelle</td></tr>
<tr><td>Honoraires versés pour la rédaction des déclarations fiscales</td></tr>
<tr><td>Honoraires versés pour la tenue de la comptabilité</td></tr>
<tr><td>Primes d'assurances à payer par le propriétaire</td><td>OUI
toutes les primes
d'assurance</td><td>CGI
article
31-I-1°-a bis</td></tr>
<tr><td>Amortissement de l'immeuble</td><td>NON</td><td>-</td></tr>
</table>

Force est donc de constater que la réforme de 2006 n'a pas supprimé la possibilité de déduction. Elle contraint simplement les propriétaires à déduire ces charges pour leur montant réel, ce qui implique notamment de conserver toutes les factures afin de parer à l'éventualité d'un redressement fiscal en cas de contrôle.

• Les charges de propriété déductibles de plein droit

L'ensemble des charges qui vont être décrites ici sont déductibles pour leur montant réel. Ce montant, rappelons-le, doit être déduit TTC pour les SCI dont les locations ne sont pas soumises à TVA, et HT pour les SCI dont les locations sont soumises à TVA.

Ces charges déductibles sont :

— les dépenses d'amélioration des locaux à usage d'habitation **(a)**,

— les dépenses de réparation et d'entretien des immeubles **(b)**,

— les frais de gérance et du gardiennage de l'immeuble **(c)**,

— certains impôts **(d)**,

— les intérêts de certaines dettes **(e)**,

— les primes d'assurances pour loyers impayés **(f)**,

— certaines dépenses sont aussi déductibles, mais seront étudiées dans le cadre du chapitre 3, consacré aux régimes spéciaux.

a. Dépenses d'amélioration des locaux d'habitation

Les travaux d'amélioration de locaux à usage d'habitation sont les seuls qui peuvent être déduits.

Attention, les locaux qui font l'objet d'une amélioration doivent être affectés à l'habitation **avant** la réalisation des travaux.

Il n'est donc pas possible, par exemple, de déduire des dépenses d'amélioration réalisées en vue de permettre l'habitabilité d'un local à usage commercial.

Les dépenses d'amélioration sont déductibles du revenu brut foncier, pour leur montant réel, **qui sera le plus souvent TTC**, puisque les locaux à usage d'habitation ne peuvent faire l'objet d'une option pour la TVA.

Ne sont pas considérées comme des travaux d'amélioration les dépenses d'agrandissement, de construction et de reconstruction. Ce type de dépenses n'est donc pas déductible du revenu brut foncier.

Une dépense d'amélioration consiste en l'apport, à un local d'habitation existant, d'un élément d'équipement ou de confort nouveau.

Seront donc considérés comme tel, par exemple :

— des dépenses de mise aux normes de sécurité,

— l'installation d'un ascenseur,

— l'installation d'une chaudière, du chauffage central,

— l'aménagement d'une salle de bain,

— la réfection d'une installation électrique,

— la mise en place d'équipements d'économie d'énergie,

— la réparation d'une toiture,

— l'agrandissement des fenêtres,

— l'installation de chauffage central,

— l'installation du tout-à-l'égout,

— la pose de persiennes,

— la pose de double vitrage…

Ces dépenses sont admises en déduction du revenu brut foncier, mais l'administration fiscale distingue selon que les immeubles concernés ont fait l'objet ou non d'une option pour les dispositifs d'amortissements dérogatoires « De Robien », « Périssol » ou « Besson ».

☐ Si l'option n'a pas été exercée

Pour les locaux affectés à l'habitation (baux soumis à la loi de 1989), les dépenses d'amélioration sont admises en déduction à la condition qu'elles ne correspondent pas en fait à des travaux de construction, de reconstruction, ou d'agrandissement.

Ces dernières ne sont en effet pas déductibles du revenu brut foncier.

A titre d'exemple, les travaux suivants ont été considérés comme non déductibles :

— la démolition puis la reconstruction d'un immeuble ;

— des modifications de gros œuvre ;

— des travaux entraînant une augmentation du volume ou de la surface habitable...

Pour les locaux commerciaux ou professionnels (baux mixtes ou soumis au décret de 1953), les seuls travaux d'amélioration déductibles sont ceux ayant pour objet de protéger les occupants contre les effets de l'amiante (enlèvement de l'amiante et des matériaux contenant de l'amiante : flocage, calorifugeage, faux plafonds...) et de faciliter l'accueil et l'accessibilité des locaux aux personnes handicapées.

☐ Si l'option a été exercée

Dans ce cas, les dépenses d'amélioration ne seront pas déductibles en tant que telles sur l'année de leur engagement, mais devront faire l'objet d'un amortissement pendant 10 ans (soit 10% du montant des travaux à déduire par an) ayant pour point de départ le premier jour du mois de l'achèvement des travaux (pour le calcul du prorata temporis de la première année et de la dernière année d'amortissement).

→ Sources : article 31-I-1°-b et b bis du Code général des impôts / BOI 5D2224, 5D302 et 5D404

b. Les dépenses de réparation et d'entretien

A la différence des dépenses d'aménagement, les dépenses de réparation et d'entretien sont déductibles du revenu brut foncier quelle que soit l'affectation des locaux loués (habitation, professionnel...).

Le montant déductible comprend l'ensemble des travaux, et ce compris les frais d'établissement des devis.

Encore une fois, et en fonction de la situation de la location au regard de la TVA, le montant à déduire sera TTC ou HT.

Seront considérées comme des dépenses d'entretien ou de réparation les dépenses de travaux qui ont pour objectif de maintenir l'immeuble dans un bon état d'utilisation, ou de rendre cet état à l'immeuble.

Il est important de distinguer les dépenses d'entretien et de réparation des dépenses d'amélioration. En effet, cette distinction est sans importance pour les immeubles à usage d'habitation, puisque, pour ces locaux, les deux types de dépenses sont déductibles. Il n'en va cependant pas de même pour les locaux à usage professionnel, industriel ou commercial, pour lesquels seules les dépenses d'entretien et de réparation sont déductibles.

La jurisprudence aide à faire cette distinction. On peut considérer que tous les travaux qui consisteront en une remise en état d'un équipement ou d'un gros œuvre vétuste, abîmé, ou pouvant nuire à la santé des occupants (amiante) pourront entrer dans la catégorie des dépenses d'entretien et de réparation.

Il en est ainsi, par exemple :

— de la remise en état d'un système de chauffage vétuste,

— de la remise en état d'une installation électrique,

— des dépenses de lutte contre les termites,

— de la réfection d'un système d'évacuation des eaux usées,

— du remplacement de canalisations vétustes en plomb...

Pour être concis, l'administration fiscale retient que constituent des frais de réparation et d'entretien « *tous travaux ayant pour objet de maintenir ou de remettre un immeuble en bon état et d'en permettre un usage normal sans en modifier la consistance, l'agencement ou l'équipement initial* ».

Au vu de cette définition, la pose d'un ascenseur dans un immeuble qui en serait dépourvu ne constitue pas une telle dépense, alors que la réparation ou le remplacement d'un ascenseur vétuste le sera.

→ Sources : BOI 5D2224 / article 31-I-1°-a
du Code général des impôts

c. Frais de gérance et de gardiennage

Le plus souvent, quand la SCI a atteint une certaine taille, ou que les immeubles sont localisés assez loin du domicile habituel des associés, il n'est pas rare que la SCI ait recours, pour la gérance des locations et de la gestion courante de l'immeuble, à des administrateurs de biens ou à des gérants d'immeubles.

Les frais de gérance et de gardiennage s'entendent des rémunérations versées (salaires, honoraires...) à un tiers chargé de la gérance, de la conciergerie ou du gardiennage des immeubles de la SCI.

A propos de ces activités, deux remarques sont à formuler :

— si la gérance des immeubles est assurée par l'un des associés, les rémunérations qui lui seront allouées ne pourront pas être déduites du revenu foncier. Comme il a été dit dans le cadre de la première partie du présent ouvrage, ces rémunérations doivent être prises en compte lors de la répartition du bénéfice net entre les associés ;

— les dépenses de rémunération des concierges doivent être augmentées des avantages en nature qui leur sont alloués au titre de leur activité (fourniture gratuite des fluides).

d. Impôts déductibles

Certains impôts versés par la SCI dans le cadre de son activité sont déductibles du revenu brut foncier :

— la taxe foncière et ses annexes,

— la taxe annuelle sur les bureaux en Ile-de-France,

— les pénalités de retard ou de défaut de paiement payées sur ces impôts.

Les autres impôts ne sont pas déductibles du revenu brut foncier, même s'il s'agit d'impôts incombant normalement au locataire et payés par la SCI.

e. Les intérêts de certaines dettes

Ces intérêts peuvent être déduits quand les emprunts ont été contractés pour les dépenses déductibles qui ont été mentionnées ci-dessus : amélioration, réparation, acquisition, construction des immeubles et ce, quelle que soit l'affectation des immeubles.

De la même manière, sont déductibles les intérêts des dettes contractées pour la conservation des biens immobiliers : droits de succession ou droits de mutation à titre gratuit.

f. Les primes d'assurance pour loyers impayés

Ces sommes sont déductibles pour leur montant réel.

Les associés personnes physiques de sociétés non soumises à l'impôt sur les sociétés (IS) peuvent déduire une partie des primes d'assurance contre les loyers impayés que la société a acquittées depuis le 1er janvier 2005.

Cet avantage fiscal est cependant soumis à un certain nombre de conditions :

— le locataire doit être bénéficiaire de l'APL (Aide Personnalisée au Logement) ;

— le locataire doit occuper le logement à titre d'habitation principale ;

— le contrat d'assurance doit respecter le cahier des charges établi par l'Union d'Economie Sociale du Logement (l'assureur doit fournir au bailleur une attestation de conformité).

Pour bénéficier de cette déduction, le contribuable doit choisir entre ce crédit d'impôt et la déduction des primes d'assurance concernées du revenu foncier. Les associés devront opter pour l'un ou l'autre des deux dispositifs.

Mode de calcul du crédit d'impôt : chaque associé pourra déduire un montant correspondant à 50% du montant total des primes versées au titre des assurances « loyers impayés », ce montant devant être ensuite rapporté à la part de l'associé au capital de la SCI.

Ainsi, par exemple, pour une prime d'assurance « loyers impayés » de 1 000 € payée par une SCI comptant 4 associés ayant chacun 25% dans le capital de la société, **chacun d'eux pourra déduire (1 000 x 50%) x 25% = 125** € du montant de son impôt sur le revenu.

Il est à noter que la SCI peut avoir, en cas de contrôle opéré par l'administration fiscale, à justifier de la réalité des dépenses déduites.

Afin d'être en mesure de justifier au mieux des dépenses, il est vivement conseillé de conserver tous les documents élaborés à l'occasion de ces dépenses : factures de fournisseurs, relevés de géomètres, photographies des lieux avant améliorations ou agrandissements, fiche de paie des salariés éventuels, factures d'honoraires des tiers intervenants (avocats, notaires, experts...).

On obtient donc la formule suivante pour le calcul du **revenu net foncier (RNF)** des immeubles urbains, hors dispositifs particuliers (Besson, De Robien...) :

RNF = Recettes brutes
– Dépenses déductibles
– Charges de propriété

2. LES DÉCLARATIONS À FOURNIR PAR LA SCI

La SCI est tenue de fournir chaque année une déclaration de résultats à l'administration fiscale.

Cette déclaration est à remplir sur un imprimé 2072 (voir annexe) et à remettre aux services fiscaux du lieu du principal établissement avant le 1er mars de chaque année.

Cette déclaration contient :

— les noms, prénoms et adresses des associés ;

— le nombre et montant des parts dont chaque associé est titulaire ;

— la date des cessions et acquisitions des droits sociaux réalisées au cours de l'année écoulée ;

— la désignation des immeubles ;

— la part des revenus correspondant aux droits détenus par chaque associé ;

— dans le cas où la SCI aurait opté pour un dispositif Périssol ou Besson, la déclaration doit comprendre un engagement de location de l'immeuble concerné pendant 9 ans, un exemplaire de cette attestation remis aux associés, et le tableau d'amortissement de l'immeuble repris dans la déclaration 2072-I.

La déclaration devra en outre mentionner les recettes brutes et les charges de propriété qui ont servi de base au calcul du revenu brut foncier.

La déclaration 2072 comprend également la répartition du résultat (bénéficiaire ou déficitaire) entre les associés.

3. CALCUL DU REVENU NET TOTAL ET IMPOSITION DES ASSOCIÉS

Si la SCI possède plusieurs immeubles, le montant du revenu net total sera déterminé par la somme des différents revenus nets obtenus par immeuble en application de la méthode qui vient d'être décrite.

Deux possibilités sont alors envisageables :

— la SCI dégage un résultat positif, auquel cas celui-ci est distribué aux associés au prorata de leur participation au capital de la société ;

— la SCI dégage un résultat déficitaire, qui sera, lui aussi, « distribué » entre les associés à raison de leur participation au capital de la société.

C'est ce dernier cas qui mérite d'être étudié plus avant, avec notamment ses conséquences sur la déclaration de revenus des associés.

L'imputation des déficits fonciers sur le revenu global des associés doit, pour être valable, répondre à certaines conditions de fond et de montant.

■ Principe de l'imputation

L'imputation des déficits fonciers qui résultent de l'exploitation d'une SCI consiste à diminuer le revenu global des associés (revenu annuel déclaré par les personnes physiques) de la part du déficit constaté dans la SCI.

Par exemple, si une SCI compte 4 associés détenant chacun 25% des parts, et que la SCI accuse un déficit de 20 000 €, ce montant va être divisé entre les associés à raison de 5 000 € par personne (20 000 x 25%).

Si les conditions de fond sont réunies pour l'imputation, chacun des associés pourra déduire 5 000 € de son revenu global

Mais pour être effectifs (et légaux), les déficits constatés doivent obéir à certaines règles.

■ Règles de fond à l'imputation des déficits

Pour que le déficit puisse être imputé aux associés, les conditions suivantes doivent être cumulativement réunies :

- ☐ Le ou les immeubles de la SCI devront être loués jusqu'au 31 décembre de la 3ème année qui suit celle de l'imputation, étant entendu que, si les logements sont vacants durant cette période de 3 années, la condition n'est pas remplie.

- ☐ Les associés ayant bénéficié de l'imputation des déficits doivent conserver leurs parts dans la SCI pendant une durée de 3 ans (calculée de la même manière que précédemment).

Si l'associé cède ses parts ou se retire de la société avant ce délai, ou si la SCI ne loue plus les immeubles, l'associé sera réintégré dans la situation fiscale qui aurait été la sienne sans l'imputation des déficits. Ses revenus sont donc reconstitués, et l'imposition devient exigible sur le montant des revenus globaux hors imputation.

- ☐ Le déficit imputable est égal au revenu net déterminé selon la méthode exposée ci-avant (détermination du revenu net total), hors les intérêts des emprunts. Et ce, même si ces intérêts d'emprunts ont été déduits du revenu foncier. Le déficit imputable correspond donc au revenu brut global diminué de toutes les autres charges de propriété.

■ Conditions de montant pour l'imputation des déficits

Les déficits, pour pouvoir être imputés, ne font l'objet d'aucune limite dans leur montant.

Par contre, le montant qui peut être imputé par chaque associé sur son revenu global fait l'objet d'une limitation.

La limite du montant imputable au titre des déficits fonciers est de 10 700 €, hors intérêts d'emprunts.

Cependant, cette limite ne signifie pas que, si le montant des déficits constatés lui est supérieur, il n'est pas possible de déduire le solde du déficit restant.

L'exemple qui suit permet de comprendre clairement le mécanisme :

L'exercice d'une SCI composée de 4 associés détenant chacun 25% du capital, fait apparaître les résultats suivants :

— Revenu brut foncier :	10 000 €
— Frais et charges de propriété :	60 000 €
— Intérêts d'emprunts :	14 000 €
Déficit total :	– 64 000 €

Chaque associé se verra donc attribuer 25% du déficit de la SCI, soit – 16 000 €.

Par convention, les intérêts d'emprunts doivent d'abord s'imputer sur le revenu brut. Le déficit dû aux intérêts d'emprunts est donc de 4 000 € (10 000 € – 14 000 €), soit de 1 000 € par associé.

Il sera donc nécessaire de calculer deux variables différentes :

- le montant du déficit hors intérêts d'emprunts : 16 000 € – 1 000 € = 15 000 € ;
- le montant du solde de déficit total.

Le premier servira de base à l'imputation des déficits fonciers sur le revenu global.

Le second, résultat de la différence entre le déficit foncier total (y compris les intérêts d'emprunts) et la limite d'imputation (10 700 €), qui viendra s'imputer sur les revenus fonciers des associés.

Deux cas sont alors envisageables :

☐ **Si l'associé a un revenu global (salaire, droits d'auteurs...) supérieur à 10 700 €**, il pourra imputer le déficit dans la limite de 10 700 € sur son revenu global et ne sera imposable que sur le solde.

Si l'associé 1 a un revenu global de 20 000 €, il ne sera imposable que sur 20 000 – 10 700 = 9 300 €.

Le solde du déficit se calcule alors en ajoutant les intérêts d'emprunts, soit 1 000 €, à la différence entre la limite d'imputation et le déficit hors intérêts d'emprunts.

Dans notre exemple : 1 000 € + (15 000 – 10 700) = 5 300 €.

Ces 5 300 € seront imputables, non plus sur les revenus globaux des 5 années suivantes, mais sur les revenus fonciers de chaque associé pendant les 10 années suivantes.

□ **Si l'associé a un revenu global inférieur à la limite d'imputation des déficits (10 700 €)**, il déduira la part des déficits égale à son revenu global, et le solde du déficit sera imputable sur les revenus globaux des 5 années suivantes.

Si l'associé 2 a un revenu global de 10 000 €, il ne pourra imputer que 10 000 € de déficits fonciers. Il ne sera donc pas imposable. Les 700 € de déficits restants seront à imputer sur son revenu global de l'année suivante (ou des cinq années suivantes si ce revenu est inférieur à 700 €).

Le solde du déficit non imputé qui est supérieur à la limite des 10 700 €, soit 5 300 €, sera imputable sur les revenus fonciers des 10 années suivantes.

Partie 3.

La gestion comptable

Même si les SCI n'effectuant pas d'opérations commerciales, c'est-à-dire la plus grande partie des SCI de location, ne sont tenues d'aucune obligation comptable particulière, la comptabilité demeure néanmoins un des passages obligés de leur gestion courante.

En effet, les relations que les SCI entretiennent avec différents intervenants leur imposent, de fait, de tenir une comptabilité qui respecte les principes généraux de la comptabilité commerciale.

Aussi, la reddition des comptes annuels, les éventuelles régularisations de TVA ou encore le contrôle des déclarations de résultat, nécessite que les dépenses et les recettes de la société soient regroupées dans un ensemble de documents de synthèse.

Sans être aussi formelle que la comptabilité commerciale, la comptabilité des SCI se doit cependant d'être aussi claire, sincère, vérifiable et surtout, mise à jour.

Quelques règles de comptabilité, une méthodologie et des modèles vont être présentés ci-après.

Ils ont pour objet de permettre à tout gérant et tout associé de suivre et de comprendre au mieux ce qu'une comptabilité permet de retracer : la vie quotidienne de la SCI.

Nous allons vous proposer une méthode simplifiée de comptabilisation.

Cette méthode permettra d'établir facilement les comptes annuels (bilan et compte de résultat), ainsi que votre déclaration annuelle de résultat n°2072.

Vous pourrez effectuer cette comptabilité simplifiée manuellement ou sur tableur.

Chapitre 1

Principes généraux

Afin de garantir une comptabilisation exhaustive des opérations pécuniaires de la SCI, qu'il s'agisse d'entrées ou de sorties d'argent, certaines règles de présentation sont à retenir et à appliquer.

La comptabilité en partie double n'est pas une obligation pour une SCI de location, dans la mesure où les locations d'immeubles ne constituent pas une activité commerciale. Par conséquent, la comptabilité de la SCI n'a pas à avoir une forme commerciale.

Cependant, la comptabilité n'a pas qu'une utilité interne à la SCI. Elle peut notamment servir de document de référence en cas de contrôle des déclarations de la société.

Disposer d'une comptabilité claire et tenue à jour est un atout majeur qui peut donner un caractère probant aux opérations qui y sont reprises. Et bien souvent, c'est le caractère non probant de la comptabilité qui amène l'administration fiscale, dans certains types de contrôles à ne pas tenir compte de la comptabilité présentée par les associés, et à réévaluer elle-même de manière forfaitaire les recettes et les dépenses de la SCI.

La présente étude a pour objet de vous éviter ce type de désagréments.

1. L'ENREGISTREMENT DES OPÉRATIONS

■ Comment tenir une comptabilité ?

Une comptabilité doit être sincère, c'est-à-dire qu'elle doit traduire la connaissance qu'ont les gérants de la société des opérations qui y sont réalisées. Le ou les gérants de la SCI doivent « sincèrement » retranscrire ces données financières et pécuniaires, sans omission volontaire ou involontaire.

Le corollaire de la sincérité des gérants, c'est la régularité de la mise en compte des opérations. La comptabilité n'est pas un aspect de la gestion courante à prendre à la légère.

Elle représente la vie économique de la SCI. Les dépenses et recettes qui y sont inscrites traduisent l'intervention de la SCI dans la vie économique en général.

D'un point de vue plus pratique, il est gênant, voire dangereux de laisser s'accumuler les pièces justificatives des dépenses et recettes pendant plusieurs mois avant de se décider à les classer et à entrer les opérations auxquelles elles correspondent dans les livres comptables.

Si elle est tenue au mois (fréquence courante des versements de loyers), la comptabilisation des opérations effectuées par la SCI ne prendra pas plus de deux ou trois heures.

Par contre, laisser les pièces s'accumuler pendant plusieurs mois ou pire, pendant tout l'exercice comptable est un gage sérieux de perte de temps pour regrouper l'ensemble des documents ou pire, un risque de perte des pièces justificatives elles-mêmes.

Et une dépense ou une recette qui ne peut être justifiée par une pièce probante est réputée n'avoir jamais existé…

En règle générale, les entreprises tiennent une comptabilité à partie double. Cette méthode est complexe, elle nécessite des connaissances comptables approfondies et il est fortement conseillé de faire appel aux services d'un professionnel.

Le modèle d'organisation comptable simplifiée qui va être décrit ici ne correspond à aucun modèle légal, puisqu'il n'en existe pas pour les SCI de location.

Il a cependant été construit suivant plusieurs principes :

- **Le respect des différents comptes tels que décrits dans le Plan Comptable Général** qui lui, constitue une référence légale de classement comptable. Les comptes que nous allons retenir sont, en partie, ceux qui doivent faire l'objet d'une reprise dans la déclaration annuelle de résultat n°2072. Suivre le modèle qui va être décrit permettra de compléter efficacement cette déclaration.

- **La prise en compte des différents documents sociaux** qui doivent être transmis ou laissés à la disposition des associés, et ce, en application des dispositions du Code civil qui régissent le fonctionnement des SCI.

Les différents documents à fournir

Les pièces justificatives des dépenses et des recettes

Toutes les opérations qui sont inscrites en comptabilité doivent être justifiées par la SCI, que ce soit sur la demande des associés ou de l'administration fiscale.

La pièce justificative est donc celle qui prouvera la matérialité, l'existence de l'opération qui a entraîné l'entrée en compte de dépenses ou de recettes. C'est pourquoi l'ensemble des documents qui ont trait à une écriture comptable doit être conservé.

Il est conseillé de classer les pièces justificatives par nature (relevés bancaires, factures reçues des fournisseurs, factures de loyers établies par la SCI, avis d'imposition...), et ensuite par ordres alphabétique et chronologique. Les factures d'achats d'immobilisations sont à classer à part, de manière à ne pas les archiver tant que les immobilisations ne sont pas revendues.

Ainsi il sera aisé de retrouver les pièces justificatives correspondant à une écriture comptable (dont le libellé renseignera le nom du tiers concerné).

• Supports de comptabilité

Les données comptables doivent être enregistrées et consignées sur des documents qui faciliteront leur collecte, leur lecture et, lors de la clôture de l'exercice de la SCI (on conseillera, par mesure de confort, de clôturer les comptes le 31 décembre de chaque année), leur consolidation dans les documents de synthèse que sont le compte de résultat et le bilan.

Les supports de la comptabilité sont :

— le livre-journal,

— le grand-livre,

— la balance.

Il est conseillé, afin de garantir le caractère probant de la comptabilité de tenir à jour tous les documents.

Ils sont décrits ici dans l'ordre chronologique de leur renseignement.

a. Le livre-journal

Le livre-journal (ou journal général) est le document comptable de base. Chaque opération ayant une incidence financière est inscrite dans le livre-journal.

L'enregistrement se fait au jour le jour et opération par opération, sans tri par nature d'opération, dans les comptes définis par le Plan Comptable Général.

La date de saisie comptable est le plus souvent la date de la pièce justificative (facture, remise de chèques, chèque...).

Le libellé des écritures est très important, il doit contenir les informations permettant de retrouver la pièce justificative (nom du fournisseur et numéro de facture, nom de la banque et numéro de chèque, ...).

Les montants enregistrés doivent être identiques à ceux portés sur les pièces justificatives.

Ce document permet de suivre, au jour le jour, la vie économique de la SCI.

Pour les besoins de gestion de l'entreprise, le livre-journal est souvent subdivisé en journaux auxiliaires (journal de banque, journal des achats, journal des ventes...).

Les totaux des journaux auxiliaires sont centralisés périodiquement dans le livre-journal qui constitue le support légal de la comptabilité.

Dans la méthode de comptabilité simplifiée qui sera expliquée plus loin, nous subdiviserons le livre-journal en plusieurs journaux auxiliaires de recettes et de dépenses.

b. Le grand-livre

Le grand-livre est à considérer comme un « regroupement thématique » des opérations enregistrées dans le livre-journal (ou dans les journaux auxiliaires), en les rassemblant par catégorie de recettes ou dépenses.

Le grand-livre est un fichier des comptes utilisés, classés selon le Plan Comptable Général.

Le compte constitue l'unité fondamentale de la comptabilité.

Il est une représentation numérique de l'évolution des biens, des dettes, des charges et des produits de la société (il permet par exemple de suivre l'évolution des comptes courants d'associés).

Sa dénomination, se référant à sa nature, couplée avec un numéro unique, est définie par le Plan Comptable Général.

Lorsqu'une opération a été enregistrée dans le livre-journal, elle est ensuite reportée au grand-livre, dans chacun des comptes mouvementés.

L'enregistrement des opérations se fait en fonction de la nature des comptes :

— les comptes de produits (loyers), de ressources (capital) et de dettes (emprunt, fournisseurs) augmentent au crédit et diminuent au débit ;

— les comptes de charges (eau, électricité, entretien...), de biens (immobilisations, stocks) et de créances (clients) augmentent au débit et diminuent au crédit.

Le solde du compte s'obtient par la différence entre le total des débits et le total des crédits.

Le compte peut, par exemple, avoir la forme suivante :

455100 - Compte courant d'associé - Mr Pierre					
Ecritures		Mouvements		Solde progressif	
Date	Libellé	Débit	Crédit	Débit	Crédit
01/01	Versement en banque		10 000		10 000
05/02	Retrait	3 000			7 000
15/06	Frais personnels payés par la SCI	250			6 750
	TOTAL	3 250	10 000		6 750

Dans cet exemple, la dette de la SCI envers l'associé M. Pierre est enregistrée au crédit de son compte. Ensuite, elle a diminué deux ois par des prélèvements eux-mêmes enregistrés au débit de son compte.

Le classement des comptes est établi en fonction des opérations relatives au bilan et de celles relatives au compte de résultat.

Les **comptes du bilan** regroupent les biens et moyens de financement de l'entreprise. Ils sont divisés en 5 classes de comptes :

— Classe 1 : comptes de capitaux (capital, résultat, subventions, emprunts, ...) ;

— Classe 2 : comptes d'immobilisations (terrains, immeubles, matériel, amortissements, titres, actions, ...) ;

— Classe 3 : comptes de stocks et en-cours ;

— Classe 4 : comptes de tiers (créances clients, dettes fournisseurs, comptes courants d'associés, salariés, ...) ;

— Classe 5 : comptes financiers (banque, caisse, ...).

Les **comptes de gestion** regroupent les charges et les produits constitutifs du résultat. Ils se divisent en 2 classes :

— Classe 6 : comptes de charges (achats, fournitures et services, impôts et taxes, salaires et charges, frais financiers, charges exceptionnelles, ...) ;

— Classe 7 : comptes de produits (ventes de produits, prestations de services, produits financiers, produits exceptionnels...).

Le numéro de chaque classe constitue le 1er chiffre de tous les comptes qu'elle contient.

A l'intérieur de chaque classe, les comptes sont classés en fonction de la catégorie économique des opérations qu'ils regroupent.

Dans la méthode de comptabilité simplifiée que nous décrirons, la conception des journaux de saisie nous permettra d'éviter la tenue d'un grand-livre, car la ventilation de ces journaux constitue en elle-même un grand-livre.

Il est cependant utile de connaître le mode de fonctionnement des comptes pour faciliter la saisie des opérations, et leur mode de classement pour pouvoir établir la balance et les comptes annuels.

c. La balance des comptes

Ce document permet de dresser périodiquement un état de la santé financière de la SCI et ce, de manière lisible.

La périodicité de ce document est laissée à l'appréciation de chacun. En effet, dans une SCI familiale dont les associés ne demanderont que rarement des comptes au gérant, ce document sera la plupart du temps établi une fois par an.

Dans une SCI de plus grande importance, assurant la gestion de plusieurs immeubles, il est recommandé de dresser ce tableau à périodicité plus rapprochée : trimestrielle, voire mensuelle.

D'un point de vue légal, la balance des comptes fait partie des documents sociaux qui doivent être portés à la connaissance des associés au moins une fois par an.

D'un point de vue formel, la balance des comptes est un tableau qui va lister l'ensemble des comptes utilisés durant la période étudiée, en renseignant pour chaque compte, son numéro, son nom, le total des mouvements inscrits au débit, le total des mouvements inscrits au crédit, ainsi que son solde en débit ou en crédit.

La balance générale listant la totalité des comptes, de la classe 1 à la classe 7, doit être équilibrée : la somme des mouvements au débit est égale à la somme des mouvements au crédit, le solde total est donc nul.

La balance des comptes de gestion (charges et produits), classes 6 et 7, n'est pas équilibrée. Le total des mouvements au débit et le total des mouvements au crédit ne sont pas égaux, leur différence (le solde) constitue le résultat de l'exercice. Si le solde final est au débit, le résultat est une perte, s'il est au crédit, il s'agit d'un bénéfice.

Il en est de même pour la balance des comptes de bilan, classes de 1 à 5. Cependant le résultat est l'inverse de celui constaté avec la balance des comptes de résultat.

L'enregistrement du résultat de l'exercice de l'année *n* ne se fait qu'à l'ouverture de l'exercice suivant, soit au 1er janvier *n+1*, dans le compte 120 « bénéfice » ou dans le compte 129000 « perte ». Après l'assemblée générale ordinaire, le résultat est transféré dans d'autres comptes selon l'affectation décidée par les associés, comptes de réserves et/ou comptes de report à nouveau.

Les soldes de fin d'exercice des comptes de bilan sont repris en report à nouveau au début de l'exercice suivant. Ces comptes représentent le patrimoine de l'entreprise, et poursuivent leur existence d'un exercice à l'autre.

Exemples de balances

Balance générale au 31/12					
Compte N°	Libellé	Mouvements		Soldes	
		Débit	Crédit	Débit	Crédit
110000	Report à nouveau		40 000		40 000
120000	Bénéfice exercice précédent	40 000	40 000		
512000	Banques	54 000	5 500	48 500	
616000	Primes d'assurances	3 500		3 500	
630000	Impôts, taxes et versements assimilés	2 000		2 000	
706000	Prestations de services		14 000		14 000
	TOTAL	99 500	99 500		

Balance des comptes de gestion au 31/12					
Compte N°	Libellé	Mouvements		Soldes	
		Débit	Crédit	Débit	Crédit
616000	Primes d'assurances	3 500		3 500	
630000	Impôts, taxes et versements assimilés	2 000		2 000	
706000	Prestations de services		14 000		14 000
	TOTAL	5 500	14 000		**8 500**

Balance des comptes de bilan au 31/12					
Compte N°	Libellé	Mouvements		Soldes	
		Débit	Crédit	Débit	Crédit
120000	Bénéfice exercice précédent		40 000		40 000
512000	Banques	54 000	5 500	48 500	
	TOTAL	54 000	45 500	**8 500**	

2. LES COMPTES ANNUELS

Le bilan, le compte de résultat et une annexe constituent les comptes annuels.

L'établissement des comptes annuels est obligatoire pour :

— toute personne physique ou morale exerçant une activité commerciale ;

— toute personne morale de droit privé non commerçante ayant une activité économique, et dépassant les seuils des 50 salariés, 3,1 millions d'euros de chiffre d'affaires et 1,55 million d'euros de total de bilan ;

— toute SCI qui construit ses immeubles par l'intermédiaire d'un promoteur gérant de la société.

La majorité des SCI de location n'est pas tenue d'établir les comptes annuels. Cependant, les SCI désirant donner une image sincère de leur société peuvent établir ces documents sous forme simplifiée.

■ Le bilan

Le bilan décrit le patrimoine de l'entreprise.

Il se présente sous forme de compte composé de l'actif et du passif de l'entreprise.

Le passif est l'ensemble des ressources dont dispose l'entreprise pour exercer son activité, soit :

— le capital social,

— les dettes (emprunts, crédits fournisseurs, découverts bancaires...),

— les profits réalisés.

L'actif représente l'emploi des ressources, soit :

- les immobilisations acquises,
- les créances,
- les disponibilités (comptes bancaires, caisse...),
- les pertes réalisées.

Le bilan doit être équilibré, le total des emplois (actif) est égal au total des ressources (passif).

■ Le compte de résultat

Le compte de résultat récapitule les opérations qui ont permis de constituer le résultat.

Il regroupe l'ensemble des charges et produits de l'exercice en cours uniquement, et fait apparaître le résultat.

Il se présente soit sous forme de tableau, soit sous forme de liste.

■ L'annexe

L'annexe est un document venant compléter et commenter le bilan et le compte de résultat en donnant des informations significatives nécessaires à l'obtention d'une image fidèle de l'entreprise.

Chapitre 2

Comptabilité méthode simplifiée

La comptabilité à partie double constitue un exercice qui peut s'avérer de « haute voltige » pour qui n'y serait pas rompu.

En effet, pour les SCI de location de type « familial », il n'est pas forcément utile, ni rentable de développer un tel arsenal comptable, le principal étant de respecter les dispositions légales en matière de pièces justificatives et de déclarations fiscales.

La loi n'obligeant pas les SCI de location à ce type de suivi, nous allons développer ici un système alternatif qui, pour être plus simple, n'en est pas moins sûr ni moins efficace.

En matière de pièces justificatives, le principe demeure le même : tous les documents prouvant une entrée ou une sortie d'argent doivent être conservés et classés par type et par date.

Il est conseillé de faire les « comptes » de la manière la plus régulière possible, au mois ou au trimestre, pour que le seul travail d'importance à la fin de l'exercice soit la validation des produits et des charges, et leur consolidation sur les documents de synthèse (à transmettre aux associés et à tenir à leur disposition au siège de la SCI).

Nous allons donc, établir une comptabilité basée sur les mouvements de trésorerie tout en nous référant aux rubriques de recettes et de charges établies par l'administration fiscale dans la déclaration annuelle de résultat n°2072.

Dans la mesure où la SCI doit renseigner et remettre cette déclaration annuellement, l'établissement des rubriques comptables sur ce modèle permettra de remplir cette déclaration d'autant plus facilement.

Cette méthode permettra aussi d'établir les comptes annuels (bilan et compte de résultat) reflétant l'état de santé de l'entreprise.

1. ENREGISTREMENT DES DÉPENSES ET DES RECETTES

■ Le plan comptable

Il faut tout d'abord définir le plan comptable que la SCI va utiliser. Nous vous proposons celui porté en annexe 1.

Les comptes notés en gras sont ceux se référant à l'imprimé n°2072.

Certains comptes ne vous seront peut-être pas utiles, le plan comptable est à adapter en fonction des besoins de chaque SCI de location.

Par contre, il vous faudra créer autant de comptes courants qu'il y a d'associés (455100, 455200, 455300...) et de banques (512100, 512200...).

■ Les journaux de saisies

Les mouvements de trésorerie comportent des recettes et des dépenses qui vont être enregistrées séparément dans des journaux distincts. Le rapprochement des relevés de banques sera effectué avec ces journaux.

Nous allons enregistrer :

□ Les **encaissements** à déclarer sur l'imprimé n°2072, dans le « journal des recettes imposables ». Il y aura un journal par immeuble. Exemple :

— journal des recettes imposables - immeuble X (annexe 2)

— journal des recettes imposables - immeuble Y

□ Les **autres encaissements**, dans le « journal des autres recettes » (annexe 3). L'éclatement par immeuble n'est pas nécessaire puisque ces recettes ne sont pas imposables.

□ Les **dépenses déductibles** à déclarer sur l'imprimé n°2072, dans le « journal des dépenses déductibles ». Il y aura un journal par immeuble. Exemple :

— journal des dépenses déductibles - immeuble X (annexe 4)

— journal des dépenses déductibles - immeuble Y

□ Les **autres dépenses** se trouveront dans le « journal des autres dépenses » (annexe 5).

L'éclatement par immeuble n'est pas nécessaire puisque ces dépenses ne sont pas déductibles.

Chaque somme encaissée ou payée est reportée, pour son total, dans la colonne du compte bancaire concerné, puis est éclatée selon sa nature dans les différents autres comptes de charge, de produit ou de bilan.

Annexe 2 : exemples de loyers perçus (dont un soumis à la TVA) et encaissés sur des banques différentes.

Rappel :

— les comptes de produits (loyers), de ressources (capital) et de dettes (emprunts, fournisseurs, comptes courants d'associés...) augmentent au crédit et diminuent au débit.

— les comptes de charges (eau, électricité, entretien...), de biens (immobilisations, stocks, banques...), et de créances (clients) augmentent au débit et diminuent au crédit.

Dans nos journaux de saisie, les comptes ne comportant qu'une seule colonne, nous considérons que :

— dans les journaux de recettes, les colonnes des comptes bancaires correspondent au débit (augmentation de biens) et les colonnes des autres comptes correspondent au crédit (augmentation des produits et des dettes, et diminution des créances et biens) ;

— dans les journaux de dépenses, les colonnes des comptes bancaires correspondent au crédit (diminution de biens), et les colonnes des autres comptes correspondent au débit (augmentation des charges et des biens, et diminution des dettes).

Nous avons créé une ligne, en fin de journal, appelée « contrôle ». Elle permet de vérifier que : le **total des sommes encaissées**, soit le total des colonnes des comptes bancaires, **est égal au total des sommes éclatées**, soit le total de toutes les autres colonnes.

Cette égalité est impérative. Une différence entre ces deux totaux signifie qu'il y a une erreur de saisie dans le journal.

Dans le « journal des autres recettes » et le « journal des autres dépenses », les comptes à renseigner dans les colonnes « autres produits », « autres dépenses » et « comptes de bilan », seront choisis en fonction des besoins de la SCI.

Par exemple, si la SCI n'a pas de revenus financiers enregistrés au compte n°760000, il n'est pas nécessaire de créer ce compte.

De même, si la SCI n'est pas assujettie à la TVA, les colonnes correspondant aux comptes de TVA (collectée, déductible ou à payer) ne sont pas utiles.

■ Les rapprochements bancaires

Périodiquement, vous devez effectuer un rapprochement de votre comptabilité avec le relevé de compte fourni par votre banque. Nous vous conseillons de le faire à chaque réception de relevé bancaire, ou au minimum tous les trimestres.

Ce rapprochement permet de vérifier qu'aucune recette ou dépense n'a été omise.

Il s'agit de pointer les mouvements de votre relevé bancaire avec les mouvements enregistrés en comptabilité dans les divers journaux de recettes et de dépenses.

Ensuite, en partant du solde bancaire enregistré en comptabilité, il faut retrouver le solde de votre relevé de banque, en déduisant ou ajoutant les sommes non pointées dans les deux documents. Pour cela, vous pouvez établir le tableau fourni en annexe 6.

■ La TVA

Les SCI assujetties à la TVA doivent reverser à l'Etat la TVA collectée sur ventes diminuée de la TVA déductible sur achats.

Elles relèvent soit du régime simplifié, soit du régime réel normal.

• Régime simplifié

Des acomptes de TVA sont payés trimestriellement, leur montant est déterminé forfaitairement par l'administration des impôts en fonction de la TVA déclarée l'année précédente.

Ces acomptes seront enregistrés dans le compte n°445510 « TVA à payer » par le « journal des autres dépenses - total SCI » au moment de leur paiement.

En fin d'année, vous devrez établir la déclaration annuelle CA12.

Pour cela, il faudra totaliser les acomptes payés, les comptes de TVA déductible et les comptes de TVA collectée pour déterminer le montant de TVA restant due au Trésor Public.

Vous trouverez en annexe 7, un tableau récapitulatif qui vous y aidera.

Avant de totaliser définitivement vos journaux, vous devrez passer une écriture de régularisation dans le « journal des autres recettes - total SCI » pour enregistrer le total des montants de TVA déclarés sur l'imprimé CA12 pour l'année complète.

Dans notre exemple :

— Compte n°445710 « TVA collectée à 20% » pour la somme de 8 030 € en négatif ;

— Compte n°445720 « TVA collectée à 5,5% » pour 520 € en négatif ;

— Compte n°445620 « TVA déductible sur immobilisations » pour 5 030 € en positif ;

— Compte n°445661 « TVA déductible sur autres biens et services » pour 1 470 € en positif ;

— Compte n°445510 « TVA à payer » pour 2 050 € en positif. S'il s'agissait d'un crédit de TVA il faudrait enregistrer cette somme en négatif.

Dans tous les cas le total des sommes est égal à zéro puisque l'enregistrement se fait uniquement dans les colonnes du crédit.

• Régime réel normal

La TVA due au Trésor public est déclarée et payée tous les mois.

Vous devrez établir la déclaration CA3 et payer la TVA due avant le 21 du mois suivant.

Nous avons préparé un tableau qu'il faudra remplir tous les mois (annexe 8).

Les montants déclarés seront comptabilisés en même temps que le règlement dans le « journal des autres dépenses - total SCI ».

Dans notre exemple :

— Compte n°512100 « banque A » pour 604 € en positif (règlement) ;

— Compte n°445661 « TVA déductible sur autres biens et services » pour 121 € en négatif ;

— Compte n°445710 « TVA collectée à 20% » pour 685 € en positif ;

— Compte n°445720 « TVA collectée à 5,5% » pour 40 € en positif.

Ces écritures ont pour but de diminuer les comptes de TVA des montants déclarés, afin de ne laisser dans le bilan que les sommes non déclarées pour la TVA collectée et la TVA déductible, et les sommes à payer ou à se faire rembourser en cas de crédit.

2. DÉTERMINATION DU RÉSULTAT COMPTABLE

■ Centralisation des comptes

Nous allons centraliser pour chaque compte, tous immeubles confondus, le montant total des écritures passées dans les divers journaux. Cette opération constitue la première étape pour l'établissement du bilan et du compte de résultat.

Nous avons créé deux tableaux, un pour la centralisation des comptes de bilan (annexe 9) et un autre pour la centralisation des comptes de gestion (annexe 10).

Cette centralisation des comptes classés dans l'ordre du plan comptable, peut être assimilée à la balance des comptes.

Cependant elle ne comporte qu'une seule colonne, nous devons donc différencier les débits et les crédits.

• Centralisation des comptes de bilan

Dans cette centralisation, les sommes reportées correspondant au :

— débit du compte seront en négatif,

— crédit du compte seront en positif.

Ceci permet de faire ressortir directement le résultat final (différence des débits et crédits), en négatif (débit) pour une perte et en positif (crédit) pour un bénéfice.

Les soldes des comptes de bilan au 31/12 de l'année précédente doivent être repris dans la colonne « reprise des soldes du 31/12/ n-1 ».

Dans cette même colonne, nous allons enregistrer le résultat de l'exercice précédent.

Le total de cette colonne doit obligatoirement être égal à zéro.

• Centralisation des comptes de gestion

La comptabilisation se faisant d'après les entrées et sorties d'argent, nous pouvons dire que :

— les totaux des comptes de charges (classe 6) correspondent toujours au débit ;

— les totaux des comptes de produits (classe 7) correspondent toujours au crédit.

Donc le résultat final est facile à déterminer, il suffit de faire la différence entre les charges et les produits.

Comme dans la balance, le solde des comptes de bilan doit impérativement être identique au solde des comptes de gestion. Cependant, avec notre méthode de comptabilité simplifiée, ils ne sont pas opposés.

■ Ecritures d'inventaire

Schématiquement ces écritures constatent pour la période concernée, les charges payées d'avance, les charges restant à payer, les produits à recevoir et les produits perçus d'avance.

Vous devez repérer dans vos journaux de saisie, toutes les charges et tous les produits comptabilisés couvrant une période postérieure à l'exercice en cours, ainsi que ceux non comptabilisés concernant bien l'exercice en cours. Il vous faudra parfois ressortir les pièces justificatives pour avoir tous les renseignements nécessaires à l'estimation des montants à prendre en compte.

Les sommes correspondantes sont enregistrées directement dans les tableaux de centralisation :

— une fois dans les comptes de gestion pour augmenter ou diminuer une charge ou un produit ;

— une autre fois dans des comptes de bilan spécifiques, comptes n°408000, n°418000, n°438600, n°448600, n°486000 et n°487000.

Les SCI assujetties à la TVA devront enregistrer les montants hors taxes.

Nous vous proposons un exemple de tableau permettant de lister ces écritures (annexe 11).

Exemples pour l'exercice comptable 2021 (voir annexes 16, 17 et 19).

1. Les factures d'électricité comptabilisées ne couvrent pas toute l'année 2021, la facture pour la période du 01/11/2021 au 31/12/2021 n'est pas payée et donc pas enregistrée..

Nous allons constater :

— une augmentation des charges en ajoutant le montant de la facture au compte n°606100 « eau, électricité, gaz - charges non déductibles » ;

— une augmentation des dettes (facture non payée), en enregistrant ce même montant au compte n°408000 « fournisseurs factures non parvenues ».

2. Les encaissements de loyers et acomptes de charges s'arrêtent en novembre, ceux de décembre 2021 n'ont pas été perçus au 31/12/2021 et ne sont donc pas comptabilisés.

Ils représentent :

— une augmentation des produits à porter aux comptes n°706000 « montant brut des fermages et loyers perçus » et n°791100 « remboursements des locataires » ;

— une augmentation des créances à enregistrer au compte n°418000 « locataires - produits non encore facturés ».

3. Les charges sociales du 4ème trimestre 2021 n'apparaissent pas dans les journaux des dépenses, ce qui est normal, elles seront à payer le 15/01/2022.

Elles constituent :

— une augmentation des charges à porter dans le compte n°645100 « charges sociales (gérance, gardes et concierges) » ;

— une augmentation des dettes à porter dans le compte n°438600 « organismes sociaux - charges à payer ».

4. La taxe d'apprentissage calculée sur les salaires de 2021 est payable au plus tard le 30/04/2022 à l'Etat, elle ne sera comptabilisée qu'à cette date.

Il faut constater :

— la charge en la portant au compte n°635120 « impositions déductibles » ;

— une augmentation des dettes à porter au compte n°448600 « état - charges à payer ».

5. Les primes d'assurance payées et enregistrées en 2021 couvrent la période du 01/01/2021 au 31/03/2022. La somme correspondant à la période du 01/01/2022 au 31/03/2022 est comptabilisée d'avance.

Il faut donc :

— diminuer les charges en la déduisant du compte n°616110 « assurances non déductibles - multirisque... » ;

— enregistrer cette avance de paiement dans le compte n°486000 « charges constatées d'avance ».

6. Un remboursement de charges concernant janvier 2022 a été perçu en décembre 2021 et est donc comptabilisé d'avance.

Il faut :

— diminuer les produits en déduisant ce remboursement du compte n°791100 « remboursements des locataires » ;

— augmenter le compte n°487000 « produits constatés d'avance ».

7. Le 20/12/2021, la SCI a payé d'avance un encart publicitaire à paraître en 01/2022.

Il faut :

— diminuer les charges en déduisant cette avance du compte n°623000 « publicité, publications et relations publiques » ;

— augmenter le compte n°486000 « charges constatées d'avance ».

Les écritures d'inventaire doivent être annulées dans l'exercice suivant de manière à :

— neutraliser les comptes de bilan (les comptes n°408000, 418000, 438600, 448600, 486000 et 487000 en seront soldés),

— neutraliser les charges et produits ne concernant pas ce nouvel exercice, mais payés ou perçus durant ce nouvel exercice,

— enregistrer les charges et produits le concernant mais payés ou perçus lors de l'exercice précédent.

Il est préférable d'effectuer cette opération en début d'exercice de manière à ce que vos éventuelles situations intermédiaires soient justes.

Après avoir saisi les écritures d'inventaire dans les tableaux de centralisation, vous devez toujours avoir l'égalité du solde des comptes de bilan et du solde des comptes de gestion.

Ce solde correspond au résultat de l'exercice.

3. LES COMPTES ANNUELS

Considérant que votre SCI n'a pas d'obligations comptables, le bilan et le compte de résultat seront réduits à leur plus simple expression et nous ne présenterons pas d'annexe.

Les modèles simplifiés présentés en annexes 12 et 13 renseigneront pour chaque poste du bilan et du compte de résultat, les comptes correspondants.

4. LA DECLARATION FISCALE N°2072

Les journaux de saisies des recettes imposables et des dépenses déductibles établis par immeuble permettent de remplir directement cette déclaration.

Les rubriques de la déclaration étant renseignées dans les journaux, il suffit de reporter les montants sur les bonnes lignes.

Cependant, dans la rubrique 25 concernant les rémunérations et avantages en nature attribués aux associés, n'oubliez pas d'appliquer aux montants comptabilisés un coefficient de déduction déterminé en fonction du taux de déduction pour frais divers (ligne 9).

Chapitre 3

Exemple de comptabilisation

Nous allons simuler l'exercice comptable d'une SCI.

Il nous faut tout d'abord établir les caractéristiques de cette SCI.

Nous comptabiliserons les opérations les plus courantes en exemple, et établirons le bilan, le compte de résultat et la déclaration n°2072.

La comptabilisation sera effectuée selon la méthode décrite précédemment.

Tous les montants utilisés n'auront qu'une valeur indicative.

1. CARACTÉRISTIQUES DE LA SCI

❑ **Date de création** : 01/01/2020

❑ **Activité** : gestion d'un immeuble de 2 étages, constitué de 6 appartements utilisés exclusivement comme habitation.

❑ **Capital :** 470 000 €, réparti en 4 700 parts de 100 € entre les trois associés :

— M. Durand : 1 880 parts,

— Mme Durand, épouse de M. Durand : 1 880 parts,

— M. Fournier, frère de Mme Durand : 940 parts.

☐ **Apports des associés** : apports totalement libérés lors de la signature des statuts :

— M. Durand : 100 000 € en numéraire,

— Mme Durand et M. Fournier ont hérité des 4 appartements de l'immeuble se situant aux étages, pour une valeur totale de 370 000 € et apportent chacun 185 000 € en nature.

☐ **Gérance** : M. Fournier désigné gérant, effectue la gestion et l'administration de la SCI.

Sa rémunération mensuelle brute s'élève à 225 € (régime des non salariés), son salaire net à 185 € et les charges sociales correspondantes à 130 € (salariales : 40 €, patronales : 90 €).

Au 30/06/2021, il donnera sa démission.

Il sera remplacé par une personne extérieure liée par un contrat de travail, Mme Porte, salariée relevant du régime général de Sécurité Sociale et rémunérée au même salaire brut de 225 €. Son salaire net se montera à 180 € et les charges sociales à 144 € (salariales : 45 €, patronales : 99 €).

☐ **Concierge** : M. Garde

Il bénéficie d'une rémunération mensuelle brute de 1 000 € (nette de 800 €) et d'avantages en nature composés de la valeur locative du logement mis à sa disposition et des charges locatives correspondantes.

Les charges sociales se montent à 620 € par mois (charges salariales : 200 €, charges patronales : 420 €) et sont payables au trimestre.

☐ **Locations** : loyers non soumis à la TVA.

Il y a d'abord les deux appartements du rez-de-chaussée qui sont occupés par :

— le concierge de l'immeuble, M. Garde (logement de fonction),

— Mme Fournier, mère de Mme Durand et M. Fournier, à titre gratuit.

Puis les appartements des 1er et 2ème étages sont loués par :

— M. et Mme Fort,

— M. et Mme Pont,

— M. et Mme André,

— Mme Sing.

Le tout pour un montant mensuel de 1 000 € (loyer : 700 € et acompte de charges : 300 €) payable en début de mois. Un dépôt de garantie a été versé le 01/01/2020 pour 1 400 €.

Une régularisation des charges a lieu deux fois par an, en avril et en octobre.

2. COMPTABILISATION

■ Reprise des soldes des comptes de bilan de l'année précédente

Au 01/01/2021, nous devons reprendre les soldes des comptes de bilan de fin d'année 2020 en les reportant dans le tableau de « centralisation des comptes de bilan » de 2021, et enregistrer le résultat 2020 dans ce même tableau.

Le solde débiteur correspond au bénéfice de 2020, il doit être enregistré au crédit.

Les montants en débit sont reportés en positif et les montants en crédit en négatif.

Le total de la colonne « reprise des soldes du 31/12/2020 » doit être obligatoirement égal à zéro (voir annexe 20).

☐ **La balance des comptes de bilan** au 31/12/2020 :

■ Extourne des écritures d'inventaire de l'année précédente

Nous allons aussi, procéder à l'extourne des écritures d'inventaire du 31/12/2020 dans ces mêmes tableaux de centralisation des comptes de bilan (annexe 20) et des comptes de gestion (annexe 19) :

N°compte	Libellé	Débit	Crédit
101300	Capital		470 000
110000	Report à nouveau		7 321
165000	Dépôts et cautionnements reçus		4 200
312100	Immeubles	370 000	
408000	Fournisseurs factures non parvenues		500
438600	Organismes sociaux - charges à payer		2 250
455100	M. DURAND - compte courant		3 000
455200	M. FOURNIER - compte courant		5 000
486000	Charges constatées d'avance	150	
512100	Banque A	130 245	
	TOTAL	**500 395**	492 271
	Solde (résultat de 2020)	**8 124**	

☐ **Les factures d'eau** comptabilisées en 2020 concernaient la consommation du 01/01/2020 au 30/09/2020.

La consommation du dernier trimestre n'avait pas été comptabilisée. Estimée à 500 €, elle avait été ajoutée aux charges dans le compte n°614100 « dépenses incombant aux locataires et acquittées par la société » et enregistrée au compte de bilan n°408000 « fournisseurs factures non parvenues ».

Cette consommation sera payée en 2021 alors qu'elle concerne 2020, il faut donc annuler cette charge en déduisant cette somme du compte n°614100 et la déduire du compte n°408000 pour annuler la reprise du solde au 31/12/2020.

☐ **La prime d'assurance** payée en 2020, de 600 €, couvrait la période du 01/04/2020 au 31/03/2021.

La somme correspondant au 1er trimestre 2021, soit 150 €, était payée d'avance et avait été déduite du compte de gestion n°616110 « assurance non déductible - multirisques » et enregistrée dans le compte de bilan n°486000 « charges constatées d'avance ».

Il faut annuler cette écriture en ajoutant cette charge dans le compte n°616110, puisqu'elle concerne bien 2021, et en la déduisant du compte n°486000 pour annuler la reprise du solde du 31/12/2020.

☐ **Les charges sociales** du 4ème trimestre 2020 n'étaient pas payées au 31/12/2020. Elles avaient été ajoutées aux comptes de gestion n°641100 « frais de gérance des immeubles, rémunérations des gardes et concierges » pour la part salariale, soit 735 € et n°645100 « charges sociales (gérance, gardes et concierges) » pour la part patronale, soit 1 557 €. La somme totale, soit 2 292 € avait été enregistrée dans le compte de bilan n°438600 « organismes sociaux - charges à payer ».

Il faut annuler cette écriture en déduisant cette charge des comptes n°641100 et n°645100, puisque ces sommes seront comptabilisées au 15/01/2021 alors qu'elles ne concernent pas 2021, et en la déduisant aussi du compte n°438600 pour annuler la reprise du solde du 31/12/2020.

■ Comptabilisation des opérations de trésorerie

Nous avons créé quatre journaux :

— journal des recettes imposables - immeuble X (annexe 14) ;

— journal des autres recettes - total SCI (annexe 15) ;

— journal des dépenses déductibles - immeuble X (annexe 16) ;

— journal des autres dépenses - total SCI (annexe 17).

Pour chaque opération enregistrée en comptabilité, nous vous indiquons le journal à utiliser et les numéros des comptes à ventiler. Il est sous-entendu que la somme totale payée ou encaissée est portée dans la colonne « banque A - compte n°512100 ».

☐ Emprunt

— Le 01/01/2021 la SCI a contracté un emprunt auprès de sa banque de 70 000 €. Il est remboursable sur 13 ans par prélèvements trimestriels de 1 400 € effectués les 5 janvier, avril, juillet et octobre de chaque année.

— Le 02/01/2021 constatation de l'encaissement des fonds et de la dette auprès de la banque.

Comptabilisation

Journal des autres recettes - total SCI
- compte n°164000 pour 70 000 €

— Le 05/01/2021 prélèvement de 1 400 € (capital remboursé 1 100 € + intérêts 400 €).

— Le 05/04/2021 prélèvement de 1 400 € (capital remboursé 1 110 € + intérêts 390 €).

— Le 05/07/2021 prélèvement de 1 400 € (capital remboursé 1 120 € + intérêts 380 €).

— Le 05/10/2021 prélèvement de 1 400 € (capital remboursé 1 130 € + intérêts 370 €).

Comptabilisation

Aux dates de prélèvement, éclatement des échéances dans deux journaux différents :

Journal des autres dépenses - total SCI
(remboursement du capital dû)
- compte n°164000

Journal des dépenses déductibles - immeuble X
(paiement des intérêts)
- compte n°661100

□ **Achat d'immobilisations** : le 01/01/2021 la SCI a acheté les 2 appartements du rez-de-chaussée pour une valeur totale de 170 000 € à la SCI Bleue. L'achat n'est pas soumis à la TVA.

Comptabilisation

Journal des autres dépenses - total SCI
- compte n°213100 pour 170 000 €

Le 02/01/2021, paiement des frais de notaire, droits et taxes sur l'achat des 2 appartements du rez-de-chaussée. Facture n°025852 de Maître Long.

Comptabilisation

Journal des autres dépenses - total SCI
- compte n°622600 pour 17 000 € (honoraires)
- compte n°635400 pour 9 333 € (droits et taxes)

□ **Loyers** : encaissement des loyers tous les débuts de mois.

Montants encaissés : 4 fois 1 000 €, soit 4 000 € tous les mois, sauf en mai 4 308 € et octobre 4 090 €, à éclater en comptabilité de la manière suivante :

— loyers : 4 fois 700 €, soit 2 800 € tous les mois ;

— acomptes sur charges : 4 fois 300 €, soit 1 200 € tous les mois, sauf en avril et octobre où il faut ajouter une régularisation des charges de 308 € et 90 €.

Comptabilisation

Tous les mois à la date d'encaissement :

Journal des recettes imposables - immeuble X
- compte n°706000 pour 2 800 €
- compte n°791000 pour 1 200 €
(1 508 € en avril et 1 290 € en octobre)

☐ Charges locatives

• Location des poubelles pour l'année : facture n°714 du 20/01/2021 de 120 € TTC de Plactic-Poub.

Comptabilisation

Journal des dépenses déductibles - immeuble X
- compte n°614100

• EDF :

— acomptes sur la consommation de juin 2020 à mars 2021 : 16 € prélevés tous les 20 du mois sur cette période,

— facture en avril 2021 de 200 € et prélèvements de régularisation en avril 2021 de 20 € et mai 2021 de 20 €,

— montant des acomptes sur la consommation de 04/2021 à 03/2022 : 18 € prélevés de juin 2021 à mars 2022.

Comptabilisation

Tous les mois à la date du prélèvement :

Journal des dépenses déductibles - immeuble X
- compte n°614100

- Eau :

Factures de consommation reçues :

— le 06/04/2021 d'un montant de 700 € pour la période d'octobre 2020 à mars 2021,

— le 08/10/2021 d'un montant de 850 € pour la période d'avril à septembre 2021.

Comptabilisation

Journal des dépenses déductibles - immeuble X
- compte n°614100

- Produits d'entretien et fournitures :

Achats les 09/02 pour 25 €, 27/05 pour 18 €, 15/09 pour 30 € et 19/11 pour 27 € en hypermarché.

Comptabilisation

Journal des dépenses déductibles - immeuble X
- compte n°614100

Les charges des quatre locataires sont déductibles de la base d'imposition (rubrique 6 de l'imprimé 2072).

Les charges du concierge sont considérées comme des avantages en nature. Elles sont déductibles, mais à déclarer avec sa rémunération (rubrique 11 de l'imprimé 2072).

Les charges du logement occupé à titre gratuit ne sont pas déductibles puisque aucun loyer n'est comptabilisé en recettes.

Eclater les charges dans différents journaux serait trop contraignant et compliquerait le rapprochement avec les relevés bancaires. Nous allons donc, enregistrer toutes les charges locatives dans le « journal des dépenses déductibles - immeuble X ».

- En fin d'année, nous passerons des écritures de régularisation pour :

  — transférer les charges non déductibles dans le « journal des autres dépenses - total SCI », soit dans notre exemple 287 €.

  Comptabilisation

  Journal des dépenses déductibles - immeuble X
  - compte n°614100 - en négatif

  Journal des autres dépenses :
  - compte n°606110 - en positif

  — transférer les charges déductibles du concierge du compte n°614100 au compte n°641100 dans le même journal, soit 308 €.

  Comptabilisation

  Il s'agit d'un transfert de compte à compte dans le même journal donc on ne renseigne pas la colonne du compte bancaire.

  Journal des dépenses déductibles - immeuble X
  - compte n°614100 - en négatif
  - compte n°641100 - en positif

☐ Comptes courants d'associés

- Mme Durand :

Le 10/01/2021, versement en banque de 6 000 € par chèque.

Comptabilisation

Journal des autres recettes - total SCI
- compte de bilan n°455300

Le 30/06/2021, retrait de 1 000 € par carte bancaire.

Comptabilisation

Journal des autres dépenses - total SCI
- compte de bilan n°455300

• M. Durand :

Le 25/12/2021, a remis en banque un chèque de 3 000 €.

Comptabilisation

Journal des autres recettes - total SCI
- compte de bilan n°455100

☐ **Dépenses d'amélioration** : le 20/01/2021, installation d'une salle de bains et changement des WC dans l'appartement occupé par Mme Fournier. Facture n°301021 du plombier, M. Joint, de 1 800 € TTC. Charge non déductible de la base d'imposition puisque cet appartement est loué à titre gratuit et que nous n'encaissons pas de loyer.

Comptabilisation

Journal des autres dépenses - total SCI
- compte n°615210

☐ **Assurances**

• Assurance pour risque de loyers impayés :

Le 06/01/2021 la SCI règle cette prime qui couvre l'année 2021 pour 300 €.

Comptabilisation

Journal des dépenses déductibles - immeuble X
- compte n°616120

• Assurance multirisque des locaux :

Le 01/04/2021 la SCI paye 700 € pour une couverture de la période du 01/04/2021 au 31/03/2022.

Comptabilisation

Journal des autres dépenses - total SCI
- compte n°616110

□ **Frais de gestion** : le 05/05/2021, remboursement de frais kilométriques à M. Fournier, l'associé gérant, pour la somme de 30 €.

Comptabilisation

Journal des autres dépenses - total SCI
- compte n°625000

□ **Salaires et charges sociales** : les salaires nets sont payés chaque fin de mois.

Les charges sociales sont payées au trimestre, avant le 15 du mois suivant.

Les charges salariales font partie du salaire brut et en conséquence elles sont à distinguer des charges patronales.

La rémunération du gérant associé et les charges correspondantes sont comptabilisées pour leur totalité. Il faut les distinguer des autres rémunérations et charges.

- M. Garde, le concierge : salaire net de 800 €.

Comptabilisation

Tous les mois de 01 à 12/2021
Journal des dépenses déductibles - immeuble X
- compte n°641100

- M. Fournier, le gérant-associé : salaire net de 185 €.

Comptabilisation

Tous les mois de 01 à 06/2021
Journal des dépenses déductibles - immeuble X
- compte n°641200

- Mme Porte, la gérante-salariée : salaire net de 180 €.

Comptabilisation

Tous les mois de 07 à 12/2021
Journal des dépenses déductibles - immeuble X
- compte n°641100

• Charges sociales :

Nous avons établi un tableau récapitulatif des charges sociales pour notre exemple. Dans la pratique vous trouverez ces montants sur les bulletins de paie.

Répartition des ch. Sociales / trim.	URSSAF		ASSEDIC		RETRAITE	
	Salar.	Patron	Salar.	Patron	Salar.	Patron
M. GARDE (déduc. en totalité)	420	882	60	126	120	252
M. FOURNIER (déd. partiellement)	93	201	0	0	27	69
Total 4e trim. 2020	payé 1 596		payé 186		payé 468	
M. GARDE (déduc. en totalité)	420	882	60	126	120	252
M. FOURNIER (déd. partiellement)	93	201	0	0	27	69
Total 1er trim. 2021	payé 1 596		payé 186		payé 468	
Total 2e trim. 2021	payé 1 596		payé 186		payé 468	
M. GARDE (déduc. en totalité)	420	882	60	126	120	252
Mme PORTE (déduc. en totalité)	93	201	15	27	27	69
Total 3e trim. 2021	payé 1 596		payé 228		payé 468	
Total 4e trim. 2021	payé 1 596		payé 228		payé 468	

Comptabilisation

Les 15/01/2021, 15/04/2021, 15/07/2021, 15/10/2021, pour chaque organisme social enregistrer la somme payée et l'éclater en charges dans les comptes suivants :

Journal des dépenses déductibles - immeuble X
- compte n°641100
(charges salariales totalement déductibles)

- compte n°645100
(charges patronales totalement déductibles)
- compte n°641200
(charges salariales partiellement déductibles)
- compte n°645200
(charges patronales partiellement déductibles)

☐ **Taxe foncière** : le 15/10/2021 paiement de la taxe foncière pour un montant de 2 000 €.

Comptabilisation

Journal des dépenses déductibles - immeuble X
- compte n°635120

■ Rapprochements bancaires

Nous vous rappelons que le rapprochement des écritures du journal avec les relevés bancaires reçus de la banque doit être fait le plus souvent possible, de manière à ne pas oublier la comptabilisation de mouvements financiers.

Nous n'avons effectué que le rapprochement au 31/12/2021, pour exemple (annexe 18).

Le relevé bancaire au 31/12/2021 fait ressortir un solde positif de 24 644 €.

Le solde comptable au 31/12/2021 est 26 664 €.

Nous supposons que le rapprochement des écritures a été fait tous les mois.

Au 31/12/2021, deux chèques tirés par la SCI et une remise de chèque en sa faveur ne sont pas passés en banque. Le total de leur montant constitue la différence entre le solde comptable et le solde du relevé.

3. DÉTERMINATION DU RÉSULTAT DE L'EXERCICE

■ Centralisation des comptes

Nous avons fini de comptabiliser tous les mouvements financiers et les régularisations, et nous avons totalisé les journaux. Pour la préparation du bilan et du compte de résultat, nous devons reporter le total comptabilisé par compte dans les tableaux de :

— centralisation des comptes de gestion (annexe 19),

— centralisation des comptes de bilan (annexe 20).

Rappel : le solde des comptes de bilan doit être égal au solde des comptes de gestion.

■ Ecritures d'inventaire

Ensuite, nous devons procéder à la révision des comptes (dans les journaux de saisies) pour déterminer quels sont les charges payées d'avance ou restant à payer et les produits à recevoir ou perçus d'avance.

Les factures d'eau froide enregistrées en 2021 s'arrêtent au 30/09/2021. La consommation du 4ème trimestre n'est pas comptabilisée. Estimée à 425 €, nous allons l'ajouter aux charges dans le compte n°614100 « dépenses incombant aux locataires et acquittées par la société ».

La prime d'assurance multirisque, de 700 €, payée le 01/04/2021 couvre la période du 01/04/2021 au 31/03/2022, la part couvrant le 1er trimestre 2022 doit être déduite des charges de l'exercice 2021, soit 175 € (70 € / 365 jours x 91 jours).

Les charges sociales du 4ème trimestre 2021, de 2 292 €, ne sont pas comptabilisées puisqu'elles ne seront payées qu'au 15/01/2022, il faut enregistrer cette charge qui concerne bien 2021, soit 735 € pour la part salariale et 1 557 € pour la part patronale.

Les écritures d'inventaire correspondantes sont récapitulées dans le tableau fourni en annexe 21. Il suffit d'en reporter les montants dans les tableaux de centralisation.

Vous pouvez constater que l'extourne des écritures d'inventaire de 2020 et l'enregistrement de celles de 2021 corrigent correctement les charges supportées par l'exercice 2021.

Par exemple, si nous analysons le compte n°616110 « assurance non déductible - multirisque », nous constatons que la charge totale de ce poste se monte à 675 € et non pas à 700 € payés durant l'exercice.

En effet, la prime payée en 2021, 700 €, couvre la période du 01/04/2021 au 31/03/2022.

Le 1er trimestre 2021 n'est pas compris, mais il a été ajouté par l'extourne de l'écriture d'inventaire du 31/12/2020 pour 150 €.

Par contre, le 1er trimestre 2022 ne concerne pas cet exercice 2021, il a été retiré des charges par l'écriture d'inventaire du 31/12/2021 pour 175 €.

Les centralisations des comptes de bilan et des comptes de gestion, et l'enregistrement des écritures d'inventaire étant terminés, nous connaissons le résultat de l'exercice 2021.

4. COMPTES ANNUELS

Lors de l'assemblée générale ordinaire, les associés ont décidé d'affecter le bénéfice 2021 en report à nouveau.

Donc, nous transférons le bénéfice de 8 124 euros du compte n°120000 au compte n°110000 « report à nouveau » dans le bilan et lors de la reprise des soldes des comptes de bilan au 01/01/2022.

Vous trouverez le bilan en annexe 22 et le compte de résultat en annexe 23.

5. DÉCLARATION FISCALE N°2072

L'imprimé n°2072 (annexe 24) est rempli très facilement.

Il nous suffit de reporter le total des comptes des journaux des recettes imposables et des journaux de dépenses déductibles dans les bonnes rubriques de la page 2 de la déclaration.

Attention à la rubrique 25 « rémunérations et avantages en nature attribués aux associés ».

ANNEXES COMPTABLES

■ Annexes des modèles

Annexe 1. Modèle de plan comptable pour SCI de location
Annexe 2. Modèle de journal des recettes imposables
Annexe 3. Modèle de journal des autres recettes
Annexe 4. Modèle de journal des dépenses déductibles
Annexe 5. Modèle de journal des autres dépenses
Annexe 6. Modèle de rapprochement bancaire
Annexe 7. Modèle de TVA régime simplifié
Annexe 8. Modèle de TVA régime réel normal
Annexe 9. Modèle de centralisation des comptes de bilan
Annexe 10. Modèle de centralisation des comptes de gestion
Annexe 11. Modèle des écritures d'inventaire
Annexe 12. Modèle de bilan
Annexe 13. Modèle de compte de résultat

■ Annexes des exemples chiffrés

Annexe 14. Journal des recettes imposables
Annexe 15. Journal des autres recettes
Annexe 16. Journal des dépenses déductibles
Annexe 17. Journal des autres dépenses
Annexe 18. Rapprochement bancaire
Annexe 19. Centralisation des comptes de gestion
Annexe 20. Centralisation des comptes de bilan
Annexe 21. Ecritures d'inventaire
Annexe 22. Bilan
Annexe 23. Compte de résultat
Annexe 24. Déclaration fiscale n°2072

Annexe 1.
Le plan comptable

Comptes de bilan :	
classe 1	101300 Capital
	106000 Réserves
	110000 report à nouveau
	120000 bénéfice de l'exercice précédent
	129000 perte de l'exercice précédent
	164000 Emprunt auprès des établissements de crédit
	165000 Dépôts et cautionnement reçus
	168800 Intérêts courus sur emprunts
classe 2	201100 Frais de constitution
	211000 Terrains
	213100 Immeubles
	280110 Amortissements des frais de constitution
	281310 Amortissements des immeubles
classe 4	401000 Fournisseurs
	408000 Fournisseurs factures non parvenues
	410000 Clients
	418000 Locataires - Produits non encore facturés
	438600 Organismes sociaux - charges à payer
	445510 TVA à payer
	445620 TVA récupérable sur immobilisations
	445661 TVA déductible sur autres biens et services
	445710 TVA collectée à 19.6%
	445720 TVA collectée à 5.5%
	448600 État - charges à payer
	455100 Associé A - compte courant
	455200 Associé B - compte courant
	486000 Charges constatée d'avance
	487000 Produits constatés d'avance
	491000 Provisions pour dépréciation des comptes de locataires
classe 5	512100 Banque A
	512200 Banque B

Comptes de gestion :	
classe 6 (charges)	606110 Eau, électricité, gaz - charges non déductibles
	606800 Autres fournitures
	613200 Locations immobilières
	613500 Locations mobilières
	614100 Dépenses incombant aux locataires et acquittées par la société
	615210 Travaux de réparation, d'amélioration ou de démolition
	615220 Entretien
	615230 Reconstruction de toiture ou de murs extérieurs d'immeubles existants
	615240 Transformation en logement de tout ou partie d'un immeuble
	615250 Grosses réparations
	615260 Entretien non déductible
	616110 Assurance non déductible - multirisque
	616120 Primes d'assurance déductibles
	618100 Documentation générale
	622600 Honoraires
	623000 Publicité, publications, relations publiques
	624000 transports
	625000 Déplacements, missions et réceptions
	626000 Frais postaux et de télécommunication
	627000 Services bancaires
	631100 Taxe sur les salaires
	635120 Impositions déductibles
	635400 Droits d'enregistrement et de timbre
	641100 Frais de gérance des immeubles, de rémunération des gardes et concierges
	641200 Rémunérations et avantages en nature des associés
	645100 Charges sociales (gérance, gardes et concierges)
	645200 Charges sociales sur rémunérations des associés
	654000 Pertes sur créances irrécouvrables
	661100 intérêts des emprunts
	661500 Intérêts des comptes courants
	671000 Indemnités d'éviction, frais de relogement
	675000 Valeur comptable des éléments d'actif cédés
	681100 Dotations aux amortissements des immobilisations
classe 7 (produits)	**706000 Montant brut des fermages ou des loyers perçus**
	708300 Loyers autres que d'habitation
	740000 Recettes brutes diverses - Subventions ANAH
	760000 Produits financiers
	771000 Produits exceptionnels sur opérations de gestion
	775000 Produits des cessions des éléments d'actif
	791100 Remboursement des locataires
	791300 Remb. charges / loyers autres que d'habitation

Annexe 2. Journal des recettes imposables - Immeuble X

Exercice 200n

Date	Libellé de l'écriture		Total encaissé		TVA collectée	Déclaration n° 2072				
						Rubrique 1		Rubrique 2	Rubrique 3	Rubrique 4
	Libellé	Référ. pièce bancaire	Banque A Compte n° 512100	Banque B Compte n° 512200	compte n°445710	compte n°706000	compte n°791100	compte n°708300	compte n°791300	compte n°740000
05/01	M. BLANC facture n°	RC n°	1 000,00			700,00	300,00			
05/01	SARL mécanique fact. n°	Vt n°		1 794,00	294,00			1 050,00	450,00	
Total			1 000,00	1 794,00	294,00	700,00	300,00	1 050,00	450,00	0,00
Régularisations										
Total à centraliser			1 000,00	1 794,00	294,00	700,00	300,00	1 050,00	450,00	0,00
Contrôle			2 794,00		2 794,00					
			Débit		Crédit					

Annexe 3. Journal des autres recettes - Total SCI

Exercice 200n

Date	Libellé de l'écriture		Total encaissé		TVA collectée	Autres produits				Comptes de bilan				
	Libellé	Référ. pièce bancaire	Banque A compte n°512100	Banque B compte n°512200	compte n°445710	compte n°760000	compte n°771000	compte n°775000	compte n°791200	compte n°164000	compte n°165000	compte n°455100	compte n°455200	compte n°455300
Total			0,00	0	0,00	0,00	0,00	0,00	0,00	0,00	0,00	0,00	0,00	0,00
Régularisations														
Total à centraliser			0,00	0,00	0,00	0,00	0,00	0,00	0,00	0,00	0,00	0,00	0,00	0,00
Contrôle			0,00		0,00									
			Débit		Crédit									

Remarques. Av. : avoir - Fact. : facture - Vt : virement - Esp. : espèces - CB : carte bancaire - RC : remise de chèques

Annexe 4. Journal des dépenses déductibles - Immeuble X

Exercice 200n

Date	Libellé de l'écriture		Total payé		TVA déduct.	Déclaration n° 2072 Rubrique 6	Rubrique 7	Rubrique 11		Rubrique 12	Rubrique 13	Rubrique 14	Rubrique 15	Rubrique 16	Rubrique 17	Rubrique 19	Rubrique 22	Rubrique 25 (1)	
	Libellé	Référ. pièce bancaire	Banque A Compte n° 512100	Banque B Compte n° 512200	compte n° 445661	compte n° 614100	compte n° 671000	compte n° 641100	compte n° 645100	compte n° 616120	compte n° 615210	compte n° 615220	compte n° 615230	compte n° 615240	compte n° 615250	compte n° 635120	compte n° 661100	compte n° 641200	compte n° 645200
31/03	Assurance 04/2003-03/2004	CE n°	1 500,00							1 500,00									
Total																			
Régularisations																			
Total à centraliser			1 500,00	0,00	0,00	0,00	0,00	0,00	0,00	1 500,00	0,00	0,00	0,00	0,00	0,00	0,00	0,00	0,00	0,00
Contrôle			1 500,00		1 500,00														
			Crédit		Débit														

Remarques. Av. : avoir - Fact. : facture - Vt : virement - Esp. : espèces - CB : carte bancaire - RC : remise de chèques

(1) rémunénartions et avantages en nature attribués aux associés à déduire à concurrence d'un taux égal à 100 moins le taux pratiqué rubrique 9 de la déclaration 2072 (exemple 100% - 14% = 86%)

Annexe 5. Journal des autres dépenses - Total SCI

Exercice 200n

Date	Libellé de l'écriture		Total payé		TVA déduct.	Autres charges										Comptes de bilan			
	Libellé	Référ. pièce bancaire	Banque A compte n°512100	Banque B compte n°512200	compte n° 445661	compte n° 606100	compte n° 606800	compte n° 613500	compte n° 615260	compte n° 616110	compte n° 622600	compte n° 625000	compte n° 626000	compte n° 627000	compte n° 631100	compte n° 164000	compte n° 211000	compte n° 213100	compte n° 455100
Total																			
Régularisations																			
Total à centraliser			0,00	0,00	0,00	0,00	0,00	0,00	0,00	0,00	0,00	0,00	0,00	0,00	0,00	0,00	0,00	0,00	0,00
Contrôle			0,00		0,00														
			Crédit		Débit														

Remarques. Av. : avoir - Fact. : facture - Vt : virement - Esp. : espèces - CB : carte bancaire - RC : remise de chèques

Annexe 6. Rapprochement bancaire

Au 31 janvier 200n

Date	Libellé	Banque A	Banque B
31/01	Total du journal des recettes imposables - immeuble X		
31/01	Total du journal des recettes imposables - immeuble Y		
31/01	Total du journal des autres recettes		
31/01	Total du journal des dépenses déductibles - immeuble X		
31/01	Total du journal des dépenses déductibles - immeuble Y		
1/31	Total du journal des autres dépenses		
	Total : solde comptable au 31/01/200n	**0,00**	**0,00**
Ecritures passées en comptabilité mais pas en banque au 31/01			
A déduire :			
	Virements reçus		
	Remises de chèques		
	Remise d'espèces		
A ajouter :			
	Chèques émis		
	TIP payés (titres interbancaires de paiement)		
	Prélèvements		
	Virements émis		
	Paiements par carte bancaire		
	Retraits d'espèces		
Ecritures passées en banque mais pas en comptabilité au 31/01			
A déduire :			
	Chèques émis		
	TIP payés (titres interbancaires de paiement)		
	Prélèvements		
	Virements émis		
	Paiements par carte bancaire		
	Retraits d'espèces		
A ajouter :			
	Virements reçus		
	Remises de chèques		
	Remise d'espèces		
	Total : solde relevé bancaire au 31/01/200n	**0,00**	**0,00**

Annexe 7. TVA - Régime simplifié

Exercice 200n

Date	Libellé	TVA déductible			TVA collectée			Acomptes
		compte n° 445620 (a)	compte n° 445661 (b)	Total (c=a+b)	compte n° 445710 (d)	compte n° 445720 (e)	Total (f=d+e)	compte n° 445510 (h)
31/12	Total du journal des recettes imposables - immeuble X				7 680		7680	
31/12	Total du journal des recettes imposables - immeuble Y					520	520	
31/12	Total du journal des autres recettes				350		350	
31/12	Total du journal des dépenses déductibles - immeuble X		920	920				
31/12	Total du journal des dépenses déductibles - immeuble Y	5 030		5 030				
12/31	Total du journal des autres dépenses		550	550				2000
	Total : soldes comptables au 31/12/200n	**5 030**	**1 470**	**6 500**	**8 030**	**520**	**8550**	**2000**

Total de la TVA collectée (f)	8550
Total de la TVA déductible (c)	6500
Total TVA due (g=f-c)	2050
Total des acomptes versés (h)	2000
TVA restant due au 31/12/200n(g-h)	**50**

Annexe 8. TVA - Régime réel normal

Janvier 200n

Libellé	TVA déductible			TVA collectée		
	compte n° 445620 (a)	compte n° 445661 (b)	Total (c=a+b)	compte n° 445710 (d)	compte n° 445720 (e)	Total (f=d+e)
Total du journal des recettes imposables - immeuble X				655		655
					40	40
Total du journal des autres recettes				30		30
Total du journal des dépenses déductibles - immeuble X		75	75			
Total du journal des dépenses déductibles - immeuble Y			0			
Total du journal des autres dépenses		46	46			
Total : soldes comptables au 31/01/200n	**0**	**121**	**121**	**685**	**40**	**725**

Total de la TVA collectée en 01/200n (f)	725
Total de la TVA déductible en 01/200n (c)	121
Total TVA à payer en 01/200n (g=f-c)	604

Annexe 9. Centralisation des comptes de bilan (classes 1 à 5)

Exercice 200n

Numéros et intitulés des Comptes	Reprise des soldes du 31/12/n-1 (a)	Journaux de saisie exercice n — Recettes imposables immeuble X (b)	Recettes imposables immeuble Y (c)	Autres recettes total SCI (d)	Dépenses déductibles immeuble X (e)	Dépenses déductibles immeuble Y (f)	Autres dépenses total SCI (g)	Total des journaux (h=b+c+d+e+f+g)	Ecritures d'inventaire — annulation des écritures de n-1 (i)	écritures de 200n (j)	Solde fin de période (a+h+i+j)
Classe 1											
101300 Capital								0			0
106000 Réserves								0			0
120000 Bénéfice								0			0
129000 Perte								0			0
164000 Emprunts auprès des établissements de crédit								0			0
165000 Dépôts et cautionnements reçus								0			0
168800 Intérêts courus sur emprunts								0			0
Classe 2											
201100 Frais de constitution								0			0
21100 Terrains								0			0
213100 Immeubles								0			0
280110 Amortissements des frais de constitution								0			0
281310 Amortissements des immeubles								0			0
Classe 4											
408000 Fournisseurs - facures non parvenues								0		-180	-180
418000 Locatiares - produits non encore facturés								0		1 300	1 300
438600 Organismes sociaux - charges à payer								0		-1 300	-1 300
445510 TVA à payer								0			0
445620 TVA récupérable sur immobilisations								0			0
445661 TVA déductible sur autres biens et services								0			0
445710 TVa collectée								0			0
448600 Etat - charges à payer								0		-60	-60
455100 Associé A - compte courant								0			0
455200 Associé B - compte courant								0			0
486000 Charges constatées d'avance								0		341	341
487000¨Produits constatés d'avance								0		-450	-450
491000 Provisions pour dépréciation des comptes de locataires								0			0
Classe 5											
512100 Banque A								0			0
512200 Banque B								0			0
Total	0	0	0	0	0	0	0	0	0	-349	-349

Remarque :
Reporter les montant des débits en positif et les montants des crédits en négatif

Annexe 10. Centralisation des comptes de gestion (classes 6 et 7) - Page 1/2

Exercice 200n	Journaux de saisie							Ecritures d'inventaire		
Numéros et intitulés des Comptes	Recettes imposables immeuble X (a)	Recettes imposables immeuble Y (b)	Autres recettes total SCI (c)	Dépenses déductibles immeuble X (d)	Dépenses déductibles immeuble Y (e)	Autres dépenses total SCI (f)	Total des journaux (g=a+b+c+d+e+f)	annulation des écritures de n-1 (h)	écritures de 200n (i)	Solde fin de période (g+h+i)
Classe 6 : charges										
606110 eau, électricité, gaz - charges non déductibles							0		180	180
606800 Autres fournitures							0			0
613200 Locations immobilières							0			0
613500 Locations mobilières							0			0
614100 Dépenses incombant aux locat. et acquitt. par la société							0			0
615210 Travaux de réparation, d'amélioration ou de démolition							0			0
615220 Entretien							0			0
615230 Reconstr. de toiture ou murs extérieurs d'imm. existants							0			0
615240 Transformat. en logement de tout ou partie d'un immeuble							0			0
615250 Grosses réparations							0			0
615260 Entretien non déductible							0			0
616110 Assurance non déductible - multirisque							0		-296	-296
616120 Primes d'assurance déductibles							0			0
618100 Documentation générale							0			0
622600 Honoraires							0			0
623000 Publicité, publications, relations publiques							0		-45	-45
624000 transports							0			0
625000 Déplacements, missions et réception							0			0
626000 Frais postaux et de télécommunication							0			0
627000 Services bancaires							0			0
631100 Taxes sur les salaires							0			0
635120 Impositions déductibles							0		60	60
635400 Droits d'enregistrement et de timbres							0			0
641100 Frais de gérance des imm., de rémunér. des gardes et concièrges							0			0
641200 Rémunérations et avantages en nature des associés							0			0
645100 Charges sociales (gérance, gardes et concierges)							0		1 300	1 300
645200 Charges sociales sur rémunération des associés							0			0
654000 Pertes sur créances irrécouvrables							0			0
661100 Intérêts de emprunts							0			0
661500 Intérêts de comptes courants							0			0
671000 Indemnités d'éviction, frais de relogement							0			0
675000 Valeur comptable des éléments d'actif cédés							0			0
681100 Dotations aux amortissements des immobilisations							0			0
Total des charges	0	0	0	0	0	0	0	0	1 199	1 199

Annexe 10. Centralisation des comptes de gestion (classes 6 et 7) - Page 2/2

	Journaux de saisie							Ecritures d'inventaire		
Numéros et intitulés des Comptes	Recettes imposables immeuble X (a)	Recettes imposables immeuble Y (b)	Autres recettes total SCI (c)	Dépenses déductibles immeuble X (d)	Dépenses déductibles immeuble Y (e)	Autres dépenses total SCI (f)	Total des journaux (g=a+b+c+d+e+f)	annulation des écritures de n-1 (h)	écritures de 200n (i)	Solde fin de période (g+h+i)
Report total des charges										1 199
Classe 7 : produits										
706000 Montant brut des fermages ou des loyers perçus							0		1 000	1 000
708300 Loyers autres que d'habitation							0			0
740000 Recettes brutes diverses - Subventions ANAH							0			0
760000 Produits financiers							0			0
771000 Produits exceptionnels sur opérations de gestion							0			0
775000 Produits des cessions des éléments d'actif							0			0
791100 Remboursement des locataires							0			0
791300 Rembours.des charges/loyers autres que d'habitation							0		-150 (1)	0
Total des produits	0	0	0	0	0	0	0	0	850	1 000
Solde des comptes de gestion	Total des produits - total des charges									-199

(1) 300-450

Annexe 11. Ecritures d'inventaire

Exercice 200n

Libellés	Montants							
	comtes de bilan	Compte n°606100	Compte n°645100	Compte n°635120	Compte n°616110	Comte n°623000	Compte n°706000	Compte n°791100
Charges à payer (exemples)								
Compte n° 408000 Fournisseurs factures non parvenues	180							
EDF facture du 05/02/200n+1 de 270 € pour la période du .... au		180						
Compte n° 638600 Organismes sociaux -charges à payer	1 300							
Charges sociales du 4ème trimestre 200n à payer le 15/01/200n+1			1 300					
Compte n° 448600 Etat - charges à payer	60							
Taxe d'apprentissage calculée sur les salaires 200n à payer le 30/04/n+1				60				
Charges payées d'avance (exemples)								
Compte n° 486000 Charges constatées d'avance	341							
20/12/200n paiement d'un encart publicitaire à paraitre en 01/200n+1						45		
01/04/200n, 1200 € d'assurance payée période du 01/04/200n au 31/03/200n+1					296			
Produits à recevoir (exemples)								
Compte n° 418000 Locataires - produits non encore facturés	1 300							
Locataire X, loyer de 12/200n non payé							1 000	300
Produits perçus d'avance (exemples)								
Compte n° 487000 poduits constatés d'avance	450							
Le 25/12/200n, encaissement du loyer de 01/200n+1 du locataire Y								450

Annexe 12. Bilan

Exercice 200n

ACTIF	Exercice 200n			Exercice n-1	PASSIF	Exercice 200n	Exercice n-1
	Brut	Amortissements et provisions (à déduire)	Net (brut - amortissements et provisions)	Net			
Actif immobilisé					**Capitaux propres**		
Immobilisations incorporelles (1)					Capital (6)		
Immobilisations corporelles (2)					Réserves (7)		
Total I					Report à nouveau (8)		
Actif circulant							
Créances et comptes rattachés (3)					Résultat de l'exercice (9)		
Disponibilités (4)					**Total I**		
Total II					Provisions pour risques et charges (10)		
Charges constatées d'avance (5)					**Total II**		
Total III					**Dettes**		
					Emprunts et dettes assimilées (11)		
					Fournisseurs et compts rattachés (12)		
					Autres (13)		
					Produits constatés d'avance (14)		
					Total III		
Total général (I+II+III)					**Total général (I+II+III)**		

(1) compte 201100
(2) comptes 211000 et 213000 pour la colonne "brut", comptes 280110 et 281310 pour la colonne "Amortissements et provisions"
(3) comptes 410000, 418000, 445620 et 445661 dans la colonne "brut", compte 491000 dans la colonne "amortissements et provisions"
(4) comptes 512100 et 512200
(5) compte 486000
(6) compte 101300
(7) compte 106000
(8) compte 110000, montant en négatif lorsqu'il s'agit d'une perte (affectation du bénéfice ou de la perte des exercices précédents)
(9) Solde des comptes de bilan de la centralisation, montant en négatif s'il s'agit d'une perte
(10) rubrique renseignée mais pas utilisée
(11) comptes 164000 et 165000
(12) comptes 401000 et 408000
(13) comptes 438600, 445510, 445710, 448600, 455100 et 455200
(14) compte 487000

Annexe 13. Compte de résultat

Exercice 200n

CHARGES (hos taxes)	Exercice 200n	Exercice n-1	PRODUITS (hors taxes)	Exercice 200n	Exercice n-1
Charges d'exploitation					
Achats (1)			**Produits d'exploitation**		
Autres charges externes (2)			Ventes (10)		
Impôts et taxes (3)			Prestations de service (loyers) (11)		
Rémunérations (4)			Subventions d'exploitation (12)		
Charges sociales (5)			Autres produits (13)		
Dotations aux amortissements (6)			**Produits financiers (14)**		
autres charges (7)					
Charges financières (8)					
Total I	**0**	**0**	**Total I**	**0**	**0**
Charges exceptionnelles (9)			**Produits exceptionnels (15)**		
Total II	**0**	**0**	**Total II**	**0**	**0**
Total des charges (I+II)	**0**	**0**	**Total des produits (I+II)**	**0**	**0**
Solde créditeur (bénéfice)			**Solde débiteur (perte)**		
Total général	**0**	**0**	**Total général**	**0**	**0**

(1) comptes commençant par 60 et compte 614100
(2) comptes commençant par 61 et 62, sauf compte 614100
(3) comptes commençant par 63
(4) comptes commençant par 641
(5) comptes commençant par 645
(6) compte 681100
(7) compte 654000
(8) comptes commençant par 66

(9) comptes commençant par 67
(10) rubrique renseignée mais pas utilisée
(11) comptes 706000 et 708300
(12) compte 740000
(13) comptes 791100 et 791300
(14) compte 760000
(15) comptes 771000 et 775000

Annexe 14. Journal des recettes imposables - Immeuble X

Exercice 2021

Date	Libellé de l'écriture		Total encaissé	Déclaration n° 2072				
				Rubrique 1		Rubrique 2	Rubrique 3	Rubrique 4
	Libellé	Référ. pièce bancaire	Banque A Compte n°512100	compte n°706000	compte n°791100	compte n°708300	compte n°791300	compte n°740000
02/01	Loyers fact. FORT, PONT, ANDRE et SING	RC 110580	4 000	2 800	1 200			
02/02	Loyers fact. FORT, PONT, ANDRE et SING	RC 110582	4 000	2 800	1 200			
02/03	Loyers fact. FORT, PONT, ANDRE et SING	RC 110583	4 000	2 800	1 200			
02/04	Loyers fact. FORT, PONT, ANDRE et SING	RC 110584	4 000	2 800	1 200			
02/05	Loyers fact. FORT, PONT, ANDRE et SING	RC 110585	4 308	2 800	1 508			
02/06	Loyers fact. FORT, PONT, ANDRE et SING	RC 110586	4 000	2 800	1 200			
02/07	Loyers fact. FORT, PONT, ANDRE et SING	RC 110587	4 000	2 800	1 200			
02/08	Loyers fact. FORT, PONT, ANDRE et SING	RC 110588	4 000	2 800	1 200			
02/09	Loyers fact. FORT, PONT, ANDRE et SING	RC 110589	4 000	2 800	1 200			
02/10	Loyers fact. FORT, PONT, ANDRE et SING	RC 110590	4 090	2 800	1 290			
02/11	Loyers fact. FORT, PONT, ANDRE et SING	RC 110591	4 000	2 800	1 200			
02/12	Loyers fact. FORT, PONT, ANDRE et SING	RC 110592	4 000	2 800	1 200			
Total à déclarer et centraliser			**48 398**	**33 600**	**14 798**	**0**	**0**	**0**
Contrôle			**48 398**	**48 398**				
			Débit	Crédit				

Remarques. Av. : avoir - Fact. : facture - Vt : virement - Esp. : espèces - CB : carte bancaire - RC : remise de chèques

Annexe 15. Journal des autres recettes

Exercice 2021

Date	Libellé de l'écriture		Total encaissé	Autres produits				Comptes de bilan		
	Libellé	Référ. pièce bancaire	Banque A Compte n°512100	compte n°760000	compte n°771000	compte n°775000	compte n°791200	compte n°164000	M. DURAND compte n°455100	MME DURAND compte n°455300
2/1	Emprunt 01/2018-12/2027	453 176	70 000					70 000		
10/1	Chèque de Mme DURAND	RC 110581	6 000							6 000
25/12	Chèque de M. DURAND	RC 110593	3 000						3 000	
Total à centraliser			**79 000**	**0**	**0**	**0**	**0**	**70 000**	**3 000**	**6 000**
Contrôle			**79 000**	**79 000**						
			Débit	Crédit						

Remarques. Av. : avoir - Fact. : facture - Vt : virement - Esp. : espèces - CB : carte bancaire - RC : remise de chèques

Annexe 16. Journal des dépenses déductibles - Immeuble X - Page 1/2

Exercice 2021

				Déclaration n° 2072													
Date	Libellé de l'écriture		Total payé	Rubrique 6	Rubrique 7	Rubrique 11		Rubrique 12	Rubrique 13	Rubrique 14	Rubrique 15	Rubrique 16	Rubrique 17	Rubrique 19	Rubrique 22	Rubrique 25 (1)	
	Libellé	Référ. pièce bancaire	Banque A Compte n° 512100	compte n° 614100	compte n° 671000	compte n° 641100	compte n° 645100	compte n° 616120	compte n° 615210	compte n° 615220	compte n° 615230	compte n° 615240	compte n° 615250	compte n° 635120	compte n° 661100	compte n° 641200	compte n° 645200
5/1	Intérêts/emprunt 1er tr. 2021	Prél.	400												400		
6/1	Ass.risque perte loyers 2021	CE 5556	300					300									
15/1	URSSAF 4e trimestre 2020	CE 5557	1596			420	882									93	201
15/1	ASSEDIC 4e trimeste 2020	CE 5559	186			60	126									0	0
15/1	RETRAITE 4e trimeste 2020	CE 5560	468			120	252									27	69
20/1	PLASTIC-POUB fact. n° 714	CE 5561	120	120													
20/1	EDF acompte/consommation	prél.	16	16													
31/1	M. GARDE salaire 01/2021	CE 5562	800			800											
31/1	M. FOURNIER salaire 01/2021	CE 5563	185													185	
9/2	Supermarché:produits entret.	CE 5564	25	25													
20/2	EDF acompte/consommation	prél.	16	16													
28/2	M. GARDE salaire 02/2021	CE 5565	800			800											
28/2	M. FOURNIER salaire 02/2021	CE 5567	185													185	
20/3	EDF acompte/consommation	prél.	16	16													
31/3	M. GARDE salaire 03/2021	CE 5568	800			800											
31/3	M. FOURNIER salaire 03/2021	CE 5569	185													185	
5/4	Intérêts/emprunt 2e tr. 2021	Prél.	390												390		
6/4	EAU facture 10/2017-03/2021	TIP	700	700													
15/4	URSSAF 1er trimestre 2020	CE 5570	1596			420	882									93	201
15/4	ASSEDIC 1er trimeste 2021	CE 5571	186			60	126									0	0
15/4	RETRAITE 1er trimeste 2021	CE 5573	468			120	252									27	69
20/4	EDF acompte/consommation	prél.	20	20													
30/4	M. GARDE salaire 04/2021	CE 5574	800			800											
30/4	M. FOURNIER salaire 04/2021	CE 5575	185													185	
20/5	EDF solde.04/2010-03/2021	prél.	20	20													
27/5	Supermarché:produits entret.	CE 5576	18	18													
31/5	M. GARDE salaire 05/2021	CE 5577	800			800											
31/5	M. FOURNIER salaire 05/2021	CE 5578	185													185	
20/6	EDF acompte/consommation	prél.	18	18													
30/6	M. GARDE salaire 06/2021	CE 5579	800			800											
30/6	M. FOURNIER salaire 06/2021	CE 5580	185													185	
5/7	Intérêts/emprunt 3e tr. 2021	Prél.	380												380		
15/7	URSSAF 2e trimestre 2021	CE 5581	1596			420	882									93	201
15/7	ASSEDIC 2e trimestre 2021	CE 5582	186			60	126									0	0
15/7	RETRAITE 2e trimestre 2021	CE 5583	468			120	252									27	69
Total à reporter			15099	969	0	6600	3780	300	0	0	0	0	0	0	1170	1470	810
Contrôle			15099	15099													

Annexe 16. Journal des dépenses déductibles - Immeuble X - Page 2/2

Exercice 2021

				Déclaration n° 2072													
Date	Libellé de l'écriture		Total payé	Rubrique 6	Rubrique 7	Rubrique 11		Rubrique 12	Rubrique 13	Rubrique 14	Rubrique 15	Rubrique 16	Rubrique 17	Rubrique 19	Rubrique 22	Rubrique 25 (1)	
	Libellé	Référ. pièce bancaire	Banque A Compte n° 512100	compte n° 614100	compte n° 671000	compte n° 641100	compte n° 645100	compte n° 616120	compte n° 615210	compte n° 615220	compte n° 615230	compte n° 615240	compte n° 615250	compte n° 635120	compte n° 661100	compte n° 641200	compte n° 645200
	Report total page 1		15099	969	0	6600	3780	300	0	0	0	0	0	0	1170	1470	810
20/7	EDF acompte/consommation	prél.	18	18													
31/7	M. GARDE salaire 07/2021	VR 5584	800			800											
31/7	Mme PORTE salaire 07/2021	CE 5585	180			180											
20/8	EDF acompte/consommation	prél.	18	18													
31/8	M. GARDE salaire 08/2021	CE 5586	800			800											
31/8	Mme PORTE salaire 08/2021	CE 5587	180			180											
15/9	Supermarché:produits entret.	CE 5588	30	30													
20/9	EDF acompte/consommation	prél.	18	18													
30/9	M. GARDE salaire 09/2021	CE 5589	800			800											
30/9	Mme PORTE salaire 09/2021	CE 5590	180			180											
5/10	Intérêts/emprunt 4e tr. 2021	Prél.	370												370		
8/10	Eau facture 04-09/2021	TIP	850	850													
15/10	URSSAF 3e trimestre 2021	CE 5591	1596			513	1083										
15/10	ASSEDIC 3e trimestre 2021	CE 5592	228			75	153										
15/10	RETRAITE 3e trimestre 2021	CE 5593	468			147	321										
15/10	Taxe foncière	TIP	2000											2000			
20/10	EDF acompte/consommation	prél.	18	18													
31/10	M. GARDE salaire 10/2021	CE 5594	800			800											
31/10	Mme PORTE salaire 10/2021	CE 5595	180			180											
19/11	Supermarché:produits entret.	CE 5596	27	27													
20/11	EDF acompte/consommation	prél.	18	18													
30/11	M. GARDE salaire 11/2021	CE 5597	800			800											
30/11	Mme PORTE salaire 11/2021	CE 5598	180			180											
20/12	EDF acompte/consommation	prél.	18	18													
31/12	M. GARDE salaire 12/2021	CE 5599	800			800											
31/12	Mme PORTE salaire 12/2021	CE 5600	180			180											
Total			26 656	1984	0	13215	5337	300	0	0	0	0	0	2000	1540	1470	810
Ch. locatives concierge = avantages en nature				-308		308											
Charges locatives non déductibles			-287	-287													
Total à déclarer et centraliser			26 369	1 389	0	13 523	5 337	300	0	0	0	0	0	2 000	1 540	1 470	810
Contrôle			26 369	26 369													
			Crédit	Débit													

Remarques. Av. : avoir - Fact. : facture - Vt : virement - Esp. : espèces - CB : carte bancaire - RC : remise de chèques

(1) rémunénartions et avantages en nature attribués aux associés à déduire à concurrence d'un taux égal à 100 moins le taux pratiqué rubrique 9 de la déclaration 2072 (exemple 100%-14%=86%)

Annexe 17. Journal des autres dépenses - Total SCI

Exercice 2021

Date	Libellé de l'écriture		Total payé	Autres charges						Comptes de bilan		
	Libellé	Référ. et n° pièce bancaire	Banque A compte n°512100	compte n°606100	compte n°615260	compte n°616110	compte n°622600	compte n°625000	compte n°635400	compte n°164000	compte n°213100	compte n°455300
2/1	SCI BLEUE : achat appartements RDC	Vt	170 000								170 000	
2/1	Maître LONG fact. n° 025852	CE 5555	26 333				17 000		9 333			
5/1	Emprunt échéance 1er trimestre 2021	prél.	1100							1 100		
20/1	M. JOINT fact. n° 030121	CE 5558	1 800		1 800							
1/4	Ass. mulirisque 04/2017-03/2021	CE 5566	700			700						
5/4	Emrpunt échéance 2e trimestre 2021	prél.	1 110							1 110		
5/5	M. FOURNIER remboursmeent frais	CE 5572	30					30				
30/6	Mme DURAND retrait	CB	1 000									1 000
5/7	Emrpunt échéance 3e trimestre 2021	prél.	1 120							1 120		
5/10	Emrpunt échéance 4e trimestre 2021	prél.	1 130							1 130		
Total			204 323	0	1 800	700	17 000	30	9 333	4 460	170 000	1 000
Régularisation : charges locatives non déductibles			287	287								
Total à centraliser			204 610	287	1 800	700	17 000	30	9 333	4 460	170000	1 000
Contrôle			204 610	204 610								
			Crédit	Débit								

Remarques. Av. : avoir - Fact. : facture - Vt : virement - Esp. : espèces - CB : carte bancaire - RC : remise de chèques

Annexe 18. Rapprochement bancaire

Au 31 décembre 2021

Date	Libellé	Banque A
1/1	Solde initial	130 245
31/12	Total du journal des recettes imposables - immeuble X	48 398
31/12	Total du journal des autres recettes - total SCI	79 000
31/12	Total du journal des dépenses déductibles - immeuble X	-26 369
31/12	Total du journal des autres dépenses - total SCI	-204 610
	Total : solde comptable au 31/12/2021	**26 664**
Ecritures passées en comptabilité mais pas en banque au 31/12/21		
A déduire :		
25/12	Remise de chèques n° 110593	-3 000
A ajouter :		
31/12	Chèques émis n° 5595 à M. GARDE	800
31/12	Chèques émis n° 5596 à Mme PORTE	180
	Total = solde relevé bancaire au 31/12/2021	**24 644**

Annexe 19. Centralisation des comptes de gestion (classes 6 et 7)

Exercice 2021	Journaux de saisie					Ecritures d'inventaire		
Numéros et intitulés des Comptes	Dépenses déductibles immeuble X (a)	Autres dépenses total SCI (b)	Recettes imposables immeuble X (c)	Autres recettes total SCI (d)	Total des journaux (e=a+b+c+d)	annulation des écritures de 2020 (f)	écritures de 2021 (g)	Solde au 31/12/2021 (e+f+g)
Classe 6 : charges								
606110 eau, électricité, gaz - charges non déductibles		287			287			287
614100 Dépenses incombant aux locat. et acquitt. par la société	1 389				1 389	-500	425	1 314
615260 Entretien non déductible		1 800			1 800			1 800
616110 Assurance non déductible - multirisque		700			700	150	-175	675
616120 Primes d'assurance déductibles	300				300			300
622600 Honoraires		17 000			17 000			17 000
625000 Déplacements, missions et réceptions		30			30			30
635120 Impositions déductibles	2 000				2 000			2 000
635400 Droits d'enregistrement et de timbre		9 333			9 333			9 333
641100 Frais gérance des imm., rémunérat. gardes et concierges	13 523				13 523	-600	735	13 658
641200 Rémunérations et avantages en nature des associés	1 470				1 470	-120		1 350
645100 charges sociales (gérance, gardes et concierges)	5 337				5 337	-1260	1 557	5 634
645200 Charges sociales sur les rémunérations des associés	810				810	-270		540
661100 Intérêts des emprunts	1 540				1 540			1 540
Total des charges	26 369	29 150	0	0	55 519	-2600	2 542	55 461
Classe 7 : produits								
706000 Montant brut des fermages ou des loyers perçus			33 600		33600			33 600
791100 Remboursement des locataires			14 798		14798			14 798
Total des produits	0	0	48 398	0	48398	0	0	48 398
Solde des comptes de gestion	Total des produits - total des charges							-7063

Annexe 20. Centralisation des comptes de bilan (classes 1 à 5)

Exercice 2021

Numéros et intitulés des Comptes	Reprise des soldes du 31/12/2020 (a)	Journaux de saisie exercice 2021					Ecritures d'inventaire		Solde au 31/12/2021 (a + f + g + h)
		Recettes imposables immeuble X (b)	Autres recettes total SCI (c)	Dépenses déductibles immeuble X (d)	Autres dépenses total SCI (e)	Total des journaux (f = b + c + d + e)	annulation écritures de 2020 (g)	écritures de 2021 (h)	
Classe 1									
101300 Capital	-470 000					0			-470 000
110000 report à nouveau	-7 321								-7 321
120000 Bénéfice exercice précédent	-8 124					0			-8 124
164000 Emprunts auprès des établissements de crédit			-70 000		4 460	-65 540			-65 540
165000 Dépôts et cautionnements reçus	-4 200					0			-4 200
Classe 2									
213100 Immeubles	370 000				170 000	170 000			540 000
Classe 4									
408000 fournisseurs factures non parvenues	-500						500	-425	-425
438600 Organismes sociaux - charges à payer	-2 250					0	2 250	-2292	-2 292
455100 M. DURAND - compte courant	-3 000		-3 000			-3 000			-6 000
455200 M. FOURNIER - compte courant	-5 000					0			-5 000
455300 Mme DURAND - compte courant			-6000		1000	-5 000			-5 000
486000 Charges constatées d'avance	150					0	-150	175	175
Classe 5									
512100 Banque A	130 245	48 398	79 000	-26 369	-204 610	-103 581			26 664
Total	0	48 398	0	-26 369	-29 150	-7 121	2 600	-2 542	-7 063

Remarque : reporter les montants des débits en positif et les montants des crédits en négatif.

Annexe 21. Ecritures d'inventaire

Exercice 2021

Libellés	Montants				
	Comtes de bilan	Compte n°641100	Compte n°645100	Compte n°614100	Compte n°616110
Charges à payer					
Compte n° 638600 Organismes sociaux - charges à payer	**2 292**				
Charges sociales du 4ème trimestre 2021 à payer le 15/01/2022		735	1 557		
Compte n° 408000 fournisseurs factures non parvenues Eau, consommation du 4ème trimestre 2021 à payer en 2022 (estimation)	**425**				425
Charges payées d'avance					
Compte n° 486000 Charges constatées d'avance	**175**				
01/04/21, 700 € d'assurance payée pour période du 01/04/21 au 31/03/22					175

Annexe 22. Bilan

Exercice 2021

ACTIF	Exercice 2021 Brut	Exercice 2021 Amortissements et provisions (à déduire)	Exercice 2021 Net (brut - amortissements et provisions)	Exercice 2020 Net
Actif immobilisé				
Immobilisations incorporelles (1)				
Immobilisations corporelles (2)	540 000		540 000	
Total I	**540 000**	**0**	**540 000**	**370 000**
Actif circulant				
Créances et comptes rattachés (3)				
Disponibilités (4)	26 664		26 664	
Total II	**26 664**	**0**	**26 664**	**130 245**
Charges constatées d'avance (5)	175		175	
Total III	**175**	**0**	**175**	**150**
Total général (I+II+III)	**566 839**	**0**	**566 839**	**500 395**

PASSIF	Exercice 2021	Exercice 2020
Capitaux propres		
Capital (6)	470 000	
Réserves (7)		
Report à nouveau (8)	15 445	
Résultat de l'exercice (9)	-7 063	
Total I	**478 382**	**485 445**
Provisions pour risques et charges (10)		
Total II	**0**	**0**
Dettes		
Emprunts et dettes assimilées (11)	69 740	
Fournisseurs et compts rattachés (12)	425	
Autres (13)	18 292	
Produits constatés d'avance (14)		
Total III	**88 457**	**14 950**
Total général (I+II+III)	**566 839**	**500 395**

(1) compte 201100
(2) comptes 211000 et 213000 pour la colonne "brut", comptes 280110 et 281310 pour la colonne "Amortissements et provisions"
(3) comptes 410000, 418000, 445620 et 445661 dans la colonne "brut", compte 491000 dans la colonne "amortissements et provisions"
(4) comptes 512100 et 512200
(5) compte 486000
(6) compte 101300
(7) compte 106000
(8) compte 110000, montant en négatif lorsqu'il s'agit d'une perte (affectation du bénéfice ou de la perte des exercices précédents)
(9) Solde des comptes de bilan de la centralisation, montant en négatif s'il s'agit d'une perte
(10) rubrique renseignée mais pas utilisée
(11) comptes 164000 et 165000
(12) comptes 401000 et 408000
(13) comptes 438600, 445510, 445710, 448600, 455100 et 455200
(14) compte 487000

Annexe 23. Compte de résultat

Exercice 2021

CHARGES (hors taxes)	Exercice 2021	Exercice 2020	PRODUITS (hors taxes)	Exercice 2021	Exercice 2020
Charges d'exploitation					
Achats (1)	1 601				
Autres charges externes (2)	19805		**Produits d'exploitation**		
Impôts et taxes (3)	11333		Ventes (10)	0	
Rémunérations (4)	15008		Prestations de service (loyers) (11)	33600	
Charges sociales (5)	6174		Subventions d'exploitation (12)	0	
Dotations aux amortissements (6)	0		Autres produits (13)	14798	
autres charges (7)	0		**Produits financiers (14)**	0	
Charges financières (8)	1540				
Total I	***55 461***	***39 290***	***Total I***	***48398***	***47414***
Charges exceptionnelles (9)	0		**Produits exceptionnels (15)**	0	
Total II	***0***	***0***	***Total II***	***0***	***0***
Total des charges (I+II)	***55 461***	***39 290***	***Total des produits (I+II)***	***48 398***	***47 414***
Solde créditeur (bénéfice)		**8 124**	**Solde débiteur (perte)**	**7 063**	
Total général	**55 461**	**47 414**	**Total général**	**55 461**	**47 414**

(1) comptes commençant par 60 et compte 614100
(2) comptes commençant par 61 et 62, sauf compte 614100
(3) comptes commençant par 63
(4) comptes commençant par 641
(5) comptes commençant par 645
(6) compte 681100
(7) compte 654000
(8) comptes commençant par 66

(9) comptes commençant par 67
(10) rubrique renseignée mais pas utilisée
(11) comptes 706000 et 708300
(12) compte 740000
(13) comptes 791100 et 791300
(14) compte 760000
(15) comptes 771000 et 775000

Annexe 24. Déclaration fiscale n°2072

A l'heure où nous imprimons cet ouvrage
le formulaire 2019 n'est pas disponible
auprès de l'Administration fiscale.

RÉPUBLIQUE FRANÇAISE
Liberté
Égalité
Fraternité

N° 2072-S-SD

DÉCLARATION RELATIVE AUX REVENUS PERÇUS AU TITRE DE L'ANNÉE

2020

cerfa

10338*24

Formulaire obligatoire

ARTICLE 46 C DE L'ANNEXE III AU CODE GÉNÉRAL DES IMPÔTS

DÉCLARATION DES SOCIÉTÉS IMMOBILIÈRES NON SOUMISES A L'IMPÔT SUR LES SOCIÉTÉS

horaires d'ouverture sur impots.gouv.fr, rubrique « Nous contacter »

Adresse du service où il convient de renvoyer un exemplaire préidentifié de la présente déclaration

Identification du destinataire

Adresse du déclarant si elle est différente du destinataire

SIE	N° de dossier	Clé	Régime	Code, service

N° SIREN

LE DÉPÔT DE VOTRE DÉCLARATION DOIT OBLIGATOIREMENT ÊTRE EFFECTUÉ PAR VOIE DÉMATÉRIALISÉE.

Vous pouvez saisir votre déclaration en ligne à partir de « VOTRE ESPACE PROFESSIONNEL » sur le site impots.gouv.fr.

Pour pouvoir déclarer en ligne, vous devez créer votre espace abonné. Pour vous aider dans vos démarches, vous pouvez vous reporter à la notice n°2072-S-NOT-SD rubrique « Télédéclaration de votre N°2072-S ».

La date limite légale de dépôt de cette déclaration est fixée au 2ème jour ouvré qui suit le 1er mai soit le 4 mai 2021, mais vous disposez d'un délai supplémentaire de 15 jours lorsque vous télédéclarez vos résultats.

Nombre d'annexes :
2072-S-A1 : ☐ 2072-S-A2 : ☐

I - RÉSULTAT NET À RÉPARTIR ENTRE LES ASSOCIÉS

R1	**Revenus bruts** (total des lignes 5+23-24+26 de l'ensemble des immeubles des cadres "VII - Détermination des revenus selon la règle des revenus fonciers" – 2072-S-A1-SD)		R2	**Paiement sur travaux** (total des lignes 9 de l'ensemble des immeubles des cadres "VII - Détermination des revenus selon la règle des revenus fonciers" – 2072-S-A1-SD)	
R3	**Frais et charges autres qu'intérêts d'emprunts** (total des lignes 18 de l'ensemble des immeubles des cadres "VII - Détermination des revenus selon la règle des revenus fonciers" – 2072-S-A1-SD)		R4	**Intérêts d'emprunts** (total des lignes 21 de l'ensemble des immeubles des cadres "VII - Détermination des revenus selon la règle des revenus fonciers" – 2072-S-A1-SD)	
R5	**Revenu net (+) ou déficit net (-)** (total des lignes 27 de l'ensemble des immeubles des cadres "VII - Détermination des revenus selon la règle des revenus fonciers" – 2072-S-A1-SD)				

Date et signature :	Téléphone :	Courrier électronique :

II – Renseignements généraux relatifs à la société immobilière non soumise à l'impôt sur les sociétés

Dénomination de la société			
Adresse de la société			
Adresse du siège social à la date d'ouverture de l'exercice clos en 2020			
Adresse du siège social en cas de changement au cours de l'exercice clos en 2020			
Date de clôture de l'exercice comptable			
Nom du gérant			
Adresse du gérant			
N° de téléphone du gérant			
Nom du comptable			
Adresse du comptable			
N° de téléphone du comptable			
Nom du conseil			
Adresse du conseil			
N° de téléphone du conseil			
Nom de l'administrateur de biens			
Adresse de l'administrateur de biens			
N° de téléphone de l'administrateur de biens			
Nombre d'associés			
Nombre total de parts dans la société à la date d'ouverture de l'exercice clos en 2020			
Montant nominal des parts à la date d'ouverture de l'exercice clos en 2020			
Montant nominal des parts à la date de clôture de l'exercice clos en 2020			
Augmentation du nombre de parts au cours de l'exercice clos en 2020	OUI : ☐	NON : ☐	Nombre de parts en plus :
Diminution du nombre de parts au cours de l'exercice clos en 2020	OUI : ☐	NON : ☐	Nombre de parts en moins :
Nombre total de parts dans la société à la date de clôture de l'exercice clos en 2020			
Montant nominal des parts à la date de clôture de l'exercice clos en 2020			

III – Renseignements relatifs aux produits ou charges réalisés par la société immobilière au titre de l'année 2020 autres que les revenus des immeubles

R6	Montant global des **produits financiers** réalisés par la société immobilière en €	
R7	Montant global des **produits exceptionnels** (plus-values de cession)(1) réalisés par la société immobilière en €	
R8	Montant global des **charges exceptionnelles** (moins-values de cession)(2) réalisées par la société immobilière en €	

1 Les plus-values de cession sont les plus-values réalisées par la société immobilière lors de la vente de biens mobiliers (*exemple:* titres de participation) ou immobiliers qu'elle détient.

IV– Liste des immeubles détenus par la société immobilière au titre de l'année 2020

	Adresse des immeubles détenus au titre de l'année 2020	Nombre de locaux	Déduction spécifique*	Nature de l'immeuble*		En cas d'acquisition de l'immeuble au titre de l'année 2020, cocher la case
				A*	B*	
IV-1						☐
IV-2						☐
IV-3						☐
IV-4						☐
IV-5						☐
IV-6						☐

* Les codifications sont mentionnées sur la notice disponible en ligne sur le portail «*impots.gouv.fr*».

V – Identification des tiers autres que des associés bénéficiant gratuitement de la jouissance de tout ou partie d'un immeuble détenu par la société au titre de l'année 2020

	Identité du tiers bénéficiaire	N° SIREN	Adresse si elle est différente de celle de l'immeuble dont il détient gratuitement la jouissance	Immeubles attribués en jouissance - Immeuble n°
V-1				IV....
V-2				IV....
V-3				IV....
V-4				IV....
V-5				IV....
V-6				IV....

[2] Les moins-values de cession sont les moins-values réalisées par la société immobilière lors de la vente de biens mobiliers (*exemple:* titres de participation) ou immobiliers qu'elle détient.

3/4

VI – CESSION DE PARTS DE LA SOCIÉTÉ IMMOBILIÈRE AU TITRE DE L'ANNÉE 2020

		CESSION 1 C1	CESSION 2 C2	CESSION 3 C3	CESSION 4 C4	CESSION 5 C5	CESSION 6 C6
1	Associé ou usufruitier cédant	A....	A......	A....	A....	A....	A....
2	Le cédant est une holding	☐	☐	☐	☐	☐	☐
3	Associé ou usufruitier cessionnaire	A....	A....	A....	A....	A....	A....
4	Le cessionnaire est une holding	☐	☐	☐	☐	☐	☐
5	Dates de la cession de parts de la société immobilière						
6	Nombre de parts cédées au titre de l'année 2020						
7	Cédant bénéficiant de la jouissance gratuite de tout ou partie d'un immeuble détenu par la société immobilière	☐	☐	☐	☐	☐	☐
8	Cessionnaire bénéficiant de la jouissance gratuite de tout ou partie d'un immeuble détenu par la société immobilière	☐	☐	☐	☐	☐	☐

XI :ANNEXE LIBRE :

....
....
....
....
....
....
....
....
....
....
....
....
....
....
....
....
....
....
....
....
....
....
....
....
....
....
....
....
....

4/4

VII – DÉTERMINATION DES REVENUS DE LA SOCIÉTÉ IMMOBILIÈRE SELON LA RÈGLE DES REVENUS FONCIERS

RECETTES		Immeubles					
		Montant en €					
		IV ...	IV ...	IV ...	IV ...	IV ...	IV ...
1	Montant brut des fermages ou des loyers encaissés						
2	Dépenses par nature déductibles incombant normalement à la société immobilière et mises par convention à la charge des locataires						
3	Recettes brutes diverses. Subventions ANAH, indemnités d'assurance						
4	Recettes qu'aurait pu produire la location des propriétés qui ne sont pas affectées à l'habitation dont la société se réserve la jouissance ou qu'elle met gratuitement à la disposition des associés ou des tiers						
5	**TOTAL DES RECETTES** (lignes 1 + 2 +3 +4)						
	DÉDUCTIONS, FRAIS ET CHARGES						
6	Frais d'administration et de gestion						
7	Autres frais de gestion non déductibles pour leur montant réel (montant forfaitaire fixé à 20 € par local)						
8	Primes d'assurance						
9	Dépenses de réparation, d'entretien et d'amélioration						
11	Charges récupérables non récupérées au départ du locataire						
12	Indemnités d'éviction, frais de relogement						
13	Impositions (y compris la CRL payée au titre de l'année considérée)						
14	Provisions pour charges de copropriété payées au titre de l'année considérée						
15	Réintégration de 50 % du montant des travaux déductibles compris dans les provisions payées en 2019						
16	Régularisation des provisions pour charges de copropriété déduites au titre de l'année antérieure par les copropriétaires bailleurs						
17	Montant de la déduction spécifique						
18	**TOTAL DES DÉDUCTIONS, FRAIS ET CHARGES** (lignes 6+7+8+9+11+12+13+14-15-16+17)						
21	Intérêts des emprunts contractés pour l'acquisition, la reconstruction, l'agrandissement, la réparation, l'amélioration ou la conservation des immeubles						
22	**REVENU (+) OU DÉFICIT (-) DE L'IMMEUBLE** (lignes 5-18-21)						
23	Réintégration du supplément de déduction						
24	Rémunérations et avantages en nature attribués aux associés						
25	**REVENU NET (+) OU DÉFICIT (-)** (lignes 22+23-24)						
26	Revenus ou déficits relatifs aux parts détenues dans d'autres sociétés immobilières non passibles de l'impôt sur les sociétés						
27	**REVENU NET (+) OU DÉFICIT (-) À RÉPARTIR ENTRE LES ASSOCIÉS** Total de l'ensemble des colonnes de la (lignes 25 + 26)						

VIII – CESSIONS RÉALISÉES PAR LA SOCIÉTÉ IMMOBILIÈRE AU TITRE DE L'ANNÉE 2020

	Date de la cession réalisée par la société immobilière	Montant de la cession réalisée (cession de parts ou de cession d'immeubles) en €	Méthode de calcul des parts cédées par la société immobilière
1			
2			
3			
4			
5			

REVENUS PERÇUS AU TITRE DE L'ANNÉE 2020 — ANNEXE 2 — 2072-S-A2-SD

IX – LISTE DES ASSOCIÉES ET USUFRUITIERS ET RÉPARTITION DU RÉSULTAT

A – ASSOCIÉS ET USUFRUITIERS RELEVANT DU RÉGIME DES REVENUS FONCIERS

		Associé n°A...	Associé n°A...	Associé n°A...	Associé n°A...
1	Nom				
2	Nom marital				
3	Numéro fiscal				
4	N° de SIREN				
5	Prénom				
6	Date de naissance				
7	Lieu de naissance				
8	Adresse à l'ouverture de l'exercice clos en 2020				
9	Adresse à la clôture de l'exercice clos en 2020 en cas de changement d'adresse au cours de l'année				
10	Date d'entrée dans la société immobilière				
11	Date de sortie de la société immobilière				
12	Nombre de parts détenues en pleine propriété dans la société immobilière au titre de l'exercice clos en 2020				
13	Montant nominal des parts détenues au titre de l'exercice clos en 2020				
14	Acquisition(s) de parts au titre de l'exercice clos en 2020	☐	☐	☐	☐
15	Cession(s) de parts au titre de l'exercice clos en 2020	☐	☐	☐	☐
16	Immeuble(s) dont l'associé a la jouissance gratuite	IV...	IV...	IV...	IV...
17	Nombre de parts détenues en nue-propriété				
18	Nombre de parts détenues en usufruit				
19	Détenteur(s) de l'usufruit	A... A... A...	A... A... A...	A... A... A...	A... A... A...
20	Quote-part du montant de la moins-value de cession réalisée par la société immobilière en € (case R8 du cadre III*quote-part de détention dans la société)				
21	Quote-part du montant de la plus-value de cession réalisée par la société immobilière en € (case R7 du cadre III*quote-part de détention dans la société)				
22	Quote-part du montant des produits financiers réalisés par la société immobilière (case R6 du cadre III*quote-part de détention dans la société)				
23	Montant des rémunérations et avantages en nature attribués				
24	Intérêts des comptes courants d'associés				

REVENUS PERÇUS AU TITRE DE L'ANNÉE 2020 **ANNEXE 2** **2072-S-A2-SD**

A – ASSOCIÉS ET USUFRUITIERS RELEVANT DU RÉGIME DES REVENUS FONCIERS

		Associé n°A...	Associé n°A...	Associé n°A...	Associé n°A...
A	**Quote-part des revenus bruts** (lignes **5+ 23-24+26** de l'ensemble des cadres "VII - Détermination des revenus selon la règle des revenus fonciers" – **2072-S-A1-SD***quote-part détenue dans la société immobilière)				
B	**Quote-part des frais et charges déductibles** (ligne **18** de l'ensemble des cadres "VII - Détermination des revenus selon la règle des revenus fonciers" – **2072-S-A1-SD***quote-part détenue dans la société immobilière]				
C	**Quote-part des intérêts d'emprunt** (ligne **21** de l'ensemble des cadres "VII - Détermination des revenus selon la règle des revenus fonciers"*quote-part détenue dans la société immobilière)				
E	**Quote-part du revenu net ou déficit** (A – B – C)				
F	**Quote-part du montant des loyers abandonnés** (base de calcul du crédit d'impôt bailleur locaux commerciaux)				

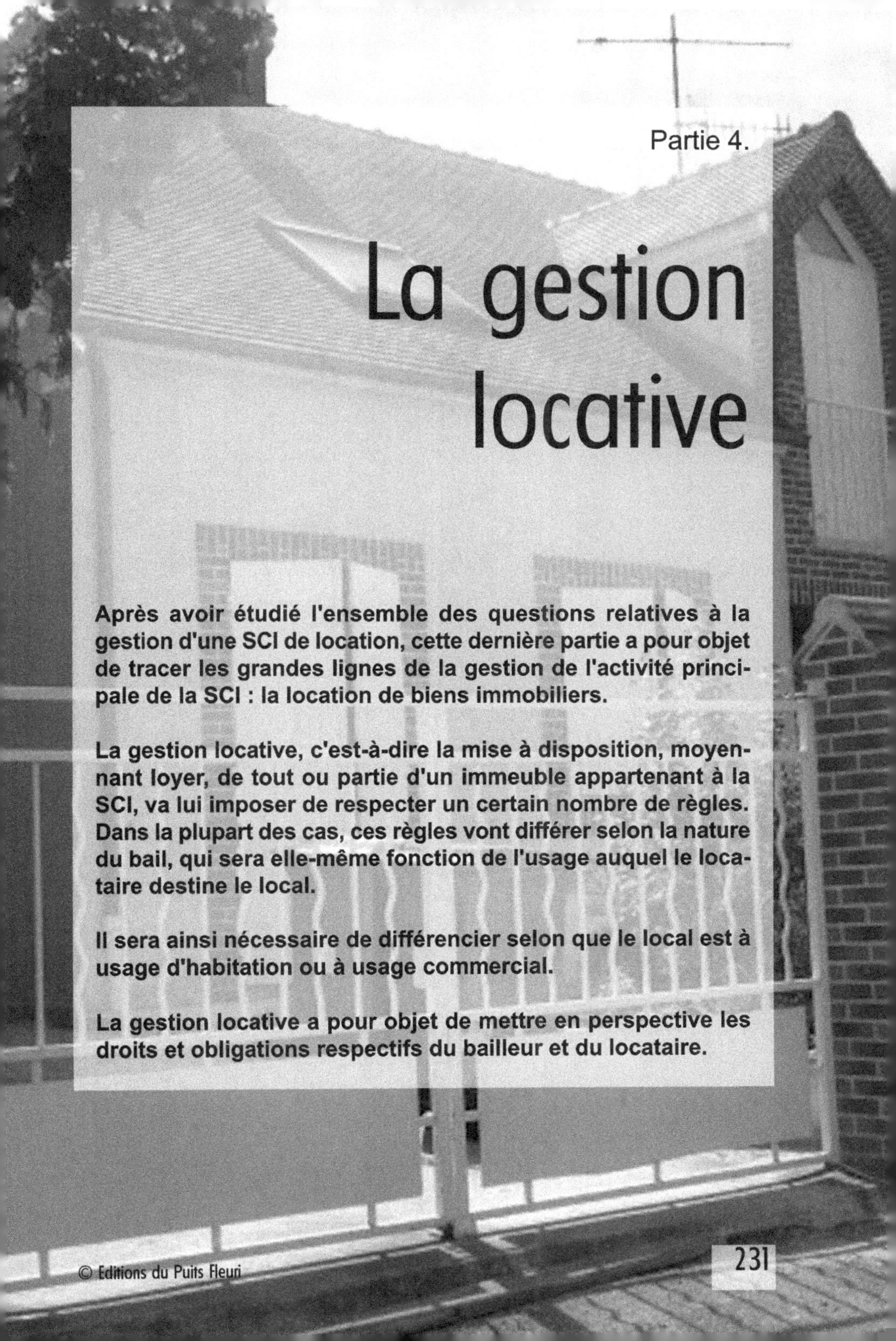

Partie 4.

La gestion locative

Après avoir étudié l'ensemble des questions relatives à la gestion d'une SCI de location, cette dernière partie a pour objet de tracer les grandes lignes de la gestion de l'activité principale de la SCI : la location de biens immobiliers.

La gestion locative, c'est-à-dire la mise à disposition, moyennant loyer, de tout ou partie d'un immeuble appartenant à la SCI, va lui imposer de respecter un certain nombre de règles. Dans la plupart des cas, ces règles vont différer selon la nature du bail, qui sera elle-même fonction de l'usage auquel le locataire destine le local.

Il sera ainsi nécessaire de différencier selon que le local est à usage d'habitation ou à usage commercial.

La gestion locative a pour objet de mettre en perspective les droits et obligations respectifs du bailleur et du locataire.

Ces droits et obligations sont fixés légalement, et pour la plupart repris en tant que tels dans les clauses du document qui va institutionnaliser les relations entre le bailleur et le locataire : le bail.

Chapitre 1

Le bail d'habitation

Les baux d'habitation sont ceux qui sont conclus, comme leur nom l'indique, pour la mise à disposition moyennant loyer d'un bien immobilier à une ou plusieurs personnes qui vont l'utiliser en tant que logement.

Les dispositions légales et impératives qui vont être exposées ci-dessous sont issues de la loi du 6 juillet 1989, qui encadre l'ensemble des locations du secteur privé, à l'exception du logement social et des locations relevant de la loi de 1948.

Le modèle qui est fourni en seconde partie reprend de manière exhaustive sous forme d'un contrat de location d'habitation (bail) l'ensemble des dispositions légales et réglementaires indispensables à la régularité du bail.

Il pourra donc être utilisé tel quel, restant simplement les états civils des parties à compléter.

1. PRINCIPES

Les principes qui vont être énumérés ci-dessous sont directement issus de la loi de 1989. Eventuellement, certaines décisions de justice seront citées en encadré afin d'apporter les précisions qui seraient utiles à en éclairer ou à en illustrer le propos.

2. PRÉALABLES

■ La notion d'habitation

Un bail d'habitation, dans le cas le plus fréquent, va être conclu afin de gérer la location d'un logement à usage d'habitation.

Aucun texte ne définit la notion d'habitation. Aussi, il n'est possible de définir un bail à usage d'habitation qu'en l'opposant à un bail professionnel, artisanal ou commercial.

Dès lors, le bail d'habitation est le contrat qui va être conclu entre le bailleur et le preneur, ce dernier s'engageant à n'utiliser les locaux qu'à des fins privatives (familiales), non commerciales, non artisanales, ou non professionnelles.

En clair, le preneur à un bail d'habitation ne pourra exercer dans les locaux qu'il loue en vertu de ce bail aucune activité de type commerciale ou artisanale.

Une exception est à relever : celle concernant **les baux mixtes**.

Il est en effet possible de conclure un bail au titre duquel le locataire fera un double usage des locaux loués : habitation et professionnel (mais pas commercial ou artisanal).

Le bail mixte, le plus souvent conclu avec un locataire exerçant une profession libérale (notaire, médecin, avocat...), doit mentionner que le bail est conclu à double usage.

Il est à noter que rien n'empêche le locataire d'un bail mixte d'utiliser les locaux de manière exclusivement professionnelle et donc, de ne pas y habiter. Cette faculté permet au locataire de conserver les protections conférées par la loi de 1989.

Par voie de conséquence, rien n'empêche une SCI de conclure un bail mixte, ou de le reconduire en sachant que le locataire l'utilise à des fins exclusivement professionnelles.

■ La forme du bail

Dans la majeure partie des cas, la location d'un local à usage d'habitation fait l'objet d'un contrat écrit.

Même si un bail conclu verbalement est valable, il est bien sûr vivement conseillé de formaliser le bail dans un acte écrit, ce qui permet à chacun des contractants de connaître l'étendue de la protection qui lui est accordée par les textes et surtout, de bien avoir en vue ses droits et ses obligations.

3. CLAUSES ET ANNEXES OBLIGATOIRES

Certaines mentions légales et certains renseignements doivent obligatoirement faire l'objet d'une clause pour que le bail soit valable. Dans le cas d'un bail d'habitation, la présence d'une annexe est obligatoire : l'état des lieux.

■ Clauses obligatoires

Le bail doit impérativement mentionner certains éléments nécessaires tant à l'identification des parties au bail que des formalités de son exécution.

Ces mentions sont ici présentées selon l'ordre dans lequel elles se présentent dans le corps du contrat.

• Identité et adresse du bailleur

Si le bailleur est une personne physique (un particulier), le bail devra mentionner ses nom, prénom et adresse (du domicile). Si le bailleur est une société, et en l'occurrence, une SCI, le bail devra indiquer sa dénomination sociale et son siège social.

Précision : dans le cas où la SCI passerait, pour la location de ses immeubles, par une agence immobilière, il sera nécessaire de faire apparaître la dénomination sociale et le siège de cette agence, ainsi que ses coordonnées.

• La date d'effet du bail

Comme tout contrat, le bail a une date de début et une date de fin, le droit français n'admettant pas l'engagement perpétuel. Le bail devra donc mentionner la date de sa prise d'effet (qui correspond en général à la date d'entrée dans les lieux du locataire).

• La durée du bail

Il est nécessaire de distinguer selon les critères posés par la loi du 6 juillet 1989 et par la pratique de la gestion locative. Un bail est en effet conclu une première fois et doit mentionner une durée initiale. Il peut aussi être reconduit avec le même locataire et, dans ce cas, il est reconduit pour une certaine durée.

a. La durée du bail initial

La loi de 1989, en son article 13, pose un principe qui intéresse directement les SCI de location familiales.

En effet, la loi impose une durée minimale du bail initial selon que le bailleur est une personne physique ou bien une personne morale (article 10 de la loi du 6 juillet 1989). Cette durée minimale est de 3 ans si le bailleur est une personne physique et de 6 ans si le bailleur est une personne morale*.

De plus, l'article 13 de la même loi considère qu'une SCI de caractère familial doit être considérée comme une personne physique. Donc, un bail conclu par une SCI de location familiale doit avoir une durée minimale de 3 ans.

Il convient de préciser que c'est à la SCI de démontrer son caractère familial. Dans la plupart des cas, on peut considérer que ce sont les liens familiaux unissant les associés qui vont tenir lieu de preuve.

A l'inverse, on peut penser qu'une SCI constituée par plusieurs personnes n'ayant aucun lien de parenté, des amis, par exemple, devra être considérée, au sens de la loi de 1989, comme une personne morale. En conséquence, la durée minimale du bail initial devra être de 6 ans.

b. La durée du bail reconduit

Un bail reconduit est un bail qui n'aura pas fait l'objet d'un congé de la part du bailleur ou du locataire (voir plus loin, la fin du bail). Cette reconduction est alors dite « tacite » : le locataire demeure dans les lieux, le bailleur continue de percevoir les loyers.

Un bail renouvelé est un bail qui, arrivé au terme fixé par le bail initial, a fait l'objet d'une nouvelle convention, éventuellement à de nouvelles conditions.

La durée du bail reconduit tacitement est la même que la durée du bail initial, soit 3 ans si le bailleur est une personne physique ou une SCI de location familiale, et 6 ans si le bailleur est une personne morale.

c. La durée du bail renouvelé

Comme pour la durée du bail initial, la loi de 1989 ne pose que des obligations de durée minimale du bail renouvelé.

Ainsi, la durée du bail renouvelé ne pourra pas être inférieure à la durée du bail initial qui est, elle, fonction de la personnalité physique ou morale du bailleur.

Le bail renouvelé ne pourra donc pas avoir une durée inférieure à 3 ans si le bailleur est une personne physique ou une SCI de location familiale, et de 6 ans si le bailleur est une personne morale.

• Description et destination du bien loué

La description reprendra l'ensemble des pièces et dépendances qui constituent le local. Il est à noter que cette description sera reprise de manière plus détaillée dans l'état des lieux.

Comme il a été dit plus haut, le bail devra aussi préciser la destination des locaux. Celle-ci pourra être l'habitation ou l'usage mixte, sachant que le terme « usage mixte » ne peut décrire qu'un usage à la fois d'habitation et professionnel, mais jamais un usage à la fois d'habitation et commercial.

En effet, une destination commerciale des locaux, même partielle et même minoritaire entraînerait l'obligation de conclure un bail commercial.

• Le dépôt de garantie

Cette somme, destinée à couvrir les risques d'impayés, est souvent appelée à tort « caution ».

Pour donner lieu à versement, le dépôt de garantie doit être expressément prévu par le bail, dans son principe et dans son montant.

Il ne peut être supérieur à deux mois de loyers.

• Le loyer

Le montant du loyer constitue l'un des points centraux du bail. Il doit y figurer de manière claire et précise. Il est recommandé d'ailleurs de le faire figurer en chiffres puis, entre parenthèses, en toutes lettres majuscules, afin qu'il ne puisse pas être contesté.

Il est cependant nécessaire de distinguer entre deux sortes de loyers : le loyer initial et le loyer du bail renouvelé. Le premier sera étudié ci-dessous. Le second sera étudié plus loin, dans le cadre des développements sur le renouvellement du bail.

La loi de 1989 établissait une distinction entre les baux pour lesquels le loyer était fixé librement et ceux pour lesquels le loyer devait être fixé en fonction des loyers pratiqués dans le voisinage. Mais, selon les termes de cette même loi, le second mode de détermination du loyer devait prendre fin à compter du 31 juillet 1997.

Donc, depuis le 1er août 1997, les loyers sont fixés librement par le bailleur.

Attention : « librement » ne veut pas dire « au hasard ». La SCI, si elle tient à louer son bien, aura intérêt à aligner ses prix sur ceux du voisinage immédiat ou de la région. Cette précaution permettra de ne pas viser trop haut, ce qui entraînerait le risque de louer le bien tardivement ou de constater un « turn over » trop important des locataires (risques de frais).

Les travaux peuvent aussi avoir une incidence sur le loyer, à la hausse ou à la baisse selon la partie qui s'engage à les réaliser. La prise en charge de ces travaux, par le bailleur ou par le locataire, et son incidence temporaire ou définitive sur le loyer doivent être prévues par une clause du bail.

De plus, un loyer ne doit pas, dans l'intérêt du bailleur, être fixé de manière définitive. En effet, le contrat de location, suivant les dispositions de l'article 17 de la loi de 1989, peut prévoir la révision annuelle du loyer.

• Dispositions applicables depuis le 10/02/2008 pour la révision des loyers

L'article 9 de la loi n°2008-111 du 8 février 2008 pour le pouvoir d'achat a modifié l'indice de référence des loyers créé par l'article 35 de la loi n°2005-841 du 26 juillet 2005.

Le nouvel indice de référence des loyers, entré en vigueur le 10 février 2008, se substitue à l'indice de référence des loyers institué par l'article 35 de la loi n°2005-841 du 26 juillet 2005.

L'indice servant désormais de base à l'évolution encadrée des loyers est modifié dans sa composition : tandis que l'ancien IRL était un indice composite, comme nous l'avons décrit plus haut, le nouvel IRL correspond, pour un trimestre donné à la moyenne, sur les douze derniers mois, **de l'indice des prix à la consommation hors tabac et hors loyers**.

La méthode ne varie pas quant à l'indice de référence à prendre en compte :

- **Pour les baux en cours**, depuis le 10 février 2008, l'indexation sur l'ancien IRL figurant dans le bail, est remplacée automatiquement par l'indexation sur le nouvel IRL et s'applique sans qu'il soit nécessaire de faire un avenant au bail. La date de référence à prendre en compte, si elle n'est pas précisée au bail,est la date du dernier indice publié à la date de signature du contrat.

La loi ne précisant rien à ce sujet, il nous semble que pour les baux antérieurs à la loi du 26 juillet 2005 et indexés jusqu'à cette date sur l'Indice du Coût de la Construction, il n'y ait pas non plus d'avenant à faire signer au locataire, le remplacement de l'ICC ayant été automatiquement réalisé lors de la création de l'ancien IRL.

- **Pour les baux signés** depuis le 10 février 2008, la date de l'indice de référence à prendre en compte est précisée par le bail ou, à défaut, c'est la date du dernier indice publié à la date de signature du contrat qui s'applique.

Par exemple, pour un nouveau contrat conclu le 15 mars 2022, l'indice du 4ème trimestre 2021 sera alors utilisé, chaque année, pour calculer la révision du loyer. Les dates de parution de cet indice par l'INSEE sont :

— l'indice de référence des loyers du 1er trimestre sera publié vers le 15 avril ;

— l'indice de référence des loyers du 2ème trimestre sera publié vers le 15 juillet ;

— l'indice de référence des loyers du 3ème trimestre sera publié vers le 15 octobre ;

— l'indice de référence des loyers du 4ème trimestre sera publié vers le 15 janvier.

Le calcul de la révision annuelle s'effectue en appliquant au loyer la formule suivante :

$$\text{Loyer précédent} \times \frac{\text{Indice de référence des loyers du trimestre concerné}}{\text{Indice de référence des loyers du même trimestre de l'année précédente}}$$

Indices de Référence des Loyers

Période	Indice	Variation annuelle	Parution
2ème trimestre 2021	131,12	+0,42%	11/07/2021
1er trimestre 2021	130,69	+0,09%	11/04/2021
4ème trimestre 2020	130,52	+0,20%	15/01/2021
3ème trimestre 2020	130,59	+0,46%	13/10/2020
2ème trimestre 2020	130,57	+0,66%	12/07/2020
1er trimestre 2020	130,57	+0,92%	12/04/2020
4ème trimestre 2019	130,26	+0,95%	12/01/2020
3ème trimestre 2019	129,99	+1,20%	15/10/2019
2ème trimestre 2019	129,72	+1,53%	11/07/2019
1er trimestre 2019	129,38	+1,70%	11/04/2019
4ème trimestre 2018	129,03	+1,74%	15/01/2019
3ème trimestre 2018	128,45	+1,57%	13/10/2018
2ème trimestre 2018	127,77	+1,25%	12/07/2018
1er trimestre 2018	127,22	+1,05%	12/04/2018
4ème trimestre 2017	126,82	+1,05%	12/01/2018
3ème trimestre 2017	126,46	+0,90%	12/10/2017
2ème trimestre 2017	126,19	+0,75%	13/07/2017
1er trimestre 2017	125,90	+0,51%	13/04/2017

■ Annexe obligatoire du bail : l'état des lieux

Cet état doit impérativement être joint au bail.

Selon les termes de la loi de 1989, il est établi au moment de la remise des clés au locataire.

Ce document est indispensable, puisqu'il servira de référence aux parties lorsque le locataire quittera les lieux. Il sert à déterminer si les locaux loués devront faire l'objet de réparations ou de dépenses d'entretien qui devraient normalement être mises à la charge du locataire.

Il est établi contradictoirement par les parties, c'est-à-dire qu'en pratique, le bailleur ou son représentant, et le preneur, font ensemble le tour des locaux et constatent son état, ainsi que celui des équipements : robinetterie, chauffages, chaudières, fenêtres, état des menuiseries, des peintures...

Un conseil : prenez le temps nécessaire pour établir l'état des lieux, afin d'éviter toute contestation lors du départ du locataire.

L'état des lieux fait ensuite l'objet d'une mise à l'écrit qui sera signée par les deux parties, chacune en conservant un exemplaire. Il est annexé au bail.

4. CLAUSES NULLES DE PLEIN DROIT

La loi de 1989 avait pour objectif annoncé d'améliorer les relations entre propriétaires et locataires. Partant, elle a entendu mettre fin aux pratiques manifestement illégales ou contraires aux libertés publiques de certains bailleurs. Pour ce faire, l'article 4 de la loi proscrit un certain nombre de clauses que le bailleur pourrait être tenté d'inclure - parfois même en toute bonne foi - dans le bail.

Ces clauses, même si le bailleur les inclut dans le bail qui est signé par le locataire, sont réputées non-écrites de par la loi. Cela signifie qu'elles sont inopérantes et inopposables au locataire, quand bien même ce dernier les aurait signées.

Cependant, la liste de ces clauses n'est pas exhaustive, du fait de la veille exercée par la commission des clauses abusives.

■ Les clauses interdites par l'article 4 de la loi de 1989

Les développements ci-dessous reprennent le texte de l'article 4. Sera donc réputée non-écrite la clause :

— « a) qui oblige le locataire, en vue de la vente ou de la location du local loué, à laisser visiter celui-ci les jours fériés ou plus de deux heures les jours ouvrables ;

— b) par laquelle le locataire est obligé de souscrire une assurance auprès d'une compagnie choisie par le bailleur ;

— c) qui impose comme mode de paiement du loyer l'ordre de prélèvement automatique sur le compte courant du locataire ou la signature par avance de traites ou de billets à ordre ;

— d) par laquelle le locataire autorise le bailleur à prélever ou à faire prélever les loyers directement sur son salaire dans la limite cessible ;

— e) qui prévoit la responsabilité collective des locataires en cas de dégradation d'un élément commun de la chose louée ;

— f) par laquelle le locataire s'engage par avance à des remboursements sur la base d'une estimation faite unilatéralement par le bailleur au titre des réparations locatives ;

— g) qui prévoit la résiliation de plein droit du contrat en cas d'inexécution des obligations du locataire pour un motif autre que le non-paiement du loyer, des charges, du dépôt de garantie, la non-souscription d'une assurance des risques locatifs ;

— h) qui autorise le bailleur à diminuer ou à supprimer, sans contrepartie équivalente, des prestations stipulées au contrat ;

— i) qui autorise le bailleur à percevoir des amendes en cas d'infraction aux clauses d'un contrat de location ou d'un règlement intérieur à l'immeuble ;

— j) qui interdit au locataire l'exercice d'une activité politique, syndicale, associative ou confessionnelle. »

■ Les pratiques interdites par la commission des clauses abusives

Nous ne donnerons ici que quelques exemples de clauses que la commission a déclaré inopérantes.

L'essentiel, en la matière est de ne pas imposer plus de contraintes au locataire que ne le fait la loi.

Sont donc à éviter les clauses :

— prévoyant que le locataire doit laisser le bailleur pénétrer à son gré dans les lieux ;

— imposant au locataire d'assurer le local loué auprès d'un assureur choisi par le bailleur ;

— stipulant que le loyer et ses accessoires (charges) sont dus pour tout mois commencé ;

— exonérant le bailleur de toute responsabilité en cas de défectuosité des éléments d'équipement ;

— interdisant au locataire tout aménagement, même si celui-ci n'entraîne pas de dommages.

5. RENOUVELLEMENT DU BAIL

Comme il a été dit plus haut, il est des cas pour lesquels le bail n'est pas tacitement reconduit.

Ce sera notamment le cas quand le bailleur souhaitera apporter une modification aux conditions de la location.

Ces modifications peuvent être de plusieurs ordres, mais le motif le plus fréquent reste l'augmentation du loyer.

Cependant le loyer, si son montant peut être indexé sous certaines limites (voir plus haut), ne peut pas être modifié arbitrairement, ni sans motifs valables.

Dans le cas d'un renouvellement qui porterait notamment sur la durée du bail, l'insertion d'une clause de révision ou toute autre clause du bail, le bailleur doit notifier sa proposition au locataire.

Si le locataire ne répond pas, le bail sera renouvelé aux conditions antérieures.

Nous allons plus particulièrement ici étudier le cas de la réévaluation du loyer sous-évalué.

• Preuve de la sous-évaluation manifeste du loyer

Cette sous-évaluation doit être prouvée par le bailleur, dont l'option la plus sûre est de demander une évaluation des loyers du voisinage auprès d'un expert immobilier. Celui-ci devra alors définir des « loyers de référence ».

Le recours à un expert n'est pas obligatoire, mais il est fortement recommandé, dans la mesure où la notion de « loyers de référence » et leur détermination nécessitent un travail dépassant les compétences d'un simple particulier.

Nous donnons ici, pour mémoire, les critères qui doivent être utilisés.

L'article 19 de la loi de 1989 prévoit que : « *Pour l'application de l'article 17, les loyers servant de références doivent être représentatifs de l'ensemble des loyers habituellement constatés dans le voisinage pour des logements comparables, situés soit dans le même groupe d'immeubles, soit dans tout autre groupe d'immeubles comportant des caractéristiques similaires et situé dans la même zone géographique. Un décret en Conseil d'Etat définit les éléments constitutifs de ces références.*

Le nombre minimal des références à fournir par le bailleur est de trois. Toutefois, il est de six dans les communes, dont la liste est fixée par décret, faisant partie d'une agglomération de plus d'un million d'habitants.

Les références notifiées par le bailleur doivent comporter, au moins pour deux tiers, des références de locations pour lesquelles il n'y a pas eu de changement de locataire depuis trois ans. »

C'est le décret n°90-780 qui fournit les références dont il est question. En application de ce texte, les références doivent donc préciser :

— le nom de la rue et la dizaine de numéros où se situe l'immeuble ;

— la qualité et l'époque de la construction de l'immeuble ;

— l'étage auquel se situe le logement dont le loyer est prétendument sous-évalué ;

— la présence ou non d'un ascenseur ;

— les annexes éventuelles au logement et prises en compte dans le loyer ;

— l'état général des équipements du local ;

— le montant du loyer hors charges ;

— l'indication de la durée d'occupation du local par le locataire.

• Procédure

Le bailleur doit proposer un nouveau loyer au locataire, au moins 6 mois avant l'arrivée à terme du bail.

La proposition doit être envoyée au locataire par lettre recommandée avec accusé de réception ou notifiée par voie d'huissier.

Cette notification doit être faite au locataire et à son conjoint, de manière séparée, mais évidemment à la même adresse.

Le recours à un huissier permet de s'assurer que le locataire aura connaissance de la proposition.

Si le locataire ne répond pas, ou s'il manifeste son refus, la proposition sera considérée comme n'ayant pas abouti.

Dans ce cas, le bailleur sera fondé à saisir la Commission départementale de conciliation qui donnera un avis, mais ne rend pas un jugement.

Dans le cas où la Commission ne constate pas un accord entre les parties au bail, l'affaire pourra alors être portée devant le juge du tribunal d'instance du lieu de situation de l'immeuble dont le loyer est litigieux.

6. FIN DU BAIL

La fin du bail la plus fréquente est celle qui a pour origine l'initiative de l'une des parties : le bailleur ou le locataire.

Dans chacun de ces deux cas, il sera nécessaire, surtout de la part de l'auteur de la rupture, de respecter une procédure stricte.

Celle-ci a essentiellement pour objet de permettre à la partie qui subit la rupture du bail de prendre ses dispositions : le locataire pour retrouver un logement, et le bailleur pour retrouver un locataire.

La rupture doit être formalisée par un congé envoyé par l'une à l'autre partie.

■ Le congé donné par le locataire

Dans le cas de locataires mariés, le congé donné par l'un des époux au bailleur n'engage pas l'autre époux s'il ne l'a pas signé. Il demeure donc locataire. Le logement n'est donc pas libre.

Il convient de noter que si la location est gérée par un mandataire (une agence immobilière), c'est à ce dernier que le congé devra être adressé.

Le congé doit être adressé soit par lettre recommandée avec accusé de réception, soit par notification par voie d'huissier.

Le locataire n'a pas à indiquer les motifs de sa volonté de rompre le bail, à la différence du bailleur.

Le locataire est tenu à respecter un préavis, dont la durée normale est de 3 mois à compter de sa notification ou de sa réception par le bailleur.

La durée du préavis peut être réduite à un mois dans des cas prévus par la loi :

— en cas de mutation professionnel du locataire ;

— en cas de perte d'emploi du locataire ;

— quand le locataire est âgé de plus de 60 ans ;

— quand l'état de santé du locataire nécessite un changement de domicile ;

— quand le locataire est bénéficiaire du RMI ;

— quand le locataire obtient son premier emploi.

Le locataire sera tenu au paiement des loyers dus pendant la durée du préavis. Cette obligation s'éteint dès lors que le logement est occupé par un autre locataire en cours de préavis, si l'ancien locataire a quitté les lieux.

Ces loyers sont dus, même si l'ancien locataire a quitté les lieux avant l'expiration du préavis.

■ Congé donné par le bailleur

• Généralités

La loi ayant vocation à protéger le faible du fort, la procédure du congé est bien plus contraignante dès lors que celui-ci émane du bailleur.

Sur le plan de la forme, le congé doit être envoyé par le bailleur au locataire par lettre recommandée avec accusé de réception, ou notifié par voie d'huissier.

Si le bien est géré par une agence immobilière, c'est à l'agence d'envoyer le congé, à la condition qu'elle y soit habilitée par un mandat de gestion.

Dans ce cas, le congé devra obligatoirement mentionner le nom du bailleur. Dans le cas d'une SCI, la conduite de la procédure reviendra au gérant.

Dans tous les cas, le destinataire du congé est le locataire et son éventuel conjoint. Cette double notification est impérative si le bailleur a connaissance de l'existence du conjoint du locataire.

S'il n'en a pas connaissance et qu'il envoie le congé au locataire seul signataire du bail, le congé sera valable.

Sur le plan des délais, le congé doit respecter un préavis de 6 mois. Dans tous les cas, le congé ne peut être donné que pour le terme du bail.

En clair, le bailleur, s'il veut congédier son locataire, devra le lui notifier au moins 6 mois avant la date d'échéance du bail.

La notification du congé par acte d'huissier est à privilégier. En effet, le délai du congé ne commence à courir qu'à la date de réception par le locataire de la lettre recommandée. C'est-à-dire la date à laquelle le locataire ira la retirer au bureau de poste. S'il n'y va pas, le congé ne commencera jamais à courir.

Ces remarques posent la question de savoir comment déterminer la date d'échéance du préavis. Cette question est tranchée par les dispositions de droit commun édictées par le nouveau Code de procédure civile.

Ainsi, si le délai est exprimé en nombre de mois, il expirera le jour du dernier mois qui correspond au jour du mois de la notification ou de la réception.

Par exemple, un congé notifié ou reçu le 10 février par le locataire expirera le 10 août, puisque les deux mois ont un dixième jour.

Par contre, si les deux mois n'ont pas de « quantième de mois » identique, alors, le délai expire le dernier jour du dernier mois.

Par exemple, un congé notifié ou reçu le 31 mars par le locataire expirera le 30 septembre, puisque le mois de septembre n'a pas de trente et unième jour.

Dans tous les cas, le délai expire à l'issue de la 24ème heure du dernier jour du délai.

Enfin, il est des personnes que la loi entend protéger, et qui ne pourront pas faire l'objet d'un congé, sauf à prévoir un logement de remplacement.

En l'occurrence, le bailleur ne pourra pas donner congé à son locataire si celui-ci est âgé de plus de 70 ans et a des ressources inférieures à une fois et demie le montant annuel du SMIC. Ces deux conditions doivent être remplies simultanément.

• Motivations du congé

A la différence du locataire, le bailleur qui donne congé à son locataire est dans l'obligation de le motiver. En effet, la loi ne reconnaît que trois motifs valables de congés :

— la reprise des locaux pour habiter,

— la reprise des locaux pour les vendre,

— le congé pour motifs légitimes et sérieux.

a. La reprise pour habiter

Cette reprise ne peut être exercée par le bailleur que si elle est faite au bénéfice de certaines personnes limitativement prévues par l'article 15-I de la loi de 1989 :

— le bailleur lui-même,

— son conjoint,

— le partenaire du bailleur dans le cadre d'un PACS,

— son concubin notoire depuis un an à la date du congé,

— les ascendants et descendants du bailleur, ou ceux de son conjoint, concubin notoire ou partenaire pacsé.

Ces limitations empêchent donc la reprise si le bailleur est une personne morale. Mais, comme pour l'appréciation de la durée du bail initial, la SCI de location familiale sera considérée dans ce cas comme une personne physique.

Il sera donc possible à une SCI de procéder à une reprise pour habiter au profit de l'un de ses associés, si ceux-ci appartiennent à la même famille.

Sur le plan de la forme, le congé devra mentionner le motif, en l'occurrence, la reprise pour habiter, ainsi que les coordonnées du bénéficiaire de la reprise et son identité.

b. La reprise pour vendre

Le bailleur a aussi la possibilité de donner congé à son locataire s'il souhaite vendre le bien loué.

Notons dès à présent que la vente des locaux d'habitation, hormis certains cas bien particuliers (vente de l'immeuble à un parent proche du bailleur, immeuble déclaré inhabitable ou droit de préemption exercé par la commune), ouvre un droit de préemption* au bénéfice du locataire.

Le congé a donc valeur d'offre de vente au profit du locataire qui en est destinataire. L'offre est valable pendant les deux premiers mois du préavis. Passé ce délai, le locataire n'a plus de droit d'achat prioritaire sur le bien.

Si le locataire accepte l'offre de vente, il dispose de deux mois pour réaliser la vente, ou de quatre mois s'il a précisé dans son acceptation son intention de contracter un prêt pour cet achat.

Le congé pour vendre doit impérativement mentionner le motif de la reprise (en l'occurrence la vente) et l'indication du prix et des conditions de la vente (modalités de paiement, description du bien mis en vente).

Il doit aussi reproduire les 5 premiers alinéas de l'article 15-II de la loi de 1989, soit le texte suivant :

« II. - Lorsqu'il est fondé sur la décision de vendre le logement, le congé doit, à peine de nullité, indiquer le prix et les conditions de la vente projetée. Le congé vaut offre de vente au profit du locataire : l'offre est valable pendant les deux premiers mois du délai de préavis. Les dispositions de l'article 46 de la loi n°65-557 du 10 juillet 1965 fixant le statut de la copropriété des immeubles bâtis ne sont pas applicables au congé fondé sur la décision de vendre le logement.

A l'expiration du délai de préavis, le locataire qui n'a pas accepté l'offre de vente est déchu de plein droit de tout titre d'occupation sur le local.

Le locataire qui accepte l'offre dispose, à compter de la date d'envoi de sa réponse au bailleur, d'un délai de deux mois pour la réalisation de l'acte de vente. Si, dans sa réponse, il notifie son intention de recourir à un prêt, l'acceptation par le locataire de l'offre de vente est subordonnée à l'obtention du prêt et le délai de réalisation de la vente est porté à quatre mois. Le contrat de location est prorogé jusqu'à l'expiration du délai de réalisation de la vente. Si, à l'expiration de ce délai, la vente n'a pas été réalisée, l'acceptation de l'offre de vente est nulle de plein droit et le locataire est déchu de plein droit de tout titre d'occupation.

Dans le cas où le propriétaire décide de vendre à des conditions ou à un prix plus avantageux pour l'acquéreur, le notaire doit, lorsque le bailleur n'y a pas préalablement procédé, notifier au locataire ces conditions et prix à peine de nullité de la vente. Cette notification est effectuée à l'adresse indiquée à cet effet par le locataire au bailleur ; si le locataire n'a pas fait connaître cette adresse au bailleur, la notification est effectuée à l'adresse des locaux dont la location avait été consentie. Elle vaut offre de vente au profit du locataire. Cette offre est valable pendant une durée d'un mois à compter de sa réception. L'offre qui n'a pas été acceptée dans le délai d'un mois est caduque.

Le locataire qui accepte l'offre ainsi notifiée dispose, à compter de la date d'envoi de sa réponse au bailleur ou au notaire, d'un délai de deux mois pour la réalisation de l'acte de vente. Si, dans sa réponse, il notifie son intention de recourir à un prêt, l'acceptation par le locataire de l'offre de vente est subordonnée à l'obtention du prêt et le délai de réalisation de la vente est porté à quatre mois. Si, à l'expiration de ce délai, la vente n'a pas été réalisée, l'acceptation de l'offre de vente est nulle de plein droit.

Les termes des cinq alinéas précédents sont reproduits à peine de nullité dans chaque notification. »

c. Le congé pour motif légitime et sérieux

Deux motifs sont à distinguer : les motifs inhérents à la personne ou aux agissements du locataire et les motifs étrangers à la personne ou aux agissements du locataire.

Il est certains cas dans lesquels le bailleur se trouve fondé, au regard des agissements du locataire, à lui donner congé.

Ce sera notamment le cas quand le locataire ne paiera pas ses loyers, quand il ne jouira pas paisiblement des lieux, quand il sous-louera les lieux sans l'autorisation du bailleur.

Ces exemples ne constituent pas une liste exhaustive, dans la mesure où chaque cas est unique. En règle générale, on retiendra que les manquements répétés du locataire aux obligations découlant de son bail constituent des motifs de congés.

Il est aussi des cas pour lesquels le bailleur sera fondé à donner congé à son locataire sans qu'il ait rien à lui reprocher.

Ce sera le cas lorsque les locaux devront être démolis en vue d'une reconstruction, rénovés, ou quand l'immeuble sera sous le coup d'une procédure d'expropriation pour cause d'utilité publique.

Enfin, le bailleur pourra donner congé à son locataire quand il sera contraint par la nécessité de loger quelqu'un. Ce cas est assez rare en pratique.

7. MODÈLES

- Modèle de courrier notifiant une révision du loyer suivant la variation de l'indice INSEE de référence des loyers
- Modèle de proposition d'augmentation de loyer
- Modèle de courrier d'activation d'une caution
- Modèle de courrier de mise en demeure de paiement de loyers
- Modèle de courrier de relance de loyer
- Modèle de courrier de réévaluation déplafonnée du loyer pour une agglomération de moins de 1 million d'habitants
- Modèle de courrier de réévaluation déplafonnée du loyer pour une agglomération de plus de 1 million d'habitants
- Modèle de courrier d'acceptation de raccourcissement du préavis du locataire
- Modèle de courrier de refus de raccourcissement du préavis du locataire
- Modèle de courrier de congés pour reprise
- Modèle de courrier de congés pour motif sérieux
- Modèle de courrier de congés pour vente
- Modèle de bail d'habitation

• Modèle de courrier notifiant une révision du loyer suivant la variation de l'Indice de Référence des Loyers

SCI ....
.... *(adresse du siège social)*

Madame *(et/ou Monsieur)* ....
.... *(adresse des locataires)*

Madame *(et/ou Monsieur)*,

Le contrat régissant les conditions de location de votre habitation sise .... *(indiquer l'adresse des locataires)* prévoit que le montant de votre loyer est révisable annuellement en fonction de la variation de l'Indice de Référence des Loyers publiés trimestriellement par l'INSEE.

Le nouvel indice, qui est de : .... *(indiquer sa valeur)* doit être comparé à l'ancien indice qui est de : .... *(indiquer sa valeur.*

Votre loyer, qui était de : .... *(indiquer l'ancien loyer),* passera donc en conséquence à .... *(indiquer le nouveau loyer)* à compter du .... *(indiquer la date de prise en compte de la révision, qui est la date anniversaire du bail).*

Votre quittance de loyer payable le .... *(indiquer la date de prise en compte)* tiendra compte de cette révision.

Veuillez agréer, Madame *(et/ou Monsieur)*, l'expression de nos sincères salutations.

Signature

• Modèle de proposition de revalorisation de loyer

SCI ....
.... *(adresse du siège social)*

Madame *(et/ou Monsieur)* ....
.... *(adresse des locataires)*

Madame *(et/ou Monsieur)*,

Vous occupez actuellement un logement sis .... *(indiquer l'adresse du locataire)* en vertu d'un bail en date du .... *(indiquer la date de l'entrée en vigueur du bail)*.

Votre loyer est actuellement de .... *(indiquer le loyer)*, alors qu'une étude des loyers pratiqués dans le secteur au sein duquel se situe le logement que vous occupez fait apparaître une moyenne beaucoup plus haute.

C'est pourquoi, en application des dispositions de l'article 17 de la loi du 6 juillet 1989 (reproduit ci-après), nous vous proposons par les présentes de porter le loyer de votre bail à la somme de .... *(indiquer la proposition du nouveau loyer)*.

Le montant du nouveau loyer a été déterminé en comparaison avec la liste des références de loyers suivantes .... *(indiquer la liste des références retenues)*.

Veuillez agréer, Madame *(et/ou Monsieur)*, l'expression de nos sincères salutations.

Signature

Reproduction de l'article 17c de la loi du 6 juillet 1989 :
« *c) Lors du renouvellement du contrat, le loyer ne donne lieu à réévaluation que s'il est manifestement sous-évalué.*
Dans ce cas, le bailleur peut proposer au locataire, au moins six mois avant le terme du contrat et dans les conditions de forme prévues à l'article 15, un nouveau loyer fixé par référence aux loyers habituellement constatés dans le voisinage pour des logements comparables dans les conditions définies à l'article 19.

Lorsque le bailleur fait application des dispositions du présent c, il ne peut donner congé au locataire pour la même échéance du contrat.
La notification reproduit intégralement, à peine de nullité, les dispositions des alinéas du présent c et mentionne le montant du loyer ainsi que la liste des références ayant servi à le déterminer.
En cas de désaccord ou à défaut de réponse du locataire quatre mois avant le terme du contrat, l'une ou l'autre des parties saisit la commission de conciliation.
A défaut d'accord constaté par la commission, le juge est saisi avant le terme du contrat. A défaut de saisine, le contrat est reconduit de plein droit aux conditions antérieures du loyer éventuellement révisé. Le contrat dont le loyer est fixé judiciairement est réputé renouvelé pour la durée définie à l'article 10, à compter de la date d'expiration du contrat. La décision du juge est exécutoire par provision.
La hausse convenue entre les parties ou fixée judiciairement s'applique par tiers ou par sixième selon la durée du contrat. Toutefois, cette hausse s'applique par sixième annuel au contrat renouvelé, puis lors du renouvellement ultérieur, dès lors qu'elle est supérieure à 10 p. 100 si le premier renouvellement avait une durée inférieure à six ans. La révision éventuelle résultant du d ci-dessous s'applique à chaque valeur ainsi définie. »

• Modèle de courrier d'activation d'une caution

SCI ....
.... *(adresse du siège social)*

Madame *(et/ou Monsieur)* ....
.... *(adresse des cautions)*

Lettre recommandée avec accusé de réception

Objet : Loyer non payé par le locataire cautionné

Madame *(et/ou Monsieur)*,

Par contrat de cautionnement en date du .... *(indiquer la date de l'acte de cautionnement)*, vous vous êtes porté caution de .... *(indiquer l'identité du locataire)* pour les loyers à verser au titre de la location du .... *(indiquer l'adresse du logement loué)*.

Or, à ce jour, le locataire n'a pas versé ses loyers depuis un mois, et il se trouve créditeur à notre égard de la somme de .... € *(indiquer la somme due)*.

Conformément à vos engagements, nous vous prions donc de bien vouloir nous verser ce montant.

Veuillez agréer nos sincères salutations.

Pour la SCI, le gérant *Signature*

• Modèle de courrier de mise en demeure de paiement de loyers

SCI ....
.... *(adresse du siège social)*

Madame *(et/ou Monsieur)* ....
.... *(adresse des locataires)*

Lettre recommandée avec accusé de réception

Objet : Mise en demeure

Madame *(et/ou Monsieur)*,

Malgré nos relances et notre courrier du .... *(indiquer la date du courrier de relance)*, nous sommes au regret de constater que vous n'avez toujours pas réglé le loyer du mois de .... *(indiquer les mois des loyers non payés)* que vous vous êtes engagé à régler pour le .... *(indiquer la date de paiement des loyers)*, conformément au bail signé le .... *(indiquer la date de signature du bail)*.

Nous vous mettons donc en demeure par la présente lettre recommandée de nous régler la somme de .... *(indiquer le montant des sommes dues)*, et ce dans un délai de huit jours à compter de ce jour.

A défaut, nous nous verrions obligés d'engager une action judiciaire à votre encontre.

Nous vous rappelons que le présent courrier fait courir les intérêts légaux et conventionnels.

Salutations distinguées.

Pour la SCI, le gérant *Signature*

• Modèle de courrier de relance de loyer

SCI ....
.... *(adresse du siège social)*

Madame *(et/ou Monsieur)* ....
.... *(adresse des locataires)*

Lettre recommandée avec accusé de réception

Objet : Lettre de relance

Madame *(et/ou Monsieur)*,

Sauf erreur de notre part, nous n'avons pas reçu le règlement de votre loyer du mois de .... *(indiquer le mois)*.

Pour rappel, ce montant s'élève à .... *(indiquer le montant total dû)* euros.

Nous vous remercions de bien vouloir régulariser votre situation au plus vite.

Si toutefois vous vous trouviez dans l'impossibilité momentanée de régler votre loyer, veuillez nous contacter rapidement afin que nous puissions envisager une solution à votre situation.

Dans l'attente, recevez, Madame *(et/ou Monsieur),* nos sincères salutations.

Pour la SCI, le gérant *Signature*

• Modèle de courrier de réévaluation déplafonnée du loyer pour une agglomération de moins de 1 million d'habitants

SCI ....
.... *(adresse du siège social)*

Madame *(et/ou Monsieur)* ....
.... *(adresse des locataires)*

Lettre recommandée avec accusé de réception

Objet : Réévaluation du loyer

Madame *(et/ou Monsieur)*,

L'arrivée du terme de votre bail pour la location du .... *(indiquer l'adresse précise des locaux loués)* est prévue pour le .... *(indiquer la date de fin du bail)*.

A cette occasion, nous vous proposons, conformément à l'article 17c de la loi du 6 juillet 1989, un nouveau loyer dont le montant, au vu des loyers pratiqués dans le secteur, et compte tenu du caractère manifestement sous-évalué du loyer des locaux que vous louez actuellement, sera porté à .... *(indiquer le loyer proposé)*.

Cette augmentation sera répartie sur les six prochaines années, par tranches successives de 1/6ème.

Ce montant est fonction des références que nous avons constatées dans votre secteur, conformément à l'article 19 de la loi du 6 juillet 1989, à savoir : .... *(indiquer 3 références de locations dans le même secteur).*

1ère référence :

Rue	*Nom de la rue et n° de l'immeuble*
Etage	*S'il s'agit d'un appartement*
Ascenseur	*Oui ou non*
Surface habitable	*.......... m²*
Nombre de pièces principales	
Date de construction	
Qualité de l'immeuble	
Date d'entrée du locataire	
Annexes	*(Cave, garage…)*
Etat d'équipement	*(Interphone…)*
Loyer hors charges	

2ème référence :

Rue	*Nom de la rue et n° de l'immeuble*
Etage	*S'il s'agit d'un appartement*
Ascenseur	*Oui ou non*
Surface habitable	*.......... m²*
Nombre de pièces principales	
Date de construction	
Qualité de l'immeuble	
Date d'entrée du locataire	
Annexes	*(Cave, garage…)*
Etat d'équipement	*(Interphone…)*
Loyer hors charges	

3ème référence :

Rue	*Nom de la rue et n° de l'immeuble*
Etage	*S'il s'agit d'un appartement*
Ascenseur	*Oui ou non*
Surface habitable	*.......... m²*
Nombre de pièces principales	
Date de construction	
Qualité de l'immeuble	
Date d'entrée du locataire	
Annexes	*(Cave, garage…)*
Etat d'équipement	*(Interphone…)*
Loyer hors charges	

Nous vous serions reconnaissants de nous notifier votre réponse dans un délai de quatre mois, faute de quoi nous saisirons la commission départementale de conciliation.

Dans l'attente de votre réponse, recevez, Madame *(et/ou Monsieur)*, mes sincères salutations.

Pour la SCI, le gérant *Signature*

Reproduction des articles 17c et 19 de la loi n°89-462 du 6 juillet 1989

Article 17-c : "Lors du renouvellement du contrat, le loyer ne donne lieu à réévaluation que s'il est manifestement sous-évalué.
Dans ce cas, le bailleur peut proposer au locataire, au moins six mois avant le terme du contrat et dans les conditions de forme prévues à l'article 15, un nouveau loyer fixé par référence aux loyers habituellement constatés dans le voisinage pour des logements comparables dans les conditions définies à l'article 19.
Lorsque le bailleur fait application des dispositions du présent c, il ne peut donner congé au locataire pour la même échéance du contrat.
La notification reproduit intégralement, à peine de nullité, les dispositions des alinéas du présent c et mentionne le montant du loyer ainsi que la liste des références ayant servi à le déterminer.

En cas de désaccord ou à défaut de réponse du locataire quatre mois avant le terme du contrat, l'une ou l'autre des parties saisit la commission de conciliation. A défaut d'accord constaté par la commission, le juge est saisi avant le terme du contrat. A défaut de saisine, le contrat est reconduit de plein droit aux conditions antérieures du loyer éventuellement révisé. Le contrat dont le loyer est fixé judiciairement est réputé renouvelé pour la durée définie à l'article 10, à compter de la date d'expiration du contrat. La décision du juge est exécutoire par provision.
La hausse convenue entre les parties ou fixée judiciairement s'applique par tiers ou par sixième selon la durée du contrat.
Toutefois, cette hausse s'applique par sixième annuel au contrat renouvelé, puis lors du renouvellement ultérieur, dès lors qu'elle est supérieure à 10 p. 100 si le premier renouvellement avait une durée inférieure à six ans.
La révision éventuelle résultant du d ci-dessous s'applique à chaque valeur ainsi définie."

Article 19 : Pour l'application de l'article 17, les loyers servant de références doivent être représentatifs de l'ensemble des loyers habituellement constatés dans le voisinage pour des logements comparables, situés soit dans le même groupe d'immeubles, soit dans tout autre groupe d'immeubles comportant des caractéristiques similaires et situé dans la même zone géographique. Un décret en Conseil d'Etat définit les éléments constitutifs de ces références.
Le nombre minimal des références à fournir par le bailleur est de trois. Toutefois, il est de six dans les communes, dont la liste est fixée par décret, faisant partie d'une agglomération de plus d'un million d'habitants.
Les références notifiées par le bailleur doivent comporter, au moins pour deux tiers, des références de locations pour lesquelles il n'y a pas eu de changement de locataire depuis trois ans.

• Modèle de courrier de réévaluation déplafonnée du loyer pour une agglomération de plus de 1 million d'habitants

SCI ....
.... *(adresse du siège social)*

Madame *(et/ou Monsieur)* ....
.... *(adresse des locataires)*

Lettre recommandée avec accusé de réception

Objet : Réévaluation du loyer

Madame *(et/ou Monsieur)*,

L'arrivée du terme de votre bail pour la location du .... *(indiquer l'adresse précise des locaux loués)* est prévue pour le .... *(indiquer la date de fin du bail)*.

A cette occasion, nous vous proposons, conformément à l'article 17c de la loi du 6 juillet 1989, un nouveau loyer dont le montant, au vu des loyers pratiqués dans le secteur, et compte tenu du caractère manifestement sous-évalué du loyer des locaux que vous louez actuellement, sera porté à .... *(indiquer le loyer proposé)*.

Cette augmentation sera répartie sur les six prochaines années, par tranches successives de $1/6^{ème}$.

Ce montant est fonction des références que nous avons constatées dans votre secteur, conformément à l'article 19 de la loi du 6 juillet 1989, à savoir : .... *(indiquer 6 références de location dans le même secteur)*.

1ère référence :

Rue	*Nom de la rue et n° de l'immeuble*
Etage	*S'il s'agit d'un appartement*
Ascenseur	*Oui ou non*
Surface habitable	*.......... m^2*
Nombre de pièces principales	
Date de construction	
Qualité de l'immeuble	
Date d'entrée du locataire	
Annexes	*(Cave, garage…)*
Etat d'équipement	*(Interphone…)*
Loyer hors charges	

Compléter le même tableau pour les 2ème, 3ème, 4ème, 5ème et 6ème références.

Nous vous serions reconnaissants de nous notifier votre réponse dans un délai de quatre mois, faute de quoi nous saisirons la commission départementale de conciliation.

Dans l'attente de votre réponse, recevez, Madame ou Monsieur, mes sincères salutations.

Pour la SCI, le gérant *Signature*

Reproduction des articles 17c et 19 de la loi n°89-462 du 6 juillet 1989

Article 17-c : "Lors du renouvellement du contrat, le loyer ne donne lieu à réévaluation que s'il est manifestement sous-évalué.
Dans ce cas, le bailleur peut proposer au locataire, au moins six mois avant le terme du contrat et dans les conditions de forme prévues à l'article 15, un nouveau loyer fixé par référence aux loyers habituellement constatés dans le voisinage pour des logements comparables dans les conditions définies à l'article 19.

Lorsque le bailleur fait application des dispositions du présent c, il ne peut donner congé au locataire pour la même échéance du contrat.
La notification reproduit intégralement, à peine de nullité, les dispositions des alinéas du présent c et mentionne le montant du loyer ainsi que la liste des références ayant servi à le déterminer.
En cas de désaccord ou à défaut de réponse du locataire quatre mois avant le terme du contrat, l'une ou l'autre des parties saisit la commission de conciliation.
A défaut d'accord constaté par la commission, le juge est saisi avant le terme du contrat. A défaut de saisine, le contrat est reconduit de plein droit aux conditions antérieures du loyer éventuellement révisé. Le contrat dont le loyer est fixé judiciairement est réputé renouvelé pour la durée définie à l'article 10, à compter de la date d'expiration du contrat. La décision du juge est exécutoire par provision.
La hausse convenue entre les parties ou fixée judiciairement s'applique par tiers ou par sixième selon la durée du contrat.
Toutefois, cette hausse s'applique par sixième annuel au contrat renouvelé, puis lors du renouvellement ultérieur, dès lors qu'elle est supérieure à 10 p. 100 si le premier renouvellement avait une durée inférieure à six ans.
La révision éventuelle résultant du d ci-dessous s'applique à chaque valeur ainsi définie."

Article 19 : Pour l'application de l'article 17, les loyers servant de références doivent être représentatifs de l'ensemble des loyers habituellement constatés dans le voisinage pour des logements comparables, situés soit dans le même groupe d'immeubles, soit dans tout autre groupe d'immeubles comportant des caractéristiques similaires et situé dans la même zone géographique. Un décret en Conseil d'Etat définit les éléments constitutifs de ces références.
Le nombre minimal des références à fournir par le bailleur est de trois. Toutefois, il est de six dans les communes, dont la liste est fixée par décret, faisant partie d'une agglomération de plus d'un million d'habitants.
Les références notifiées par le bailleur doivent comporter, au moins pour deux tiers, des références de locations pour lesquelles il n'y a pas eu de changement de locataire depuis trois ans.

• Modèle de courrier d'acceptation de raccourcissement du préavis du locataire

SCI ....
.... *(adresse du siège social)*

Madame *(et/ou Monsieur)* ....
.... *(adresse des locataires)*

Lettre recommandée avec accusé de réception

Objet : Accusé de réception de congé

Madame *(et/ou Monsieur)*,

J'accuse réception par la présente du congé que vous m'avez transmis pour le logement que vous louez depuis le .... *(indiquer la date de début du bail)* en vertu d'un bail conclu le .... *(indiquer la date de signature du bail).*

Le bail prendra donc fin à l'expiration du délai légal de préavis applicable à votre cas : .... *(un mois)*, soit le .... *(indiquer la date de fin du bail : date de réception du congé + un mois)*, date à laquelle vous devrez avoir quitté les lieux.

Je vous prie donc de bien vouloir prendre vos dispositions dès maintenant afin de me restituer le logement en bon état de réparations locatives et de propreté, conformément à l'état des lieux qui a été dressé lors de votre entrée dans les lieux.

Je compte aussi sur votre diligence pour faire procéder à la coupure de tous les compteurs de fluides du logement, et pour me transmettre un justificatif de paiement de la taxe d'habitation de l'année écoulée.

Je vous propose à cette fin d'établir un état des lieux de sortie dès que le logement aura été intégralement vidé, soit au plus tard, le .... *(indiquer la date de fin du bail).*

La restitution du logement peut cependant avoir lieu avant cette date si vous souhaitiez quitter les lieux de manière anticipée. Je vous rappelle que, conformément aux dispositions légales en vigueur, vous restez débiteur des loyers et charges du logement jusqu'au terme du préavis, sauf à ce qu'un autre locataire entre dans les lieux dans l'intervalle séparant votre éventuel départ anticipé et la fin du préavis.

Je reste dans l'attente de vos éventuelles propositions pour fixer, le cas échéant, une date d'établissement de l'état des lieux de sortie et de remise des clés.

Le dépôt de garantie vous sera restitué dans un délai de deux mois à compter de la remise des clés.

Restant à votre disposition pour toute précision complémentaire, je vous prie d'agréer, Madame *(et/ou Monsieur)*, l'expression de mes salutations distinguées.

Pour la SCI, le gérant *Signature*

• Modèle de courrier de refus de raccourcissement du préavis du locataire

SCI ....
.... *(adresse du siège social)*

Madame *(et/ou Monsieur)* ....
.... *(adresse des locataires)*

Lettre recommandée avec accusé de réception

Objet : Accusé de réception de congé

Madame *(et/ou Monsieur)*,

J'accuse réception par la présente du congé que vous m'avez transmis pour le logement que vous louez depuis le .... *(indiquer la date de début du bail)* en vertu d'un bail conclu le .... *(indiquer la date de signature du bail)*.

Je vous rappelle que le délai légal de préavis applicable est de trois mois, et que le cas que vous m'exposez n'est pas de ceux qui permettent au locataire de raccourcir la durée de leur préavis.

Le bail prendra donc fin à l'expiration du délai légal de préavis (trois mois), soit le .... *(indiquer la date de fin du bail : date de réception du congé + trois mois),* date à laquelle vous devrez avoir quitté les lieux.

Je vous prie donc de bien vouloir prendre vos dispositions dès maintenant afin de me restituer le logement en bon état de réparations locatives et de propreté, conformément à l'état des lieux qui a été dressé lors de votre entrée dans les lieux.

Je compte également sur votre diligence pour faire procéder à la coupure de tous les compteurs de fluides du logement, ainsi que pour me transmettre un justificatif de paiement de la taxe d'habitation de l'année écoulée.

Je vous propose à cette fin d'établir un état des lieux de sortie dès que le logement aura été intégralement vidé, soit au plus tard, le .... *(indiquer la date de fin du bail).*

La restitution du logement peut cependant avoir lieu avant cette date si vous souhaitiez quitter les lieux de manière anticipée. Je vous rappelle que, conformément aux dispositions légales en vigueur, vous restez débiteur des loyers et charges du logement jusqu'au terme du préavis, sauf à ce qu'un autre locataire entre dans les lieux dans l'intervalle séparant votre éventuel départ anticipé et la fin du préavis.

Je reste dans l'attente de vos éventuelles propositions pour fixer, le cas échéant, une date d'établissement de l'état des lieux de sortie et de remise des clés.

Le dépôt de garantie vous sera restitué dans un délai de deux mois à compter de la remise des clés.

Restant à votre disposition pour toute précision complémentaire, je vous prie d'agréer, Madame *(et/ou Monsieur)*, l'expression de mes salutations distinguées.

Pour la SCI, le gérant *Signature*

• Modèle de courrier de congés pour reprise

SCI ....
.... *(adresse du siège social)*

Madame *(et/ou Monsieur)* ....
.... *(adresse des locataires)*

Lettre recommandée avec accusé de réception

Objet : Congé pour reprise

Madame *(et/ou Monsieur)*,

J'ai l'honneur de vous notifier par la présente mon congé pour le logement que vous louez depuis le .... *(indiquer la date de début du bail)* en vertu d'un bail conclu le .... *(indiquer la date de signature du bail)*, conformément aux dispositions de l'article 15 de la loi du 6 juillet 1989.

Ce congé est motivé par la reprise du logement au profit du bénéficiaire désigné ci-dessous :

.... *(indiquer le bénéficiaire de la reprise qui va habiter le logement et ses liens de parenté avec les associés)*

Le bail prendra donc fin à la date prévue, soit le .... *(indiquer la date de fin du bail)*, date à laquelle vous devrez avoir quitté les lieux.

Je vous prie donc de bien vouloir prendre vos dispositions dès maintenant afin de me restituer le logement en bon état de réparations locatives et de propreté, conformément à l'état des lieux qui a été dressé lors de votre entrée dans les lieux.

Je vous propose à cette fin d'établir un état des lieux de sortie dès que le logement aura été intégralement vidé, soit au plus tard, le .... *(indiquer la date de fin du bail)*.

La restitution du logement peut cependant avoir lieu avant cette date si vous souhaitiez quitter les lieux de manière anticipée.

Je reste dans l'attente de vos éventuelles propositions pour fixer, le cas échéant, une date d'établissement de l'état des lieux de sortie et de remise des clés.

Restant à votre disposition pour toute précision complémentaire, je vous prie d'agréer, Madame *(et/ou Monsieur)*, l'expression de mes salutations distinguées.

Pour la SCI, le gérant *Signature*

• Modèle de courrier de congés pour motif sérieux

SCI ....
.... *(adresse du siège social)*

Madame *(et/ou Monsieur)* ....
.... *(adresse des locataires)*

Lettre recommandée avec accusé de réception

Objet : Congé

Madame *(et/ou Monsieur)*,

J'ai l'honneur de vous notifier par la présente mon congé pour le logement que vous louez depuis le .... *(indiquer la date de début du bail)* en vertu d'un bail conclu le .... *(indiquer la date de signature du bail)*, conformément aux dispositions de l'article 15 de la loi du 6 juillet 1989.

Ce congé est motivé par les éléments légitimes et sérieux suivants : .... *(indiquer les manquements à ses obligations que vous reprochez au locataire)*

Le bail prendra donc fin à la date prévue, soit le .... *(indiquer la date de fin du bail)*, date à laquelle vous devrez avoir quitté les lieux.

Je vous prie donc de bien vouloir prendre vos dispositions dès maintenant afin de me restituer le logement en bon état de réparations locatives et de propreté, conformément à l'état des lieux qui a été dressé lors de votre entrée dans les lieux.

Je vous propose à cette fin d'établir un état des lieux de sortie dès que le logement aura été intégralement vidé, soit au plus tard, le .... *(indiquer la date de fin du bail)*.

La restitution du logement peut cependant avoir lieu avant cette date si vous souhaitiez quitter les lieux de manière anticipée.

Je reste dans l'attente de vos éventuelles propositions pour fixer, le cas échéant, une date d'établissement de l'état des lieux de sortie et de remise des clés.

Restant à votre disposition pour toute précision complémentaire, je vous prie d'agréer, Madame *(et/ou Monsieur)*, l'expression de mes salutations distinguées.

Pour la SCI, le gérant *Signature*

• Modèle de courrier de congés pour vente

SCI ....
.... *(adresse du siège social)*

Madame *(et/ou Monsieur)* ....
.... *(adresse des locataires)*

Lettre recommandée avec accusé de réception

Objet : Congé pour vente

Madame ou Monsieur,

J'ai l'honneur de vous notifier par la présente mon congé pour le logement que vous louez depuis le .... *(indiquer la date de début du bail)* en vertu d'un bail conclu le .... *(indiquer la date de signature du bail)*, conformément aux dispositions de l'article 15 de la loi du 6 juillet 1989.

Ce congé est motivé par la vente du logement. Conformément aux dispositions législatives en vigueur, ce congé vaut pour vous proposition de vente à votre profit du logement que vous occupez, par préférence à tout autre acheteur.

Cet offre de vente est faite aux conditions de prix et de vente ci-dessous :

1. Prix : .... € *(indiquer le prix)*

2. Conditions de vente : .... *(indiquer les conditions)*

Je vous saurais gré de bien vouloir me communiquer votre décision dans les délais impartis par la loi et par les dispositions de l'article 15 de la loi du 6 juillet 1989 reproduit ci-dessous, si vous souhaitez vous porter acquéreur.

La présente offre est valable pendant un délai de deux mois à compter du début du préavis.

Si vous ne souhaitez pas vous porter acquéreur, le bail prendra fin le .... *(indiquer la date de fin du bail)*, date à laquelle les lieux devront être libérés.

Je vous prierais donc, le cas échéant, de bien vouloir prendre vos dispositions dès maintenant afin de me restituer le logement en bon état de réparations locatives et de propreté, conformément à l'état des lieux qui a été dressé lors de votre entrée dans les lieux.

Je vous propose d'établir au plus tôt et conjointement les modalités d'exercice du droit de visite d'une manière qui puisse nous convenir mutuellement, conformément aux dispositions de l'article 4-a de la loi du 6 juillet 1989.

Je vous propose à cette fin d'établir un état des lieux de sortie dès que le logement aura été intégralement vidé, soit au plus tard, le .... *(indiquer la date de fin du bail)*.

La restitution du logement peut cependant avoir lieu avant cette date si vous souhaitiez quitter les lieux de manière anticipée.

Restant à votre disposition pour toute précision complémentaire, je vous prie d'agréer, Madame *(et/ou Monsieur)*, l'expression de mes salutations distinguées.

Pour la SCI, le gérant *Signature*

• Modèle de bail d'habitation

BAIL D'HABITATION

Entre les soussignés :

SCI ....
d'une part, ci-après désigné « le bailleur »,
(éventuellement nommer le mandataire)

et M ....
d'autre part, ci-après désigné « le preneur »,

Il est convenu ce qui suit :

Par la présente le bailleur donne en location conformément aux dispositions de la loi 86-1290 du 23 décembre 1986 et de la loi 89-462 du 6 juillet 1989 et des textes subséquents, au preneur qui accepte les locaux ci-après :

....
....
....
....

Tel ledit immeuble existe dans son état actuel sans aucune exception ni réserve, le preneur déclarant le bien connaître pour l'avoir vu et visité en vue des présentes et en avoir constaté le bon état général.

En tel au surplus que ledit immeuble se trouve repris et détaillé dans un état des lieux dressé par Maître(s) ...., Huissier(s) de justice, à ...., le ....

Durée

Le présent bail est fait pour une durée de trois années à compter du .... pour se terminer le ....

Résiliation

Le preneur pourra résilier le contrat à tout moment, à condition de prévenir le bailleur de son intention soit par notification par lettre recommandée avec avis de réception, soit par signification d'acte d'huissier de justice, trois mois au moins à l'avance. Le délai de préavis pourra être réduit à un mois :

- en cas de mutation, perte d'emploi et de nouvel emploi consécutif à une perte d'emploi ;
- s'il est âgé de plus de soixante ans et si son état de santé justifie un changement de domicile ;
- s'il est bénéficiaire du minimum d'insertion.

Ces délais courent à partir de la réception de la lettre recommandée ou de la signification de l'acte d'huissier.

Congés

A l'expiration du terme fixé au présent bail, les parties pourront donner congé.

Le congé du bailleur devra éventuellement être justifié par l'un des motifs exigés par les dispositions législatives en vigueur au moment où il sera donné.

Le congé sera notifié par lettre recommandée avec avis de réception ou signifié par acte d'huissier de justice six mois au moins à l'avance, si le congé émane du bailleur, et trois mois au moins s'il émane du preneur, exception faite des cas ci-avant établis.

Renouvellement

A l'expiration du bail, le bailleur pourra mettre en œuvre la procédure de renouvellement conformément à la loi. A défaut, le bail se renouvellera par tacite reconduction.

En cas de reconduction tacite, la durée du contrat reconduit est de trois ans pour les bailleurs personnes physiques ainsi que pour les bailleurs définis à l'article 13 de la loi du 6 juillet 1989, et de six ans pour les bailleurs personnes morales.

Reconduction

A défaut de congé donné par l'une ou l'autre des parties ou de proposition de renouvellement, le présent contrat sera reconduit de plein droit pour une durée égale à celle fixée ci-dessus.

Destination

Les lieux loués sont destinés à l'usage exclusif d'habitation, *(optionnel : l'exercice de tout commerce ou industrie, de toute profession même libérale, étant formellement interdit)*.

D'une part le bailleur est obligé :

a) De délivrer au locataire le logement en bon état d'usage et de réparation ainsi que les équipements repris dans l'état des lieux ci-annexé, en bon état de fonctionnement, sous réserve de conventions particulières prévues par la loi.

b) D'assurer au locataire la jouissance paisible du logement et, sans préjudice des dispositions de l'article 1721 du Code civil, de le garantir de vices ou défauts de nature à y faire obstacle hormis ceux consignés dans l'état des lieux et visés aux conditions particulières.

c) D'entretenir les locaux en état de servir à l'usage prévu par le contrat et d'y faire toutes les réparations autres que locatives, nécessaires au maintien en état et à l'entretien normal des locaux loués.

d) De ne pas s'opposer aux aménagements réalisés par le locataire, dès lors que ceux-ci ne constituent pas une transformation de la chose louée.

Dans le cas où cette location comporterait une cuisine équipée, il est précisé que les équipements électroménagers, en cas de défectuosité de ceux-ci, ne seront ni réparés, ni remplacés par le bailleur.

D'autre part, le présent bail est consenti et accepté sous les clauses et conditions suivantes, que le preneur s'oblige à exécuter et accomplir, indépendamment de celles pouvant résulter de la loi ou de l'usage, à savoir :

I. Occupation - Jouissance

1) De prendre possession des lieux loués, de les occuper et d'en user paisiblement suivant la destination contractuelle.

2) De ne pouvoir sous-louer ni céder, en totalité ou en partie, son droit à la présente location.

3) De ne pouvoir se substituer à quelque personne que ce soit, ni prêter les locaux loués, même temporairement à des tiers.

4) De tenir les lieux loués constamment garnis de meubles et d'objets mobiliers en qualité et valeur suffisante pour répondre du paiement des loyers et accessoires.

5) De notifier au bailleur par lettre recommandée, avec avis de réception, dans le mois de l'événement tout changement d'état civil pouvant survenir au cours du présent bail ou de son renouvellement.

En cas de décès du preneur, il y aura solidarité et indivisibilité entre les héritiers et représentants pour le paiement des loyers et accessoires ainsi que pour l'exécution des conditions du bail sous réserve des dispositions des articles 802 et suivants du Code civil. Si la notification prévue à l'article 877 du Code civil devenait nécessaire, le coût serait à la charge des notifiés.

II. Entretien - Travaux - Réparations

6) De prendre à sa charge, pendant le cours de l'occupation, l'entretien courant du logement et des équipements, les menues réparations et l'ensemble des réparations locatives sauf si celles-ci sont occasionnées par vétusté, malfaçon, vice de construction, cas fortuit ou force majeure.

7) De ne faire aucun changement de distribution ni travaux de transformation dans les lieux loués, sans autorisation expresse et par écrit du bailleur. A défaut de cet accord, ce dernier pourra exiger, aux frais du preneur, la remise immédiate des lieux en l'état lorsque les transformations mettent en péril le bon fonctionnement des équipements ou la sécurité du local.

Dans le cas où les fenêtres sont en PCV ou s'il s'agit de fenêtres en bois neuves, il est interdit d'y percer des trous.

8) De faire ramoner les cheminées et conduits de fumée, à ses frais, par un fumiste qualifié, aussi souvent qu'il sera nécessaire ou prescrit par les règlements administratifs et également en fin de jouissance, même s'ils n'ont pas été utilisés.

De faire entretenir régulièrement et au moins une fois par an, par une entreprise qualifiée, la chaudière de chauffage central et le ou les chauffe-eaux ou chauffe-bains qui sont ou pourraient être installés dans l'immeuble, les tuyaux d'évacuation et les prises d'air, et, quelle que soit la durée d'occupation, une attestation d'entretien doit être remise lors de l'état des lieux de sortie.

De veiller au maintien en parfait état des canalisations intérieures et des robinets d'eau et de gaz, de même que des canalisations et de l'appareillage électrique dont il aura la garde juridique et ce, à partir des coffrets de distribution. De même, si un contrat collectif n'est pas souscrit pour l'immeuble, de faire procéder au moins une fois par an à l'entretien des robinetteries et installations sanitaires. Le preneur s'engage à payer, le cas échéant, sa quote-part dans les frais inhérents aux contrats d'entretien qui pourraient être conclus à cet effet par le bailleur avec une ou plusieurs entreprises spécialisées.

De justifier de ces entretiens à la demande du bailleur.

En cas de souscription par le bailleur d'un contrat de maintenance et d'entretien de tous les éléments ou équipements relatifs à la production d'eau chaude et (ou) de chauffage central, le preneur s'engage par les présentes à rembourser sur première demande du bailleur le montant lui incombant en vertu du décret n° 87713 du 26 août 1987.

9) De laisser exécuter sans indemnité tous les travaux ou réparations, bouchements de jours de souffrance, reconstructions de murs mitoyens que le bailleur ferait exécuter, quels qu'en soient les inconvénients et la durée, sous réserve de l'application de l'article 1724 du Code civil, et de laisser traverser ses locaux par toutes canalisations nécessaires.

A l'occasion de tous travaux faire place nette à ses frais des meubles, tentures, tableaux, canalisations, coffrages, appareils et agencements, installés par ses soins, dont la dépose serait nécessaire.

10) De tenir les lieux loués pendant toute son occupation en bon état de réparations locatives et d'entretien courant, de les rendre tels en fin de jouissance, notamment en ce qui concerne les peintures, tentures et revêtements de sol, d'acquitter le montant des réparations locatives et d'entretien courant résultant de l'état dressé lors de la restitution des clés.

III. Responsabilité et Recours

11) De répondre des dégradations et pertes qui surviennent au cours de son occupation dans les lieux loués, à moins qu'il ne prouve qu'elles ont eu lieu par cas de force majeure, par faute du bailleur ou par le fait d'un tiers qu'il n'a pas introduit de son fait, de répondre également des dégradations et pertes causées dans les parties communes par lui-même ou les personnes qu'il aura introduites dans l'immeuble, sans préjudice de l'application des dispositions des articles 1733 et 1734 du Code civil.

12) De faire assurer convenablement contre l'incendie, les explosions et les dégâts d'eaux, son mobilier et, le cas échéant, celui mis à dispo-

sition, ainsi que le recours des voisins et les risques locatifs, par une compagnie d'assurance et d'en justifier au bailleur à son entrée dans les lieux puis chaque année, ainsi que du paiement des primes. De déclarer expressément à ladite compagnie les renonciations à recours énoncées à l'article 17 ci-après.

13) De déclarer immédiatement à sa compagnie et d'en informer conjointement le bailleur, tout sinistre ou dégradation s'étant produit dans les lieux loués, quand bien même il n'en résulterait aucun dégât apparent, sous peine d'être tenu personnellement de rembourser au bailleur le montant du préjudice direct ou indirect résultant pour celui-ci de ce sinistre et d'être notamment responsable vis-à-vis de lui du défaut de déclaration en temps utile dudit sinistre.

14) De laisser à tout moment libre accès aux locaux qui lui sont loués afin de limiter tous risques d'incendie, d'inondation ou autres, notamment en cas d'absence prolongée ou en période de vacances.

15) De ne faire aucun usage d'appareil de chauffage à combustion lente ni de feu ni à pétrole, de ne pas brancher d'appareils à gaz ou à mazout sur des conduits qui n'ont pas été faits pour cet usage. Il sera responsable de tous dégâts et conséquences de quelqu'ordre qu'ils soient résultant de l'inobservation de la présente clause et également des dégâts causés par bistrage, phénomène de condensation ou autre.

IV. Règlement de l'immeuble en copropriété

16) De se conformer aux usages en vigueur, aux règlements de police, au règlement de copropriété de l'immeuble, ainsi qu'à tout règlement intérieur, en matière de bonne tenue des immeubles et notamment :

a) De ne rien déposer ni faire de déballage ou emballage dans les parties communes de l'immeuble.

b) De ne pouvoir faire passer les livraisons, matériaux ; marchandises et meubles que par l'escalier de service ou le monte-charge s'il en existe, l'usage de l'ascenseur étant interdit dans ces cas.

c) De ne pouvoir faire entrer de voiture ou tout autre véhicule, ni entreposer quoi que ce soit dans les parties communes de l'immeuble.

d) De ne pouvoir faire dans les lieux loués aucune vente publique, même par autorité de justice.

e) De veiller à ce que la tranquillité de l'immeuble ne soit troublée en aucune façon par lui-même, sa famille, ses visiteurs, son personnel.
f) De ne pouvoir charger les planchers d'un poids supérieur à celui qu'ils peuvent supporter.
g) De n'exposer aux fenêtres, aux balcons et sur les terrasses ni linge, ni autres objets, de ne pas laisser écouler l'eau.
h) De n'avoir dans les lieux loués aucun animal autre que familier et à condition encore que ledit animal ne cause aucun dégât à l'immeuble ni aucun trouble de jouissance aux occupants de celui-ci.
i) De ne jeter dans les vide-ordures ou toutes autres canalisations, aucun objet susceptible de les boucher ou les endommager.
j) De prendre toutes mesures de destruction des rongeurs, insectes ou tous autres animaux nuisibles.

Le preneur sera responsable de tout manquement à ces prescriptions, le bailleur ne devant en aucun cas être inquiété ou recherché à ce sujet.

17) De donner accès dans les lieux loués au bailleur, au syndic ou à leurs représentants, à leurs architectes ou à leurs entrepreneurs, aussi souvent qu'il sera nécessaire.

18) De satisfaire à toutes les charges de ville ou de police dont les locataires sont tenus, d'acquitter tous impôts et taxes à la charge des locataires en cette qualité et d'en justifier au bailleur avant son état des lieux.

19) En cas d'existence ou d'installation d'antennes collectives, de s'interdire l'usage de toute antenne individuelle extérieure et de se brancher sur les installations collectives en supportant les frais de branchement et de prestation annuelle d'entretien.

Charges

En sus du loyer, le preneur s'oblige à acquitter au bailleur sa quote-part des charges récupérables en contrepartie :

- Des services rendus liés à l'usage des différents éléments de la chose louée.
- Des dépenses d'entretien courant et des menues réparations sur les éléments d'usage commun de la chose louée qui ne soient pas

la conséquence d'une erreur de conception ou de vice de réalisation.
– Des impositions qui correspondent à des services dont le locataire profite directement.

Cette quote-part est fixée suivant les règles de répartition en vigueur dans l'immeuble, il est précisé qu'en cas de modification d'une ou plusieurs répartitions de charges, soit lors de l'établissement d'un règlement de copropriété, soit par décision d'une assemblée générale, ladite modification s'appliquera de plein droit.

Le preneur versera au bailleur, en même temps que le loyer et à valoir sur un compte de régularisation, une provision qui sera révisable à tout moment en fonction des dépenses. Cette provision sera payable au mois d'avance. A titre indicatif, elle est à ce jour de .... euros par mois.

Pour le cas où les locaux loués se situeraient dans un immeuble en copropriété, le bailleur conservera une provision pour le couvrir des charges en attendant leur liquidation, le solde du compte du dépôt de garantie devant être effectué dans le mois qui suit la réception par le bailleur de l'état liquidatif des comptes de la copropriété. Les derniers loyers et accessoires ne peuvent en aucun cas s'imputer sur le dépôt de garantie.

Congé - Visite des lieux

En cas de vente des lieux loués ou pendant le délai de préavis applicable au congé, de souffrir de l'apposition d'écriteaux, de laisser visiter les lieux, deux heures par jour, par accord entre les parties et à défaut entre 17h et 19h, sauf dimanches et jours de fêtes.

De ne pouvoir déménager, même partiellement, avant d'avoir payé le montant du loyer et des accessoires jusqu'à l'expiration de l'occupation justifiée par la présentation des acquits du paiement de toutes ses contributions personnelles ou autres afférentes aux lieux loués et de celui des services mis à disposition par le bailleur.

A la restitution des clés, il sera dressé un état des lieux, en cas de transformation des locaux et équipements loués, effectuée sans l'accord écrit du bailleur, ce dernier pourra exiger du preneur, et à ses frais, leur remise en état, sans préjudice de tous dommages et intérêts. Le preneur aura l'obligation de faire connaître sa nouvelle adresse au bailleur ou à défaut fera connaître l'adresse où devront être envoyés tous les documents relatifs à la liquidation des comptes et de toutes autres questions afférents à la location.

Tolérances

Il est formellement convenu que toutes les tolérances de la part du bailleur relatives aux clauses et conditions énoncées ci-dessus, quelles qu'en aient pu être la fréquence et la durée, ne pourront en aucun cas être considérées comme apportant une modification ou suppression de ces clauses et conditions, ni génératrices d'un droit quelconque, le bailleur pourra toujours y mettre fin par tous les moyens.

Loyer

En outre, le présent bail est consenti et accepté moyennant un loyer annuel de : .... *(en lettres puis entre parenthèses en chiffres)*.

Que le preneur s'oblige à payer au bailleur ou pour lui à son mandataire, par mois et d'avance. Tout mois commencé sera dû intégralement tant pour le loyer que pour les accessoires.

En sus du loyer, il sera perçu des frais administratifs s'élevant actuellement à 0,90 euros, et chaque année la taxe des ordures ménagères.

Révision du loyer

Le loyer ci-dessus fixé sera augmenté automatiquement chaque année à effet du .... en fonction de la variation de la moyenne sur quatre trimestres de l'indice national de référence des loyers publié par l'INSEE ou en fonction de l'indice ou du taux d'évolution qui lui serait substitué.

La moyenne d'indice de référence, base du présent bail, est celle du .... trimestre 20.......... d'un montant de .... points.

Dans le cas où, par voie législative ou réglementaire, il serait fait obligation, pour révision du loyer des contrats de location d'habitation, ou à usage mixte professionnel et d'habitation, de se référer à un autre indice, ce dernier serait substitué de plein droit à l'indice contractuel ci-dessus. Les périodicités et modes de révision resteront inchangés.

Clauses pénales

(articles 1226 et suivants du Code civil)

En cas de non paiement de toute somme due à son échéance et dès le premier acte d'huissier, le preneur devra payer en sus, outre les frais de recouvrement y compris la totalité du droit proportionnel dû à l'huissier de justice, dix pour cent du montant de la somme due pour couvrir le bailleur tant des dommages pouvant résulter du retard dans le paiement que les frais, diligences et honoraires exposés pour le recouvrement de cette somme, sans préjudice de l'application de l'article 700 du nouveau Code de procédure civile.

Le preneur, dans le cas où il se maintiendrait indûment dans les lieux, à la cessation de la location versera au bailleur une indemnité d'occupation fixée de convention expresse entre les parties, forfaitairement au double du loyer majoré du montant des charges.

Dépôt de garantie

A la signature des présentes, le preneur verse au bailleur la somme de : .... *(en lettres puis entre parenthèses en chiffres).*

Celle-ci ne sera pas productive d'intérêts. Cette somme lui sera restituée dans les deux mois de la restitution des clés, déduction faite des sommes qui pourraient être dues par le preneur ou bailleur, notamment pour réparations ou remise en état, ou dont le bailleur pourrait être rendues responsable du fait du preneur.

Clause résolutoire

Il est expressément convenu qu'à défaut de paiement du dépôt de garantie, d'un seul terme de loyer ou du montant des accessoires à leur échéance et deux mois après un commandement de payer demeuré infructueux, le bail sera résilié de plein droit, sans qu'il soit besoin de remplir de formalité judiciaire, nonobstant toutes consignations ou offres réelles postérieures au délai ci-dessus.

Il est également expressément convenu qu'à défaut de souscription d'une assurance contre les risques dont le locataire doit répondre ou de défaut de justification postérieure du paiement régulier des primes annuelles et un mois après une sommation d'exécuter demeurée infructueuse, le bail sera résilié de plein droit, sans qu'il soit besoin de remplir des formalités judiciaires.

Il suffira d'une simple ordonnance de référé exécutoire pour provision nonobstant appel pour obtenir l'expulsion des lieux loués et dans ce cas le dépôt de garantie restera acquis au bailleur à titre d'indemnité sans préjudice de son droit à tous dommages intérêts.

En cas de paiement par chèque ou encore par prélèvement sur un compte bancaire ou postal, le montant du loyer et de ses accessoires ne pourra être considéré comme réglé qu'après encaissement malgré la remise de toute quittance, la clause résolutoire étant acquise au bailleur dans le cas où le chèque ou le prélèvement reviendrait impayé.

Election de domicile

Pour l'exécution des présentes et notamment la signification de tous actes, le preneur fait élection de domicile dans les lieux loués.

Le propriétaire fait élection de domicile au cabinet de son mandataire *(ou autre).*

Réserve

Les parties soussignées affirment que l'ensemble des informations figurant dans le présent acte correspondent à la réalité des choses, qu'ils sont capables majeurs et ne sont pas soumis à un plan de redressement civil ou commercial ou quelqu'autre situation qui leur interdirait de signer cet acte et ce sous peine de dommages et intérêts pour l'autre partie (et l'agent immobilier).

Enregistrement - Frais

Le présent bail ne sera soumis à l'Enregistrement que si l'une des parties le désire et en ce cas à ses frais. Le preneur s'oblige à supporter :

— Tous les frais et droits des présentes.

— Les honoraires de location et de rédaction dans le cadre de la réglementation en vigueur.

— Il en sera de même pour la suite des présentes et notamment pour tous avenants.

Fait à ...., en autant d'exemplaires que de parties intéressées.

Le ....

Identité du signataire : ....

Signature précédée de la mention « lu et approuvé »

Chapitre 2

Le bail commercial

La conclusion d'un bail commercial par une SCI de location n'est pas un acte rare, dans la mesure où de nombreux immeubles possèdent des rez-de-chaussée commerciaux.

Comme pour le bail d'habitation, nous étudierons ici les caractéristiques principales de ce type de bail qui relève des dispositions du décret du 30 septembre 1953.

Nous ne donnons ici que les principales caractéristiques des baux commerciaux, afin que le lecteur puisse se faire une idée plus claire des droits et obligations qui vont en découler pour l'exploitation locative de son immeuble.

Les Editions du Puits Fleuri vous présentent en fin d'ouvrage plusieurs titres de leur catalogue dont le Kit Locations professionnelles et commerciales, qui propose - « prêts à l'emploi » - l'ensemble des éléments utiles pour l'établissement de vos baux commerciaux.

1. PRÉALABLES

Afin que le bail signé soit de nature commerciale, il est nécessaire que le locataire (le « preneur ») soit commerçant ou artisan. L'inscription du preneur au répertoire des métiers est un indice fiable de l'activité commerciale ou artisanale.

Toutes les activités de commerce de proximité ou de prestations commerciales peuvent donc faire l'objet d'un bail commercial.

Le bail commercial présente une particularité en ce qui concerne sa durée. En effet, celle-ci ne peut pas être inférieure à 9 ans pour le bail initial. Il en va de même pour le renouvellement du bail qui, lui aussi, ne peut être inférieur à 9 ans.

Le bail commercial peut être résilié par le locataire à l'issue de chaque période de 3 ans et 6 mois à l'avance. Cette faculté peut être assortie d'une indemnité si celle-ci est prévue dans le contrat de location.

Cette faculté de résiliation triennale est aussi ouverte au bailleur dans les mêmes conditions, quand il souhaitera reprendre les locaux pour construire, reconstruire, surélever ou restaurer l'immeuble.

2. OBLIGATIONS DES PARTIES AU BAIL COMMERCIAL

Comme pour le bail d'habitation, preneur et bailleur sont soumis à un certain nombre d'obligations qu'ils sont tenus de respecter.

Les obligations qui vont être décrites ici découlent à la fois du décret de 1953 et des dispositions du Code civil régissant les conventions.

Certaines de ces obligations sont communes aux deux parties. Mais à la différence du bail d'habitation, le bail commercial peut déroger à certaines règles de répartition des obligations. C'est pourquoi nous distinguerons entre la répartition des obligations par défaut (dans le silence du contrat) et la répartition contractuelle qui peut valablement être définie par les parties.

■ Les obligations du bailleur

• Obligation d'entretenir la chose louée (dans le silence du contrat)

Pour le bailleur, cette disposition consiste en l'obligation de réparer tous les dommages qui empêcheraient l'usage des locaux tel qu'il a été défini contractuellement, c'est-à-dire un usage commercial.

Si le bail ne précise pas la nature de ces réparations, celles-ci seront constituées par les grosses réparations et les réparations imposées par les lois et règlements administratifs (notamment en matière d'hygiène, de sécurité et de salubrité).

• Obligation de garantir le locataire contre l'éviction

Le bailleur ne peut pas modifier les éléments du local loué sans l'accord du preneur, ni modifier les conditions d'occupation à un point qui rendrait difficile l'exploitation commerciale du local.

Certains locataires exigent l'introduction dans le bail d'une « clause de non-concurrence », qui interdit au bailleur de louer une partie du même immeuble à un commerçant qui exercerait la même activité que le preneur.

Ces clauses ne sont pas obligatoires, ni d'ordre public. Leur acceptation par le bailleur ne relève que de sa propre appréciation.

■ Les obligations du locataire

• Obligation d'entretenir la chose louée (dans le silence du contrat)

Le preneur, selon les termes de l'article 1728 du Code civil, doit utiliser la chose louée « en bon père de famille », tout en respectant la destination des locaux telle qu'elle est définie par le bail.

Si le bail ne prévoit pas les réparations qui seront à la charge du preneur, celles-ci se limiteront à l'entretien et aux petites réparations de la chose louée.

En d'autres termes, tout ce qui n'entre pas dans la catégorie des « grosses réparations » afférentes au bailleur.

• Obligation d'entretenir la chose louée (valablement prévue au contrat)

Le locataire peut valablement voir mises à sa charge les grosses réparations qui ont été décrites plus haut à la charge du bailleur.

Mais cet accroissement des obligations du preneur, dans la mesure où elles dérogent aux dispositions légales, doivent être inscrites dans le bail.

Un point important est à prévoir au bail en ce qui concerne les améliorations apportées par le locataire commerçant aux locaux qu'il utilise. En effet, l'utilisation d'un local commercial impose dans la majeure partie des cas la nécessité de réaliser des travaux qui vont améliorer le local, voire accroître sa valeur.

Si ces améliorations ont été financées par le locataire, elles deviendront la propriété du bailleur quand le locataire quittera le local. Il sera donc nécessaire de prévoir les modalités financières de ce transfert de propriété. Une indemnité pourra être envisagée dans le bail.

• Obligation d'exploiter le fonds de commerce

L'exploitation d'un fonds de commerce est l'élément constitutif de la commercialité du bail. Il est donc évident que si le preneur n'exploite pas les locaux pour une activité commerciale, ce manquement, non pas aux dispositions mais à la nature même du bail, constituera un motif valable de résiliation.

Mais pour ce faire, une clause résolutoire* devra être insérée au bail pour être efficace. En particulier, cette clause mettra en place la procédure de résiliation.

• Obligation de garnir les locaux

Le preneur commerçant a l'obligation de garnir les locaux de biens meubles suffisants pour garantir le paiement des loyers. Cette clause est à insérer au bail.

• Obligation de respecter l'affectation des locaux

Le bail doit prévoir l'affectation des locaux loués, c'est-à-dire à quelle activité doit être dédiée telle partie des locaux loués. S'il est précisé au bail que le local doit servir de salle de restaurant, le preneur ne pourra pas s'en servir comme garage, par exemple.

• Obligation de paiement du loyer

Cette obligation découle de la nature même du contrat de bail, dont elle est une condition essentielle. Les échéances, le montant des frais et des charges doivent être précisés dans le bail.

• Obligation de jouissance paisible des locaux

Le preneur ne doit pas nuire au bailleur ni aux autres occupants de l'immeuble. Il doit aussi respecter les lois et règlements en vigueur.

• Présomption de responsabilité en cas d'incendie

Le preneur est tenu des réparations consécutives à un incendie. Il sera présumé responsable de tout incendie ayant causé des dégâts aux locaux qu'il loue.

S'il veut s'exonérer de cette responsabilité, il devra démontrer que l'incendie n'est pas de son fait (cas fortuit, incendie du voisinage qui se serait étendu à l'immeuble...).

3. CLAUSES INTERDITES

Le principe veut, pour le bail commercial, que les obligations des parties peuvent librement être augmentées, dès lors qu'elles ne contreviennent pas à l'ordre public.

C'est pourquoi, à l'exception des interdictions qui vont être énumérées ci-dessous, et qui découlent des dispositions des articles 35 et 36 du décret de 1953, le bailleur et le preneur commerçant sont libres d'aménager leur relation contractuelle comme bon leur semblera.

En application de ces articles, sont donc interdites les clauses qui :

— prévoiraient une durée de location inférieure à 9 ans (article 35) ;

— empêcheraient la révision du loyer telle que prévue par l'article 27 du décret ;

— empêcheraient au locataire la cession du droit au bail* lors de la cession du fonds de commerce par le preneur (article 35-1) ;

— interdiraient le renouvellement du bail commercial (article 35) ;

— institueraient une résiliation automatique et de plein droit du bail pour non-respect des clauses du contrat de location ;

— prévoiraient la résiliation automatique du bail en cas de procédure de redressement judiciaire du locataire (article 36) : si le commerçant fait l'objet d'une procédure de redressement judiciaire, le bailleur n'a pas le droit de lui enlever la jouissance du local nécessaire à son exploitation ;

— ne feraient pas de correspondance entre le montant des loyers et les sommes demandées en garanties lors de l'entrée dans les locaux : ces sommes doivent correspondre à un certain nombre de mois de loyers, et non pas être fixées arbitrairement.

4. LE LOYER DU BAIL COMMERCIAL

Cette notion est importante à un double titre.

Tout d'abord, la contrepartie pécuniaire du contrat de location constitue son fondement pour le bailleur. Le loyer et son prix sont donc des notions importantes.

Et ensuite, le loyer d'un bail commercial présente des spécificités, notamment en matière d'assujettissement à la TVA, qui ne seront pas sans conséquences sur les choix, la comptabilité et les obligations fiscales de la SCI qui ont été traités dans le cadre des chapitres précédents.

Le loyer du bail commercial est une notion spécifique qui recouvre beaucoup de réalités de terrain, voire de pratiques et de « coutumes » locales.

L'objet du présent ouvrage n'étant pas de les énumérer toutes, il sera ici uniquement question du loyer du bail initial. C'est en effet au titre du loyer initial que vont se poser les principaux problèmes aux gérants et aux associés de la SCI.

■ Le loyer

La fixation du montant du loyer est libre entre les parties. Cependant, comme pour les baux d'habitation, il est conseillé de s'aligner, sauf exception, sur les « prix du marché » pratiqués dans le secteur.

Les parties peuvent aussi convenir d'une indexation du loyer, de la même manière que pour les baux d'habitation.

■ Les charges

Le mode de paiement des charges à régler par le locataire est, une fois encore, laissé au choix des parties. Il pourra ainsi être forfaitaire et faire l'objet d'une régularisation à échéance fixe, ou faire l'objet d'une imputation pour son montant réel.

Comme il a été dit plus haut, la répartition des charges entre le bailleur et le preneur est entièrement libre.

■ Le dépôt de garantie

Le montant du dépôt de garantie est libre. Cependant, le décret de 1953 permet de limiter ce principe, qui peut s'avérer pénalisant pour le locataire.

En application de ce décret, les sommes versées à titre de cautionnement ne doivent pas être supérieures à 3 mois de loyers si le locataire paie d'avance, et à 6 mois de loyers si le locataire paie son loyer à terme échu.

Si les sommes exigées au titre du dépôt de garantie sont supérieures à ces seuils, elles devront donner lieu au paiement d'intérêts par le bailleur au profit du locataire.

5. LA FIN DU BAIL

Comme pour le bail d'habitation, la fin du bail peut être le fait du locataire ou du bailleur. Mais les règles sont les suivantes :

■ Rupture du fait de l'application d'une clause résolutoire

Il a été dit plus haut que les clauses prévoyant une résiliation automatique du bail pour manquement à ses dispositions sont illégales. Cependant, le bailleur peut prévoir la résiliation du bail pour n'importe quel manquement du locataire à ses obligations contractuelles, fussent-elles minimes.

L'important, dans ce cas, est que la résiliation du bail ne soit pas automatique, mais intervienne dans le délai minimum d'un mois après l'envoi d'une mise en demeure du locataire demeurée infructueuse.

■ Motifs de non-renouvellement

Le renouvellement du bail commercial est un droit. Cependant, le bailleur sera en mesure de déroger à ce principe dans certains cas, notamment pour les motifs suivants :

— existence de motifs graves et légitimes (des retards de paiement, la violation de clauses du bail, l'absence d'entretien des locaux...) ;

— insalubrité des locaux loués ;

— reprise pour habiter, reconstruire, surélever l'immeuble ;

— expropriation pour cause d'utilité publique...

■ Rupture du fait du preneur

La rupture du fait du preneur peut notamment être motivée par :

— le non-respect par le bailleur de ses obligations contractuelles ;

— la cession du fonds de commerce ;

— la cessation d'activité.

6. MODÈLE DE BAIL COMMERCIAL

BAIL COMMERCIAL
soumis au décret du 30 septembre 1953

Entre les soussignés :

□ La société civile immobilière .... au capital social de .... €, ayant son siège social .... *(ville, code postal et adresse postale)*, immatriculée au registre du commerce et des sociétés de ...., sous le numéro ....,

Représentée par son gérant, M. ....,

Ci-après dénommée « Le Bailleur »,
D'une part,

ET :

- La société ...., société à responsabilité limitée au capital social de .... €, ayant son siège social à .... *(ville, code postal et adresse postale)*, immatriculée au registre du commerce et des sociétés de ...., sous le numéro ....

Représentée aux présentes par son gérant, M. ....,

Ci-après dénommée « Le Preneur »,
D'autre part,

Il a été convenu et arrêté ce qui suit :

ARTICLE 1 - BAIL

La SCI .... donne à bail, à titre commercial, conformément aux dispositions du décret n°53-960 du 30 septembre 1953, ce qui est accepté par la société .... les biens et droits immobiliers ci-dessous désignés.

ARTICLE 2 - DÉSIGNATION

Un immeuble commercial et industriel sis à ...., cadastré rénové Section ...., pour une contenance de .... m², et comportant .... *(indiquer les locaux annexes, et dépendances éventuelles, ainsi que les surfaces dont le locataire aura la jouissance commune).*

ARTICLE 3 - DURÉE

Le présent contrat est consenti pour une durée de neuf années entières et consécutives qui commencera à courir à compter du .... pour se terminer le ....

Cependant :

- le preneur aura la faculté de donner congé à l'expiration d'une période de 3 ans ;
- le bailleur disposera de la même faculté, pour les motifs exposés aux articles 10, 13 et 15 du décret du 30 septembre 1953, pour construire ou reconstruire l'immeuble existant, le surélever ou exécuter des travaux prescrits ou autorisés dans le cadre d'une opération de restauration immobilière.

Si l'une des parties entend faire valoir les droits ci-dessus énoncés, elle devra en donner avis à l'autre par exploit d'huissier six mois au moins avant l'expiration de la période triennale en cours, conformément aux dispositions de l'article 31 du décret du 30 septembre 1953.

ARTICLE 4 - DESTINATION

Les locaux, objet du présent bail, seront utilisés par le Preneur à usage de : .... *(décrire les activités de l'entreprise ou du commerce du Preneur).*

Le Preneur s'engage à respecter toutes les prescriptions légales ou administratives ainsi que les prescriptions qu'il déclare connaître.

ARTICLE 5 - CONDITIONS GÉNÉRALES

Le présent bail est fait aux charges et conditions ordinaires et de droit et sous celles particulières suivantes que le Preneur accepte expressément :

1. De prendre les locaux dans l'état où ils se trouveront lors de son entrée en jouissance.

Le Preneur pourra effectuer, s'il le juge utile, mais à ses frais, les travaux supplémentaires qu'il désirera, sous réserve de l'approbation préalable du Bailleur et de ses architectes. Le coût des travaux sus-visés sera réglé directement par le Preneur aux entrepreneurs et à l'architecte.

A l'expiration du présent bail, ou encore au départ du Preneur, lesdits travaux d'aménagement resteront sans indemnité la propriété du Bailleur, à moins que celui-ci n'exige la remise en état des lieux.

2. De rendre à son départ les locaux en bon état d'entretien locatif et conformes à l'état des lieux établi contradictoirement au plus tard le jour de l'entrée en jouissance.

3. D'occuper personnellement les lieux loués, le Preneur s'interdisant de prêter à des tiers tout ou partie desdits lieux, sous quelque prétexte que ce soit, ainsi que d'y domicilier toute personne physique ou morale.

4. De maintenir les locaux loués constamment utilisés et garnis de mobilier et de matériel en quantité et de valeur suffisantes pour répondre du paiement du loyer et de l'exécution des conditions des présentes.

5. De payer ses impôts personnels et mobiliers, la taxe professionnelle, et tout nouvel impôt ou taxe relatif aux lieux loués, et de supporter leur augmentation de telle sorte que le Bailleur ne soit jamais inquiété à ce sujet et d'en justifier le paiement sur réquisition.

Il devra, en outre, rembourser au Bailleur, tous impôts et taxes frappant les lieux à quelque titre que ce soit, même ceux généralement portés à la charge du propriétaire, et notamment l'impôt foncier, ainsi que les charges de copropriété.

Enfin, de payer les consommations d'eau et d'électricité suivant les indications des comptes divisionnaires, s'il en existe, ainsi que la location desdits compteurs.

6. De laisser pénétrer en tout temps dans les lieux loués le Bailleur et ses mandataires, les architectes, les entrepreneurs et ouvriers pour

visiter, s'assurer de l'état de l'immeuble, le réparer et l'entretenir. Sauf cas d'urgence caractérisé, le Preneur sera informé au préalable de ces visites.

7. De supporter, quelle qu'en soit la durée, même si elle excède 40 jours, et ce, par dérogation à l'article 1724 du Code civil les grosses réparations et les améliorations nécessaires et utiles, même si elles ne doivent pas profiter au Preneur, ainsi que les travaux prescrits par les Commissions Administratives, sauf à percevoir une indemnisation pour le préjudice qu'il aurait subi au-delà de cette période de 40 jours.

8. De veiller à ne pas troubler la jouissance paisible des voisins par le bruit, les odeurs, la fumée ou autrement.

9. De faire son affaire personnelle à ses risques, périls et frais, sans que le Bailleur puisse être inquiété ou recherché de toutes les réclamations faites par les voisins ou les tiers, notamment, pour bruits, odeurs ou trépidations causés par lui ou des appareils lui appartenant. Au cas néanmoins où le Bailleur aurait à payer des sommes quelconques du fait du Preneur, celui-ci serait tenu de les lui rembourser sans délai.

10. De faire son affaire personnelle, sans recours contre le Bailleur en cas d'utilisation d'appareils émetteurs ou récepteurs d'ondes ou d'instruments pouvant produire des parasites, de la suppression des bruits troublant ses propres réceptions des ondes.

11. De respecter les charges tolérées par la résistance des planchers.

12. De faire son affaire personnelle, sans recours contre le Bailleur, de tous dégâts causés aux locaux en cas de troubles publics, émeutes, grèves, guerres civiles, ainsi que des troubles de jouissance en résultant.

13. De se conformer scrupuleusement aux prescriptions, règlements et ordonnances en vigueur, notamment en ce qui concerne la voirie, la salubrité, la police, l'Inspection du Travail, ainsi qu'aux obligations fixées par le Cahier des Prescriptions et Charges Particulières de ZI de façon que le Bailleur ne soit jamais inquiété, ni recherché, à ce sujet.

14. De se conformer rigoureusement pour l'exploitation de son activité aux lois, règlements et prescriptions administratives et s'engager à ne pas entreprendre dans les lieux loués une activité soumise à autorisation sans avoir obtenu celle-ci.

La présente clause s'applique en particulier aux dispositions visées par les articles R 510 et suivants du Code de l'urbanisme.

ARTICLE 6 - TRAVAUX - ENTRETIEN RÉPARATIONS - TRANSFORMATIONS

Le Preneur maintiendra les lieux loués en bon état d'entretien et de toutes réparations y compris les grosses réparations visées par l'article 606 du Code civil, de telle sorte qu'en fin de bail et, plus généralement, à son départ, ceux-ci soient rendus en bon état d'entretien locatif.

Le Preneur devra notamment :

— entretenir constamment en bon état les canalisations d'adduction et d'écoulement des eaux, les installations électriques d'éclairage, les portes, les fenêtres, ferrures, serrures et crémones ;

— prendre toutes dispositions pour éviter la rupture par le gel des compteurs, canalisations et tuyaux ;

— Assurer par ses propres moyens et à ses frais tous les dégorgements des canalisations d'évacuation desservant les lieux loués.

ARTICLE 7 - ASSURANCES

Assurances et obligations du locataire

Le Preneur assurera les risques propres à son exploitation.

Il devra en particulier souscrire :

— une police d'assurance « Responsabilité Civile » garantissant les conséquences pécuniaires de la responsabilité civile qu'il peut encourir à raison des dommages corporels matériels et immatériels causés aux tiers ;

— une police d'assurance « Incendie - Explosions » et « Dégâts des eaux » garantissant ses biens propres à concurrence de leur valeur de remplacement à neuf au jour du sinistre, ses responsabilités d'occupant à l'égard des voisins et des tiers en général.

Ces polices devront comporter une clause de renonciation à recours contre le Bailleur et ses assureurs.

Dans le cas où des sous-locations ou cessions seraient réalisées, les contrats d'assurances des sous-locataires ou des cessionnaires devraient comporter une clause de renonciation à recours contre le Bailleur et les assureurs, le locataire ou le cédant et les polices ci-dessus, une clause de renonciation à recours contre les sous-locataires ou les cessionnaires.

Le Preneur s'engage à rembourser toutes surprimes qui, à raison de son état et de son fait, seraient réclamées tant au Bailleur qu'aux colocataires dans le cas où il conviendrait aux uns et aux autres de s'assurer. Il s'engage à aviser, par lettre recommandée, le Bailleur et les autres locataires de toute cause de risques aggravants (incendie, explosions, dégâts des eaux) pouvant résulter de la création de son commerce ou de toute modification de son activité, chacun de ceux-ci ne pouvant être tenu pour avisé de l'existence de risques aggravants que par la réception de ladite lettre.

Les primes de ces différents contrats seront à la charge exclusive du Preneur qui s'oblige à leur paiement ; il justifiera du paiement de ces primes et de l'existence de la clause de renonciation à recours prévue ci-dessus à toute réquisition du Bailleur en produisant une attestation de ses assureurs précisant également le montant des capitaux assurés.

Le Preneur devra déclarer immédiatement au Bailleur tout sinistre quelle qu'en soit l'importance, même s'il n'en résulte aucun dégât apparent.

L'indemnité allouée par la Compagnie d'Assurances ou par tout autre organisme au titre des assurances de dommages sera versée entre les mains du Bailleur.

Le Preneur fera son affaire personnelle, sans recours contre le Bailleur, de tous dégâts causés aux lieux loués, en cas de troubles, émeutes, grèves, guerre civile, ainsi que des troubles de jouissance en résultant.

Enfin, le Preneur s'engage à renoncer à tout recours en responsabilité contre le Bailleur, notamment :

a) en cas de vol, cambriolage ou tout acte délictueux ou criminel dont le Preneur pourrait être victime dans les lieux loués,

b) au cas où les lieux viendraient à être détruits en partie ou en totalité ou expropriés,

c) en cas de troubles apportés à la jouissance par le fait de tiers quelle que soit leur qualité, le Preneur devant agir directement contre eux sans pouvoir mettre en cause le Bailleur.

Le Preneur devra également assurer les charges afférentes aux polices souscrites par le Bailleur sur l'immeuble loué et devra en assurer le paiement à première demande par le Bailleur, sous peine d'application de la clause résolutoire.

ARTICLE 8 - RESPONSABILITÉ

Le Preneur sera personnellement responsable vis-à-vis du Bailleur et des tiers, des conséquences dommageables entraînées par les infractions aux clauses et conditions du présent bail, de son fait, de celui de son personnel ou de ses préposés. Il sera en particulier de plein droit responsable des dégâts causés en cours d'aménagement ou de livraison, ainsi que par les personnes effectuant des travaux pour son compte.

Le Bailleur ne pourra en aucun cas et à aucun titre être responsable des meubles en général et, spécialement, des titres, valeurs mobilières ou de commerce, monnaie, chèque ainsi que tout autre objet qui pourrait être volé, détourné, détruit ou endommagé dans les lieux loués, même en cas d'incendie, d'explosion ou de rupture de canalisations.

Le Preneur s'engage à faire son affaire personnelle de l'assurance, la surveillance et la protection des locaux qui lui sont loués et de son contenu et de contracter toutes assurances pour les vols, cambriolages et sinistres dont il vient d'être question.

Le Bailleur ne pourra être tenu responsable des irrégularités ou interruptions des services des eaux, électricité et des égouts.

Le Preneur renonce dès à présent à exercer toute action de ce chef contre le Bailleur. Une tolérance ne devra jamais être considérée comme un droit, même avec le temps, le Bailleur pouvant toujours y mettre fin.

ARTICLE 9 - SOUS-LOCATION - CESSION

Le Preneur ne pourra sous-louer même à titre gracieux et quelqu'en soit la durée sans l'autorisation expresse et écrite du Bailleur tout ou partie des locaux loués, ni céder son droit au présent bail, si ce n'est à un successeur dans son fonds de commerce.

La sous-location ne pourra excéder la moitié de la superficie des lieux loués.

En cas de cession, il restera en tout état de cause garant et solidaire de son cessionnaire pour le paiement des loyers et de l'exécution des conditions du bail. Un original de l'acte de cession de fonds devra être notifié au Bailleur conformément aux dispositions de l'article 1690 du Code civil.

Les lieux loués formant un tout indivisible, la sous-location même autorisée ne sera pas opposable au Bailleur, et comportera renonciation expresse par le sous-locataire à toute action et tout droit, et, notamment au renouvellement de la sous-location par application des dispositions du décret 53-960 du 30 septembre 1953 à l'encontre du Bailleur.

ARTICLE 10 - DISPOSITIONS DIVERSES

1. Destruction des locaux

Dans le cas où les locaux viendraient à être détruits en totalité par vétusté, faits de guerre, guerre civile, émeutes, en cas de force majeure ou cas fortuit indépendant de la volonté du Bailleur, le présent bail sera résilié de plein droit, sans indemnité.

2. Congé

Dès que le congé aura été donné ou en cas de mise en vente de l'immeuble ou des locaux loués, le Preneur devra laisser visiter les lieux par les clients du Bailleur accompagné d'un préposé de ce dernier, de 10 heures à 18 heures, chaque jour et au moins pendant les six mois du préavis.

ARTICLE 11 - LOYER

Le présent bail est consenti et accepté moyennant un loyer mensuel principal de .... En outre, le présent bail est consenti et accepté moyennant un loyer annuel de : .... *(en lettres puis entre parenthèses en chiffres)* Hors Taxes, plus impôts fonciers, plus charges de copropriété et annexes.

(clause à insérer si le loyer est soumis à TVA de droit ou sur option : Ce loyer sera majoré du montant de la Taxe de la Valeur Ajoutée au taux légal en vigueur. En cas de variation du taux de la TVA, le loyer sera majoré ou diminué du taux réel de cette variation.)

Ce loyer est stipulé payable dans les 5 jours qui suivront la réception de l'avis de quittance qui sera adressé mensuellement et en début de chaque terme civil, par le Bailleur ou son représentant. Le Preneur fera les paiements au Bailleur ou à son représentant dûment désigné, à l'adresse qui lui sera communiquée.

Si le bail devait commencer à une date autre que le premier jour du mois, le loyer correspondant serait calculé prorata temporis.

En cas de non-paiement à son échéance du loyer par le Preneur ou toute autre somme due en vertu du présent bail, le Bailleur percevra les pénalités de retard sans qu'il soit nécessaire d'adresser une mise en demeure quelconque.

Ces pénalités seront calculées à un taux mensuel de 0,75%, chaque mois commencé étant dû prorata temporis.

ARTICLE 12 - INDEXATION DU LOYER

Les parties conviennent de soumettre le loyer, tel que résultant aux présentes, à une clause d'échelle mobile.

En conséquence, le loyer sera ajusté automatiquement le 1er avril de chaque année en fonction de la variation de l'indice trimestriel de référence des loyers, publié par l'Institut National de la Statistique et des Etudes Economiques (INSEE). L'indice de référence sera le dernier paru au jour de la prise d'effet du bail, soit celui du ....ème trimestre .... fixé à ....

Les parties reconnaissent que cet indice est en relation directe avec l'objet du présent bail.

Si pour une raison économique, l'indice pris comme référence était supprimé, il serait remplacé de plein droit par l'indice qui lui serait substitué en appliquant le coefficient de raccordement établi à cet effet par les pouvoirs publics. A défaut de remplacement, un nouvel indice serait déterminé par arbitrage. Chacune des parties désignera un arbitre ; faute par une partie de procéder à cette désignation un mois après la mise en demeure par l'autre partie, il sera procédé à cette désignation par Monsieur le Président du Tribunal de Grande Instance statuant par ordonnance.

Faute par ces arbitres de se mettre d'accord, un troisième arbitre sera désigné par ordonnance de référé à la requête de la partie la plus diligente, lequel aura les pouvoirs les plus étendus pour déterminer le nouvel arbitre. Ce troisième arbitre aura pour l'exécution de sa mission les pouvoirs d'arbitre amiable compositeur.

La clause d'indexation du prix du loyer constitue une clause essentielle et déterminante sans laquelle le Bailleur n'aurait pas contracté. En conséquence, la non application partielle ou totale pourra autoriser le Bailleur seul à résilier le bail de plein droit si bon lui semble, par acte extra-judiciaire.

ARTICLE 13 - CHARGES

Le Preneur s'engage à assumer l'intégralité de la consommation d'eau, d'électricité, gaz et autres services afférents aux locaux et, plus généralement, à assumer en plus des travaux d'entretien et de réparation l'intégralité des charges dites locatives concernant l'immeuble loué qui ne seraient pas incluses dans l'énumération qui précède.

Il acquittera directement ou remboursera au Bailleur sur simple demande de sa part toutes dépenses afférentes aux locaux loués, notamment celles visées au paragraphe 5 de l'article 5 « Conditions Générales ».

ARTICLE 14 - DÉPÔT DE GARANTIE
CLAUSE RÉSOLUTOIRE

Pour garantir l'exécution de ses obligations, le Preneur versera au plus tard .... *(date en toutes lettres)* au Bailleur la somme de .... € hors taxes à titre de dépôt de garantie.

En cas de non-exécution par le Preneur de l'une quelconque des conditions du bail ou à défaut de paiement à son échéance de tout ou partie d'un terme de loyer, des provisions sur charges, reliquat de charges et remboursements divers qui sont payables en même temps que celui-ci, le Bailleur aura la faculté de résilier de son plein droit le présent bail un mois après avoir mis le Preneur en demeure de régulariser sa situation par commandement ou sommation de payer ou de respecter les stipulations du bail, contenant déclaration par le Bailleur de son intention d'user du bénéfice de la présente clause.

L'expulsion pourra avoir lieu en vertu d'une simple ordonnance de référé sans que des offres ultérieures puissent arrêter l'effet de cette clause.

Tous frais de procédure, de poursuite, d'honoraires et débours d'auxiliaires de justice ou de mesure conservatoire resteront à la charge du Preneur et seront considérés comme supplément de loyer.

A défaut par le Preneur d'évacuer les locaux, il serait redevable au Bailleur de plein droit et sans aucun préavis, d'une indemnité d'occupation fixée d'ores et déjà pour chaque jour de retard à 10% du montant du dernier loyer mensuel révisé.

Indépendamment de cette indemnité, le montant du dépôt de garantie ci-dessus fixé, restera de convention expresse intégralement acquise au Bailleur, à titre d'indemnisation, sans préjudice des loyers dont le Preneur lui resterait redevable.

ARTICLE 15 - ETAT DES LIEUX

Un état des lieux sera établi contradictoirement en présence des représentants du bailleur et du preneur lors de la prise d'effet du bail et au moment du départ du preneur.

ARTICLE 16 - FRAIS ET ENREGISTREMENT

Les droits d'enregistrement, frais et honoraires des présentes et de leurs avenants seront supportés par le preneur qui s'y engage.

ARTICLE 17 - ELECTION DE DOMICILE

Pour l'exécution des présentes et notamment la réception de tous actes extra-judiciaires ou de poursuites, le Preneur fait élection de domicile dans les locaux loués et le Bailleur à son siège social, ou à son domicile.

Fait à ....

Le

En deux exemplaires

Le Bailleur *Le Preneur*

Chapitre 3

Les locations meublées

Il n'existe pas de définition précise de la location meublée.

Est considéré comme meublé un local équipé des éléments de mobilier (lits, tables, chaises, etc.) nécessaires à la vie courante.

A la différence des locations nues à usage d'habitation, aucun texte particulier ne réglemente les locations de locaux meublés, si ce ne sont les textes généraux relatifs à l'habitabilité et à la décence des lieux loués.

Les locations meublées sont toutefois soumises à un régime différent selon la date à laquelle le bail a été conclu.

■ Définition des caractéristiques de la location meublée

D'une manière générale, une location doit être considérée comme meublée dès lors que les lieux loués sont garnis avec suffisamment de meubles pour pouvoir être habités en l'état.

Le caractère « meublé » de la location comprend non seulement les meubles nécessaires à la vie courante (tables, chaises, etc.), mais également l'ensemble des ustensiles de cuisine et de la vaisselle nécessaires.

Rappelons qu'une jurisprudence constante rappelle que « *la présence de vaisselle et d'ustensiles de cuisine est un élément essentiel de la vie domestique qui confère aux locaux loués, garnis par ailleurs d'objets mobiliers indispensables, le caractère d'une location meublée* ».

La Cour de Cassation a d'ailleurs considéré, dans une décision du 9 février 2005, que ne constituait pas une location meublée un bail ne comportant pas un réfrigérateur, des plaques chauffantes ou une gazinière.

Notons que le bailleur n'est cependant pas tenu de fournir le linge de maison ni les menus accessoires de cuisine.

Tout ceci est applicable quel que soit le statut du locataire (étudiant, actif, etc.).

■ Le régime applicable aux baux conclus avant le 20 janvier 2005

Avant le 20 janvier 2005, la loi opérait une distinction en fonction du nombre de logements loués en meublé par le bailleur.

En effet, selon que le bailleur louait moins de quatre logements ou plus de quatre logements en meublé, ses obligations (et donc les droits du locataire) étaient différentes.

• Bailleur louant quatre meublés et moins

Dans ce cas, aucun contrat écrit n'était obligatoire. La relation entre le locataire et le bailleur était régie par les règles du Code civil et le bail était librement établi par les parties, si celles-ci décidaient d'en rédiger un.

• Bailleur louant plus de quatre meublés

Si le bailleur louait plus de quatre meublés, la situation était différente :

— un écrit était obligatoire ;

— le bail avait une durée d'un an tacitement reconductible pour cette durée ;

— un préavis de rupture du bail de trois mois était obligatoire pour le bailleur, et d'un mois pour le locataire, mais aucun des deux n'avait à motiver son refus de renouvellement ;

— un état des lieux et un inventaire du mobilier devaient être annexés au contrat de location.

Enfin, notons que le bailleur était obligé, comme il l'est aujourd'hui, de délivrer un logement décent répondant à des normes minimales d'habitabilité.

■ Le régime applicable aux baux conclus après le 20 janvier 2005

Le régime applicable dans tous les cas est celui qui s'appliquait avant le 20 janvier 2005 aux bailleurs louant quatre meublés ou plus.

En conséquence, le locataire d'un bien meublé qui y établit sa résidence principale est nettement plus protégé et ce, quel que soit le nombre de meublés que son bailleur peut louer.

La première différence de taille avec le régime applicable avant le 20 janvier 2005 est l'obligation d'un contrat de location écrit.

Même si les textes n'imposent pas strictement le contenu du bail, un certain nombre de clauses devra y figurer, et il est vivement recommandé d'en intégrer certaines autres afin de ménager les relations avec le locataire, ou d'anticiper la survenance d'éventuels problèmes.

Dans le cadre d'une location meublée, certaines clauses sont réglementées et d'autres ne le sont pas. Ceci signifie qu'au-delà de l'exigence d'un écrit, la loi impose aux parties, locataire et bailleur d'inscrire certaines clauses dans le contrat de bail, lesquelles devront mentionner un certain nombre d'éléments. De plus, et de la même manière que pour les baux d'habitation non meublés, certains documents devront être annexés au bail.

• Les clauses obligatoires

Dans la mesure où certaines dispositions sont devenues obligatoires, et qu'un écrit doit être établi, le contenu minimal d'un bail d'habitation non meublé sera le suivant :

— état civil des parties et raison sociale de la SCI (ainsi que l'indication de son représentant légal) ;

— adresse des lieux loués ;

— durée de location d'un an (obligatoire) et point de départ de la location ;

— possibilité de reconduction tacite pour la même durée ;

— possibilité pour le bailleur de donner congé à la fin du bail, en respectant un préavis de trois mois ;

— possibilité pour le locataire de donner congé à tout moment, en respectant un préavis d'un mois ;

— possibilité pour le bailleur de renouveler le bail en modifiant certaines conditions (loyer, charges...) à la fin du contrat ou de refuser le renouvellement du bail à la condition de motiver son refus (refus de renouvellement pour reprise, pour vente ou pour motif légitime et sérieux).

Il est à noter que dans le cas des logements étudiants, le renouvellement n'est pas automatique et la durée de la location meublée peut alors être de 9 mois.

• Les clauses non obligatoires

Ces clauses ne font l'objet d'aucune réglementation. Leur utilité dans les baux d'habitation non meublés a cependant été démontrée à maintes reprises.

La liberté contractuelle étant la règle, en dehors des clauses obligatoires et réglementées développées ci-dessus, pourquoi se priver de les intégrer dans le bail ?

Citons notamment :

— une clause obligeant le locataire à s'assurer contre les risques locatifs (dégâts des eaux, incendie, explosion et vol des équipements) ;

— une clause décrivant les modalités de remise du préavis, la lettre recommandée constituant toujours la meilleure solution ou, à défaut, la lettre remise en main propre contre décharge ;

— une clause décrivant l'occupation qui doit être faite des locaux (habitation, usage professionnel ou mixte) ;

— une clause prévoyant un dépôt de garantie et les modalités de sa restitution, qui pourront être calquées sur celles applicables aux logements nus ;

— le montant des charges locatives (forfaitaires ou réelles) ;

— les motifs de résolutions du bail, qui constitueront les « motifs réels et sérieux » de refus de renouvellement en cas de manquement du locataire à ses obligations.

Parmi ces dernières, citons notamment :

— le paiement régulier des loyers et les charges ;

— l'utilisation paisible des lieux loués dans le respect de leur destination ;

— l'obligation d'assurance contre les risques locatifs.

• Les documents à annexer au bail

Comme pour les locations nues, pour lesquelles l'état des lieux doit être annexé au contrat de bail, les locations meublées doivent se voir annexer deux documents :

— l'état des lieux ;

— l'inventaire détaillé du mobilier.

Concernant l'état des lieux, nous renvoyons le lecteur à ce qui a déjà été développé précédemment pour l'état des lieux des locations nues.

L'inventaire détaillé du mobilier présente la même utilité et le même contenu que l'état des lieux, mais pour le mobilier mis à la disposition du locataire.

Il devra détailler les différentes pièces de mobilier ainsi que leur état lors de l'entrée dans les lieux.

Cet inventaire d'entrée sera comparé à l'inventaire de sortie quand le locataire quittera les lieux.

Nous vous déconseillons de dresser cet inventaire hors de la présence du locataire, afin d'éviter tout litige lors de la sortie, si des dégradations ont été commises.

Comme l'état des lieux, il devra être signé par les deux parties et daté.

Textes légaux

Annexe 1

Code civil

Chapitre I. Dispositions générales

Article 1832

Loi n°85-697 du 11 juillet 1985, art. 1 - Journal Officiel du 12 juillet 1985 rectificatif 13 juillet 1985

La société est instituée par deux ou plusieurs personnes qui conviennent par un contrat d'affecter à une entreprise commune des biens ou leur industrie en vue de partager le bénéfice ou de profiter de l'économie qui pourra en résulter.

Elle peut être instituée, dans les cas prévus par la loi, par l'acte de volonté d'une seule personne.

Les associés s'engagent à contribuer aux pertes.

Article 1832-1

Loi n°82-596 du 10 juillet 1982, art. 12 - Journal Officiel du 13 juillet 1982
Loi n°85-1372 du 23 décembre 1985, art. 50 - Journal Officiel du 26 décembre 1985 en vigueur le 1er juillet 1986

Même s'ils n'emploient que des biens de communauté pour les apports à une société ou pour l'acquisition de parts sociales, deux époux seuls ou avec d'autres personnes peuvent être associés dans une même société et participer ensemble ou non à la gestion sociale.

Les avantages et libéralités résultant d'un contrat de société entre époux ne peuvent être annulés parce qu'ils constitueraient des donations déguisées, lorsque les conditions en ont été réglées par un acte authentique.

Article 1832-2

Inséré par Loi n°82-596 du 10 juillet 1982, art. 13. - Journal Officiel du 13 juillet 1982

Un époux ne peut, sous la sanction prévue à l'article 1427, employer des biens communs pour faire un apport à une société ou acquérir des parts sociales non négociables sans que son conjoint en ait été averti et sans qu'il en soit justifié dans l'acte.

La qualité d'associé est reconnue à celui des époux qui fait l'apport ou réalise l'acquisition.

La qualité d'associé est également reconnue, pour la moitié des parts souscrites ou acquises, au conjoint qui a notifié à la société son intention d'être personnellement associé. Lorsqu'il notifie son intention lors de l'apport ou de l'acquisition, l'acceptation ou l'agrément des associés vaut pour les deux époux. Si cette notification est postérieure à l'apport ou à l'acquisition, les clauses d'agrément

prévues à cet effet par les statuts sont opposables au conjoint ; lors de la délibération sur l'agrément, l'époux associé ne participe pas au vote et ses parts ne sont pas prises en compte pour le calcul du quorum et de la majorité.
Les dispositions du présent article ne sont applicables que dans les sociétés dont les parts ne sont pas négociables et seulement jusqu'à la dissolution de la communauté.

Article 1833
Toute société doit avoir un objet licite et être constituée dans l'intérêt commun des associés.

Article 1834
Les dispositions du présent chapitre sont applicables à toutes les sociétés s'il n'en est autrement disposé par la loi en raison de leur forme ou de leur objet.

Article 1835
Les statuts doivent être établis par écrit. Ils déterminent, outre les apports de chaque associé, la forme, l'objet, l'appellation, le siège social, le capital social, la durée de la société et les modalités de son fonctionnement.

Article 1836
Les statuts ne peuvent être modifiés, à défaut de clause contraire, que par accord unanime des associés.
En aucun cas, les engagements d'un associé ne peuvent être augmentés sans le consentement de celui-ci.

Article 1837
Toute société dont le siège est situé sur le territoire français est soumise aux dispositions de la loi française.
Les tiers peuvent se prévaloir du siège statutaire, mais celui-ci ne leur est pas opposable par la société si le siège réel est situé en un autre lieu.

Article 1838
La durée de la société ne peut excéder quatre-vingt-dix-neuf ans.

Article 1839
Si les statuts ne contiennent pas toutes les énonciations exigées par la législation ou si une formalité prescrite par celle-ci a été omise ou irrégulièrement accomplie, tout intéressé est recevable à demander en justice que soit ordonnée, sous astreinte, la régularisation de la constitution. Le ministère public est habile à agir aux mêmes fins.
Les mêmes règles sont applicables en cas de modification des statuts.
L'action aux fins de régularisation prévue à l'alinéa premier se prescrit par trois ans à compter de l'immatriculation de la société ou de la publication de l'acte modifiant les statuts.

Article 1840

Les fondateurs, ainsi que les premiers membres des organes de gestion, de direction ou d'administration sont solidairement responsables du préjudice causé soit par le défaut d'une mention obligatoire dans les statuts, soit par l'omission ou l'accomplissement irrégulier d'une formalité prescrite pour la constitution de la société.

En cas de modification des statuts, les dispositions de l'alinéa précédent sont applicables aux membres des organes de gestion, de direction ou d'administration alors en fonction. L'action se prescrira par dix ans à compter du jour où l'une ou l'autre, selon le cas, des formalités visées à l'al. 3 de l'article 1839 aura été accomplie.

Article 1841

Il est interdit aux sociétés n'y ayant pas été autorisées par la loi de faire publiquement appel à l'épargne ou d'émettre des titres négociables, à peine de nullité des contrats conclus ou des titres émis.

Article 1842

Les sociétés autres que les sociétés en participation visées au chapitre III jouissent de la personnalité morale à compter de leur immatriculation.

Jusqu'à l'immatriculation, les rapports entre les associés sont régis par le contrat de société et par les principes généraux du droit applicable aux contrats et obligations.

Article 1843

Les personnes qui ont agi au nom d'une société en formation avant l'immatriculation sont tenues des obligations nées des actes ainsi accomplis, avec solidarité si la société est commerciale, sans solidarité dans les autres cas. La société régulièrement immatriculée peut reprendre les engagements souscrits, qui sont alors réputés avoir été dès l'origine contractés par celle-ci.

Article 1843-1

L'apport d'un bien ou d'un droit soumis à publicité pour son opposabilité aux tiers peut être publié dès avant l'immatriculation et sous la condition que celle-ci intervienne. A compter de celle-ci, les effets de la formalité rétroagissent à la date de son accomplissement.

Article 1843-2

Loi n°82-596 du 10 juillet 1982, art. 14 - Journal Officiel du 13 juillet 1982

Les droits de chaque associé dans le capital social sont proportionnels à ses apports lors de la constitution de la société ou au cours de l'existence de celle-ci.

Les apports en industrie ne concourent pas à la formation du capital social mais donnent lieu à l'attribution de parts ouvrant droit au partage des bénéfices et de l'actif net, à charge de contribuer aux pertes.

Article 1843-3

Loi n°2001-420 du 15 mai 2001, art. 123 I - Journal Officiel du 16 mai 2001

Chaque associé est débiteur envers la société de tout ce qu'il a promis de lui apporter en nature, en numéraire ou en industrie.

Les apports en nature sont réalisés par le transfert des droits correspondants et par la mise à la disposition effective des biens.

Lorsque l'apport est en propriété, l'apporteur est garant envers la société comme un vendeur envers son acheteur.

Lorsqu'il est en jouissance, l'apporteur est garant envers la société comme un bailleur envers son preneur. Toutefois, lorsque l'apport en jouissance porte sur des choses de genre ou sur tous autres biens normalement appelés à être renouvelés pendant la durée de la société, le contrat transfère à celle-ci la propriété des biens apportés, à charge d'en rendre une pareille quantité, qualité et valeur ; dans ce cas, l'apporteur est garant dans les conditions prévues à l'alinéa précédent.

L'associé qui devait apporter une somme dans la société et qui ne l'a point fait devient de plein droit et sans demande, débiteur des intérêts de cette somme à compter du jour où elle devait être payée et ce sans préjudice de plus amples dommages-intérêts, s'il y a lieu. En outre, lorsqu'il n'a pas été procédé dans un délai légal aux appels de fonds pour réaliser la libération intégrale du capital, tout intéressé peut demander au président du tribunal statuant en référé soit d'enjoindre sous astreinte aux administrateurs, gérants et dirigeants de procéder à ces appels de fonds, soit de désigner un mandataire chargé de procéder à cette formalité.

L'associé qui s'est obligé à apporter son industrie à la société lui doit compte de tous les gains qu'il a réalisés par l'activité faisant l'objet de son apport.

Article 1843-4

Dans tous les cas où sont prévus la cession des droits sociaux d'un associé, ou le rachat de ceux-ci par la société, la valeur de ces droits est déterminée, en cas de contestation, par un expert désigné, soit par les parties, soit à défaut d'accord entre elles, par ordonnance du président du tribunal statuant en la forme des référés et sans recours possible.

Article 1843-5

Inséré par la Loi n°88-15 du 5 janvier 1988, art. 1 - Journal Officiel du 6 janvier 1988

Outre l'action en réparation du préjudice subi personnellement, un ou plusieurs associés peuvent intenter l'action sociale en responsabilité contre les gérants. Les demandeurs sont habilités à poursuivre la réparation du préjudice subi par la société ; en cas de condamnation, les dommages-intérêts sont alloués à la société.

Est réputée non écrite toute clause des statuts ayant pour effet de subordonner l'exercice de l'action sociale à l'avis préalable ou à l'autorisation de l'assemblée ou qui comporterait par avance renonciation à l'exercice de cette action.

Aucune décision de l'assemblée des associés ne peut avoir pour effet d'éteindre une action en responsabilité contre les gérants pour la faute commise dans l'accomplissement de leur mandat.

Article 1844

Tout associé a le droit de participer aux décisions collectives.
Les copropriétaires d'une part sociale indivise sont représentés par un mandataire unique, choisi parmi les indivisaires ou en dehors d'eux. En cas de désaccord, le mandataire sera désigné en justice à la demande du plus diligent.
Si une part est grevée d'un usufruit, le droit de vote appartient au nu-propriétaire, sauf pour les décisions concernant l'affectation des bénéfices, où il est réservé à l'usufruitier.
Les statuts peuvent déroger aux dispositions des deux alinéas qui précèdent.

Article 1844-1

La part de chaque associé dans les bénéfices et sa contribution aux pertes se déterminent à proportion de sa part dans le capital social et la part de l'associé qui n'a apporté que son industrie est égale à celle de l'associé qui a le moins apporté, le tout sauf clause contraire.
Toutefois, la stipulation attribuant à un associé la totalité du profit procuré par la société ou l'exonérant de la totalité des pertes, celle excluant un associé totalement du profit ou mettant à sa charge la totalité des pertes sont réputées non écrites.

Article 1844-2

Il peut être consenti hypothèque ou toute autre sûreté réelle sur les biens de la société en vertu de pouvoirs résultant de délibérations ou délégations établies sous signatures privées alors même que la constitution de l'hypothèque ou de la sureté doit l'être par acte authentique.

Article 1844-3

La transformation régulière d'une société en une société d'une autre forme n'entraîne pas la création d'une personne morale nouvelle. Il en est de même de la prorogation ou de toute autre modification statutaire.

Article 1844-4

Une société, même en liquidation, peut être absorbée par une autre société ou participer à la constitution d'une société nouvelle, par voie de fusion.
Elle peut aussi transmettre son patrimoine par voie de scission à des sociétés existantes ou à des sociétés nouvelles.
Ces opérations peuvent intervenir entre des sociétés de forme différente.
Elles sont décidées, par chacune des sociétés intéressées, dans les conditions requises pour la modification de ses statuts.
Si l'opération comporte la création de sociétés nouvelles, chacune de celles-ci est constituée selon les règles propres à la forme de société adoptée.

Article 1844-5

Loi n°81-1162 du 30 décembre 1981 - Journal Officiel du 31 décembre 1981
Loi n°88-15 du 5 janvier 1988, art. 2 - Journal Officiel du 6 janvier 1988
Loi n°2001-420 du 15 mai 2001, art. 103 - Journal Officiel du 16 mai 2001

La réunion de toutes les parts sociales en une seule main n'entraîne pas la dissolution de plein droit de la société. Tout intéressé peut demander cette dissolution si la situation n'a pas été régularisée dans le délai d'un an. Le tribunal peut accorder à la société un délai maximal de six mois pour régulariser la situation. Il ne peut prononcer la dissolution si, au jour où il statue sur le fond, cette régularisation a eu lieu.

L'appartenance de l'usufruit de toutes les parts sociales à la même personne est sans conséquence sur l'existence de la société.

En cas de dissolution, celle-ci entraîne la transmission universelle du patrimoine de la société à l'associé unique, sans qu'il y ait lieu à liquidation. Les créanciers peuvent faire opposition à la dissolution dans le délai de trente jours à compter de la publication de celle-ci. Une décision de justice rejette l'opposition ou ordonne soit le remboursement des créances, soit la constitution de garanties si la société en offre et si elles sont jugées suffisantes. La transmission du patrimoine n'est réalisée et il n'y a disparition de la personne morale qu'à l'issue du délai d'opposition ou, le cas échéant, lorsque l'opposition a été rejetée en première instance ou que le remboursement des créances a été effectué ou les garanties constituées.

Les dispositions du troisième alinéa ne sont pas applicables aux sociétés dont l'associé unique est une personne physique.

Article 1844-6

La prorogation de la société est décidée à l'unanimité des associés, ou, si les statuts le prévoient, à la majorité prévue pour la modification de ceux-ci.

Un an au moins avant la date d'expiration de la société, les associés doivent être consultés à l'effet de décider si la société doit être prorogée.

A défaut, tout associé peut demander au président du tribunal, statuant sur requête, la désignation d'un mandataire de justice chargé de provoquer la consultation prévue ci-dessus.

Article 1844-7

Loi n°85-98 du 25 janvier 1985, art. 217 - Journal Officiel du 26 janvier 1986 en vigueur le 1er janvier 1986
Loi n°88-15 du 6 janvier 1988, art. 3 - Journal Officiel du 6 janvier 1988

La société prend fin : 1° Par l'expiration du temps pour lequel elle a été constituée, sauf prorogation effectuée conformément à l'article 1844-6 ; 2° Par la réalisation ou l'extinction de son objet ; 3° Par l'annulation du contrat de société ; 4° Par la dissolution anticipée décidée par les associés ; 5° Par la dissolution anticipée prononcée par le tribunal à la demande d'un associé pour justes motifs, notamment en cas d'inexécution de ses obligations par un associé, ou de mésentente entre associés paralysant le fonctionnement de la société ; 6° Par la dissolution anticipée prononcée par le tribunal dans le cas prévu à l'article 1844-5 ; 7° Par l'effet d'un jugement ordonnant la liquidation judiciaire ou la cession totale des actifs de la société ; 8° Pour toute autre cause prévue par les statuts.

Article 1844-8

Loi n°88-15 du 5 janvier 1988, art. 2 II. - Journal Officiel du 6 janvier 1988

La dissolution de la société entraîne sa liquidation, hormis les cas prévus à l'article 1844-4 et au troisième alinéa de l'article 1844-5. Elle n'a d'effet à l'égard des tiers qu'après sa publication.

Le liquidateur est nommé conformément aux dispositions des statuts. Dans le silence de ceux-ci, il est nommé par les associés ou, si les associés n'ont pu procéder à cette nomination, par décision de justice. Le liquidateur peut être révoqué dans les mêmes conditions. La nomination et la révocation ne sont opposables aux tiers qu'à compter de leur publication. Ni la société ni les tiers ne peuvent, pour se soustraire à leurs engagements, se prévaloir d'une irrégularité dans la nomination ou dans la révocation du liquidateur, dès lors que celle-ci a été régulièrement publiée.

La personnalité morale de la société subsiste pour les besoins de la liquidation jusqu'à la publication de la clôture de celle-ci.

Si la clôture de la liquidation n'est pas intervenue dans un délai de trois ans à compter de la dissolution, le ministère public ou tout intéressé peut saisir le tribunal, qui fait procéder à la liquidation ou, si celle-ci a été commencée, à son achèvement.

Article 1844-9

Après paiement des dettes et remboursement du capital social, le partage de l'actif est effectué entre les associés dans les mêmes proportions que leur participation aux bénéfices, sauf clause ou convention contraire.

Les règles concernant le partage des successions, y compris l'attribution préférentielle, s'appliquent aux partages entre associés.

Toutefois, les associés peuvent valablement décider, soit dans les statuts, soit par une décision ou un acte distinct, que certains biens seront attribués à certains associés. A défaut, tout bien apporté qui se retrouve en nature dans la masse partagée est attribué, sur sa demande, et à charge de soulte s'il y a lieu, à l'associé qui en avait fait l'apport. Cette faculté s'exerce avant tout autre droit à une attribution préférentielle.

Tous les associés, ou certains seulement, peuvent aussi demeurer dans l'indivision pour tout ou partie des biens sociaux. Leurs rapports sont alors régis, à la clôture de la liquidation, en ce qui concerne ces biens, par les dispositions relatives à l'indivision.

Article 1844-10

La nullité de la société ne peut résulter que de la violation des dispositions des articles 1832, 1832-1, alinéa 1er, et 1833, ou de l'une des causes de nullité des contrats en général.

Toute clause statutaire contraire à une disposition impérative du présent titre dont la violation n'est pas sanctionnée par la nullité de la société, est réputée non écrite.
La nullité des actes ou délibérations des organes de la société ne peut résulter que de la violation d'une disposition impérative du présent titre ou de l'une des causes de nullité des contrats en général.

Article 1844-11
L'action en nullité est éteinte lorsque la cause de la nullité a cessé d'exister le jour où le tribunal statue sur le fond en première instance, sauf si cette nullité est fondée sur l'illicéité de l'objet social.

Article 1844-12
En cas de nullité d'une société ou d'actes ou délibérations postérieurs à sa constitution, fondée sur un vice de consentement ou l'incapacité d'un associé, et lorsque la régularisation peut intervenir, toute personne, y ayant intérêt, peut mettre en demeure celui qui est susceptible de l'opérer, soit de régulariser, soit d'agir en nullité dans un délai de six mois à peine de forclusion. Cette mise en demeure est dénoncée à la société.
La société ou un associé peut soumettre au tribunal saisi dans le délai prévu à l'alinéa précédent, toute mesure susceptible de supprimer l'intérêt du demandeur notamment par le rachat de ses droits sociaux. En ce cas, le tribunal peut, soit prononcer la nullité, soit rendre obligatoires les mesures proposées si celles-ci ont été préalablement adoptées par la société aux conditions prévues pour les modifications statutaires. Le vote de l'associé dont le rachat des droits est demandé est sans influence sur la décision de la société.
En cas de contestation, la valeur des droits sociaux à rembourser à l'associé est déterminée selon les dispositions de l'article 1843-4.

Article 1844-13
Le tribunal, saisi d'une demande en nullité, peut, même d'office, fixer un délai pour permettre de couvrir les nullités. Il ne peut prononcer la nullité moins de deux mois après la date de l'exploit introductif d'instance.
Si, pour couvrir une nullité, une assemblée doit être convoquée, ou une consultation des associés effectuée, et s'il est justifié d'une convocation régulière de cette assemblée ou de l'envoi aux associés du texte des projets de décision accompagné des documents qui doivent leur être communiqués, le tribunal accorde par jugement le délai nécessaire pour que les associés puissent prendre une décision.

Article 1844-14
Les actions en nullité de la société ou d'actes et délibérations postérieurs à sa constitution se prescrivent par trois ans à compter du jour où la nullité est encourue.

Article 1844-15
Lorsque la nullité de la société est prononcée, elle met fin, sans rétroactivité, à l'exécution du contrat. A l'égard de la personne morale qui a pu prendre naissance, elle produit les effets d'une dissolution prononcée par justice.

Article 1844-16
Ni la société ni les associés ne peuvent se prévaloir d'une nullité à l'égard des tiers de bonne foi. Mais la nullité résultant de l'incapacité ou de l'un des vices du consentement est opposable même aux tiers par l'incapable et ses représentants légaux, ou par l'associé dont le consentement a été surpris par erreur, dol ou violence.

Article 1844-17
L'action en responsabilité fondée sur l'annulation de la société ou des actes et délibérations postérieurs à la constitution se prescrit par trois ans à compter du jour où la décision d'annulation est passée en force de chose jugée.
La disparition de la cause de nullité ne met pas obstacle à l'exercice de l'action en dommages-intérêts tendant à la réparation du préjudice causé par le vice dont la société, l'acte ou la délibération était entaché. Cette action se prescrit par trois ans à compter du jour où la nullité a été couverte.

Section I. Dispositions générales

Article 1845
Les dispositions du présent chapitre sont applicables à toutes les sociétés civiles, à moins qu'il n'y soit dérogé par le statut légal particulier auquel certaines d'entre elles sont assujetties.
Ont le caractère civil toutes les sociétés auxquelles la loi n'attribue pas un autre caractère à raison de leur forme, de leur nature, ou de leur objet.

Article 1845-1
Loi n°82-596 du 10 juillet 1982, art. 15 - Journal Officiel du 13 juillet 1982
Loi n°2001-1168 du 11 décembre 2001, art. 33 I - Journal Officiel du 12 décembre 2001
Le capital est divisé en parts égales.
Les dispositions du chapitre Ier du titre III du livre II du Code de commerce relatives au capital variable des sociétés sont applicables aux sociétés civiles.

Section II. Gérance

Article 1846
La société est gérée par une ou plusieurs personnes, associées ou non, nommées soit par les statuts, soit par acte distinct, soit par décision des associés.
Les statuts fixent les règles de désignation du ou des gérants et le mode d'organisation de la gérance.

Sauf disposition contraire des statuts, le gérant est nommé par une décision des associés représentant plus de la moitié des parts sociales.
Dans le silence des statuts, et s'il n'en a été décidé autrement par les associés lors de la désignation, les gérants sont réputés nommés pour la durée de la société.
Si, pour quelque cause que ce soit, la société se trouve dépourvue de gérant, tout associé peut demander au président du tribunal statuant sur requête la désignation d'un mandataire chargé de réunir les associés en vue de nommer un ou plusieurs gérants.

Article 1846-1
Hors les cas visés à l'article 1844-7, la société prend fin par la dissolution anticipée que peut prononcer le tribunal à la demande de tout intéressé, lorsqu'elle est dépourvue de gérant depuis plus d'un an.

Article 1846-2
La nomination et la cessation de fonction des gérants doivent être publiées.
Ni la société, ni les tiers ne peuvent, pour se soustraire à leurs engagements, se prévaloir d'une irrégularité dans la nomination des gérants ou dans la cessation de leur fonction, dès lors que ces décisions ont été régulièrement publiées.

Article 1847
Si une personne morale exerce la gérance, ses dirigeants sont soumis aux mêmes conditions et obligations et encourent les mêmes responsabilités, civile et pénale, que s'ils étaient gérants en leur nom propre, sans préjudice de la responsabilité solidaire de la personne morale qu'ils dirigent.

Article 1848
Dans les rapports entre associés, le gérant peut accomplir tous les actes de gestion que demande l'intérêt de la société.
S'il y a plusieurs gérants, ils exercent séparément ces pouvoirs, sauf le droit qui appartient à chacun de s'opposer à une opération avant qu'elle ne soit conclue.
Le tout, à défaut de dispositions des statuts sur le mode d'administration.

Article 1849
Dans les rapports avec les tiers, le gérant engage la société par les actes entrant dans l'objet social.
En cas de pluralité de gérants, ceux-ci détiennent séparément les pouvoirs prévus à l'alinéa précédent. L'opposition formée par un gérant aux actes d'un autre gérant est sans effet à l'égard des tiers, à moins qu'il ne soit établi qu'ils en ont eu connaissance.
Les clauses statutaires limitant les pouvoirs des gérants sont inopposables aux tiers.

Article 1850
Chaque gérant est responsable individuellement envers la société et envers les tiers, soit des infractions aux lois et règlements, soit de la violation des statuts, soit des fautes commises dans sa gestion.
Si plusieurs gérants ont participé aux mêmes faits, leur responsabilité est solidaire à l'égard des tiers et des associés. Toutefois, dans leurs rapports entre eux, le tribunal détermine la part contributive de chacun dans la réparation du dommage.

Article 1851
Sauf disposition contraire des statuts le gérant est révocable par une décision des associés représentant plus de la moitié des parts sociales. Si la révocation est décidée sans juste motif, elle peut donner lieu à dommages-intérêts.
Le gérant est également révocable par les tribunaux pour cause légitime, à la demande de tout associé.
Sauf clause contraire, la révocation d'un gérant, qu'il soit associé ou non, n'entraîne pas la dissolution de la société. Si le gérant révoqué est un associé, il peut, à moins qu'il n'en soit autrement convenu dans les statuts, ou que les autres associés ne décident la dissolution anticipée de la société, se retirer de celle-ci dans les conditions prévues à l'article 1869 (2ème alinéa).

Section III. Décisions collectives

Article 1852
Les décisions qui excèdent les pouvoirs reconnus aux gérants sont prises selon les dispositions statutaires ou, en l'absence de telles dispositions, à l'unanimité des associés.

Article 1853
Les décisions sont prises par les associés réunis en assemblée. Les statuts peuvent aussi prévoir qu'elles résulteront d'une consultation écrite.

Article 1854
Les décisions peuvent encore résulter du consentement de tous les associés exprimé dans un acte.

Section IV. Information des associés

Article 1855
Les associés ont le droit d'obtenir, au moins une fois par an, communication des livres et des documents sociaux, et de poser par écrit des questions sur la gestion sociale auxquelles il devra être répondu par écrit dans le délai d'un mois.

Article 1856
Les gérants doivent, au moins une fois dans l'année, rendre compte de leur gestion aux associés. Cette reddition de compte doit comporter un rapport écrit d'ensemble sur l'activité de la société au cours de l'année ou de l'exercice écoulé comportant l'indication des bénéfices réalisés ou prévisibles et des pertes encourues ou prévues.

Section V. Engagement des associés à l'égard des tiers

Article 1857
A l'égard des tiers, les associés répondent indéfiniment des dettes sociales à proportion de leur part dans le capital social à la date de l'exigibilité ou au jour de la cessation des paiements.
L'associé qui n'a apporté que son industrie est tenu comme celui dont la participation dans le capital social est la plus faible.

Article 1858
Les créanciers ne peuvent poursuivre le paiement des dettes sociales contre un associé qu'après avoir préalablement et vainement poursuivi la société.

Article 1859
Toutes les actions contre les associés non liquidateurs ou leurs héritiers et ayants cause se prescrivent par cinq ans à compter de la publication de la dissolution de la société.

Article 1860
S'il y a déconfiture, faillite personnelle, liquidation de biens ou règlement judiciaire atteignant l'un des associés, à moins que les autres unanimes ne décident de dissoudre la société par anticipation ou que cette dissolution ne soit prévue par les statuts, il est procédé, dans les conditions énoncées à l'article 1843-4, au remboursement des droits sociaux de l'intéressé, lequel perdra alors la qualité d'associé.

Section VI. Cession des parts sociales

Article 1861
Les parts sociales ne peuvent être cédées qu'avec l'agrément de tous les associés.
Les statuts peuvent toutefois convenir que cet agrément sera obtenu à une majorité qu'ils déterminent, ou qu'il peut être accordé par les gérants. Ils peuvent aussi dispenser d'agrément les cessions consenties à des associés ou au conjoint de l'un d'eux. Sauf dispositions contraires des statuts, ne sont pas soumises à agrément les cessions consenties à des ascendants ou descendants du cédant.

Le projet de cession est notifié, avec demande d'agrément, à la société et à chacun des associés. Il n'est notifié qu'à la société quand les statuts prévoient que l'agrément peut être accordé par les gérants.
Lorsque deux époux sont simultanément membres d'une société, les cessions faites par l'un d'eux à l'autre doivent, pour être valables, résulter d'un acte notarié ou d'un acte sous seing privé ayant acquis date certaine autrement que par le décès du cédant.

Article 1862
Lorsque plusieurs associés expriment leur volonté d'acquérir, ils sont, sauf clause ou convention contraire, réputés acquéreurs à proportion du nombre de parts qu'ils détenaient antérieurement.
Si aucun associé ne se porte acquéreur, la société peut faire acquérir les parts par un tiers désigné à l'unanimité des autres associés ou suivant les modalités prévues par les statuts. La société peut également procéder au rachat des parts en vue de leur annulation.
Le nom du ou des acquéreurs proposés, associés ou tiers, ou l'offre de rachat par la société, ainsi que le prix offert sont notifiés au cédant. En cas de contestation, sur le prix, celui-ci est fixé conformément aux dispositions de l'article 1843-4, le tout sans préjudice du droit du cédant de conserver ses parts.

Article 1863
Si aucune offre d'achat n'est faite au cédant dans un délai de six mois à compter de la dernière des notifications prévues au troisième alinéa de l'article 1861, l'agrément à la cession est réputé acquis, à moins que les autres associés ne décident, dans le même délai, la dissolution anticipée de la société.
Dans ce dernier cas, le cédant peut rendre caduque cette décision en faisant connaître qu'il renonce à la cession dans le délai d'un mois à compter de ladite décision.

Article 1864
Il ne peut être dérogé aux dispositions des deux articles qui précèdent que pour modifier le délai de six mois prévu à l'article 1863 (1er alinéa), et sans que le délai prévu par les statuts puisse excéder un an ni être inférieur à un mois.

Article 1865
La cession de parts sociales doit être constatée par écrit. Elle est rendue opposable à la société dans les formes prévues à l'article 1690 ou, si les statuts le stipulent, par transfert sur les registres de la société.
Elle n'est opposable aux tiers qu'après accomplissement de ces formalités et après publication.

Article 1866
Les parts sociales peuvent faire l'objet d'un nantissement constaté, soit par acte authentique, soit par acte sous signatures privées signifié à la société ou accepté par elle dans un acte authentique, et donnant lieu à une publicité dont la date détermine le rang des créanciers nantis. Ceux dont les titres sont publiés le même jour viennent en concurrence.
Le privilège du créancier gagiste subsiste sur les droits sociaux nantis, par le seul fait de la publication du nantissement.

Article 1867
Tout associé peut obtenir des autres associés leur consentement à un projet de nantissement dans les mêmes conditions que leur agrément à une cession de parts.
Le consentement donné au projet de nantissement emporte agrément du cessionnaire en cas de réalisation forcée des parts sociales à la condition que cette réalisation soit notifiée un mois avant la vente aux associés et à la société.
Chaque associé peut se substituer à l'acquéreur dans un délai de cinq jours francs à compter de la vente. Si plusieurs associés exercent cette faculté, ils sont, sauf clause ou convention contraire, réputés acquéreurs à proportion du nombre de parts qu'ils détenaient antérieurement. Si aucun associé n'exerce cette faculté, la société peut racheter les parts elle-même, en vue de leur annulation.

Article 1868
La réalisation forcée qui ne procède pas d'un nantissement auquel les autres associés ont donné leur consentement doit pareillement être notifiée un mois avant la vente aux associés et à la société.
Les associés peuvent, dans ce délai, décider la dissolution de la société ou l'acquisition des parts dans les conditions prévues aux articles 1862 et 1863.
Si la vente a eu lieu, les associés ou la société peuvent exercer la faculté de substitution qui leur est reconnue par l'article 1867. Le non-exercice de cette faculté emporte agrément de l'acquéreur.

Section VII. Retrait ou décès d'un associé

Article 1869
Sans préjudice des droits des tiers, un associé peut se retirer totalement ou partiellement de la société, dans les conditions prévues par les statuts ou, à défaut, après autorisation donnée par une décision unanime des autres associés. Ce retrait peut également être autorisée pour justes motifs par une décision de justice.
A moins qu'il ne soit fait application de l'article 1844-9 (3ème alinéa), l'associé qui se retire a droit au remboursement de la valeur de ses droits sociaux, fixée, à défaut d'accord amiable, conformément à l'article 1843-4.

Article 1870

La société n'est pas dissoute par le décès d'un associé, mais continue avec ses héritiers ou légataires, sauf à prévoir dans les statuts qu'ils doivent être agréés par les associés.
Il peut toutefois, être convenu que ce décès entraînera la dissolution de la société ou que celle-ci continuera avec les seuls associés survivants.
Il peut également être convenu que la société continuera soit avec le conjoint survivant, soit avec un ou plusieurs des héritiers, soit avec toute autre personne désignée par les statuts ou, si ceux-ci l'autorisent, par disposition testamentaire.
Sauf clause contraire des statuts, lorsque la succession est dévolue à une personne morale, celle-ci ne peut devenir associée qu'avec l'agrément des autres associés, donné selon les conditions statutaires ou, à défaut, par l'accord unanime des associés.

Article 1870-1

Les héritiers ou légataires qui ne deviennent pas associés n'ont droit qu'à la valeur des parts sociales de leur auteur. Cette valeur doit leur être payée par les nouveaux titulaires des parts ou par la société elle-même si celle-ci les a rachetées en vue de leur annulation.
La valeur de ces droits sociaux est déterminée au jour du décès dans les conditions prévues à l'article 1843-4.

Annexe 2.

Glossaire

- **Abus de majorité** : Attitude d'un ou plusieurs associés qui utilisent la majorité dont ils disposent au sein de la société pour faire valoir leurs propres décisions. Un abus de majorité est souvent caractérisé par des décisions n'allant pas dans le sens de l'intérêt social, mais dans le sens le plus avantageux pour les associés majoritaires.

- **Amortissement** : L'amortissement est la constatation comptable et fiscale de la dépréciation d'un bien mobilier ou immobilier. La fiscalité et la comptabilité considèrent qu'un investissement perd de sa valeur d'année en année, et permettent aux sociétés de déduire de leur base imposable le montant de cette dévalorisation de leur patrimoine.
Cette dépréciation ne pouvant être calculée de manière précise, l'administration fiscale retient deux méthodes d'amortissement, en fonction de la nature du bien : la méthode linéaire ou la méthode dégressive. La première consiste à diviser la valeur d'achat du bien par un nombre d'années fixé par la loi, et de soustraire chaque année le montant ainsi calculé. La méthode dégressive procède de la même manière, avec application d'un coefficient multiplicateur permettant de tenir compte de l'obsolescence plus rapide de certaines natures de biens pendant les premières années d'utilisation.

- **Bail** : Le bail est un contrat de louage de chose. Dans le présent ouvrage, il est utilisé pour désigner le contrat par lequel un bailleur va consentir une location à caractère immobilier à un preneur moyennant le paiement d'un loyer.

- **Clause résolutoire** : La clause résolutoire est, dans le cadre d'un bail, celle qui va permettre au bailleur ou au locataire de résilier le bail. Cette clause prévoit en général les motifs de la résiliation et reprend les procédures légales de résiliation du bail.

- **Droit de bail** : Droit à payer pour la conclusion d'un bail dès lors que la location n'entre pas de plein droit dans le champ d'application de la TVA ou qu'elle n'a pas fait l'objet d'une option en ce sens.

- **Droit de préemption** : Droit qui confère une priorité d'achat sur un bien mis en vente.

- **Enregistrement** : L'enregistrement est une formalité fiscale, obligatoire ou non. Il entraîne la mention de l'acte enregistré sur un registre et donne lieu à une perception de droit au profit de l'Etat. L'enregistrement permet de donner une qualité de preuve manuscrite certaine à des actes sous seing privé qui en sont naturellement dépourvus.

- **Lien de subordination** : Lien qui va déterminer l'existence d'une subordination hiérarchique entre deux personnes au sein d'une société. Il peut consister en un comportement, en l'exécution d'ordres ou de consignes données.

- **Mineur émancipé** : Mineur ayant acquis la pleine capacité d'exercice et pouvant de ce fait être assimilé à un adulte. L'émancipation est accordée par un acte juridique délivré par le juge des tutelles.

- **Pas de porte** : C'est une somme d'argent versée par le nouveau locataire d'un bail commercial. Cette somme peut être versée au propriétaire du local au moment de la conclusion du bail commercial, ou être versée au locataire sortant par le nouveau locataire à qui il a cédé son bail.

- **Personne morale** : La personne morale est une fiction juridique qui permet de donner la personnalité juridique, et donc la capacité juridique y afférente à un groupe de personnes. La personne morale (société, association...) se trouve ainsi détentrice de droits et d'obligations.

- **Personne physique** : Le terme est employé pour désigner un particulier, une personne. La personne morale est créée par la volonté et le regroupement de plusieurs personnes physiques.

- **Quitus** : Dans une société, c'est l'acte par lequel la gestion du gérant est approuvée et acceptée par les associés. Le gérant d'une SCI doit recevoir quitus des associés à chaque clôture d'exercice. En général, le quitus consiste en une phrase sur le procès-verbal de l'assemblée générale annuelle : « *Les associés donnent quitus au gérant pour la gestion de l'exercice écoulé* ».

Statuts personnalisables en quelques clics

Kit de création pour Société Civile Immobilière

Dossier cartonné avec imprimés et CDrom
Format A4 - 39 €

Tous les documents sont fournis “prêts à l’emploi” sur “papier” et CDrom - réimprimables à volonté - à compléter avec les mentions propres à votre SCI. Vous y trouverez :

— **1 guide d’accompagnement à la rédaction de vos statuts et à vos formalités,**
— **4 exemplaires des statuts**
— **4 fiches d’identification de la société**
— **4 fiches d’identification des associés**
— **4 fiches d’identification des apports**
— **1 formulaire M0**
— **2 déclarations de non-condamnation**
— **1 avis de constitution**
— **2 pouvoirs pour effectuer les formalités**
— **1 lettre RAR pour le conjoint non associé**

Toutes les pièces pour créer en quelques minutes une SCI

Créer une SCI familiale

11e édition - 260 pages - Format : 14 x 19 cm - 22 €

Pourquoi créer une SCI familiale ? Dans diverses situations (familiales ou professionnelles), ce choix apparaît être une solution avantageuse (fiscalement) pour gérer un patrimoine immobilier. Dans ce but, l'auteur présente la SCI à travers plusieurs thèmes : constitution, statuts, fonctionnement, fiscalité, avantages, inconvénients, dissolution...

Plus de renseignements au 01 64 23 61 46
ou sur www.puitsfleuri.com

Egalement disponibles

La copropriété sans langue de bois

190 pages - Format : 15 x 21 cm - 22,50 €

Entre règles et réalités... L'auteur vous décrit ce que devraient être les syndics et les conseils syndicaux, ce que devraient être leurs actions vis-à-vis des charges, des travaux, de la gestion et de la comptabilité de la copropriété, mais également ce qu'est la réalité de leurs actions, les pièges possibles et comment faire valoir vos droits malgré tout !

Propriétaires - Locataires
Rapports locatifs dans le secteur privé

200 pages - Format : 14 x 19 cm - 19,80 €

Que vous soyez propriétaire ou locataire, voici toutes les informations pour y voir clair qu'il s'agisse du contrat de location (durée, résiliation...) ; des loyers, charges et réparations locatives ; des travaux d'amélioration ; des obligations des parties ; des litiges et sanctions (conciliations, expulsion...)... Des réponses claires et précises sur vos droits et vos obligations !

Habitat participatif : les divers statuts possibles

280 pages - Format : 14 x 19 cm - 24 €

L'habitat participatif est présenté comme une troisième voie entre la copropriété et le logement social. Depuis 2014, l'habitat participatif est même devenu une notion juridique en étant intégré à la loi. En copropriété, en association, en société, les modèles ne manquent pas... Comparons-les !

sepec numérique

Impression & brochage - France

Numéro d'impression : N20087210899 - Achevé d'imprimer : Octobre 2021

IMPRIM'VERT®

PEFC™ 10-31-3532 / Certifié PEFC / Ce produit est issu de forêts gérées durablement et de sources contrôlées. / pefc-france.org

Bon de mise à jour

Si vous avez acheté votre ouvrage en librairie, voici un ***Bon à nous retourner pour recevoir - gratuitement - les éventuelles mises à jour de votre guide*** *qui vous indiqueront les dernières informations juridiques et pratiques en particulier.*

NOM : .... Prénom : ....

Organisme : ....

Adresse : ....

....

Code postal : .... Ville : ....

☛ Titre de l'ouvrage : **Comment gérer une SCI 2022 / 2023**

☛ Date d'achat : ....

☛ Nom du libraire : ....

Vous pouvez également nous joindre ces renseignements par fax : 01 64 23 69 42 ou e-mail : puitsfleuri@wanadoo.fr